Mi año con Salinger

Mi año con Salinger

Joanna Rakoff

Traducción de Victoria Morera

Barcelona • Madrid • Bogotá • Buenos Aires • Caracas • México D.F. • Miami • Montevideo • Santiago de Chile

Título original: *My Salinger Year*
Traducción: Victoria Morera
1.ª edición: septiembre, 2014

Consejo de Ciento 425-427 - 08009 Barcelona (España)
www.edicionesb.com

Printed in Spain
ISBN: 978-84-02-42141-8
DL: B 14527-2014

Impreso por LIBERDÚPLEX, S.L.
Ctra. BV 2249 Km 7,4
Polígono Torrentfondo
08791 – Sant Llorenç d'Hortons (Barcelona)

Para Keeril, con quien esta historia
empieza y acaba

Era un día, Dios lo sabe, no solo de abundantes signos y símbolos, sino también de una prolífica comunicación escrita.

J. D. SALINGER,
Levantad, carpinteros, la viga maestra

Nota de la autora

Abigail Thomas describe las memorias como «la verdad contada lo mejor que uno puede», y este libro es sin duda la verdad contada lo mejor que he podido. Mientras lo escribía, entrevisté a personas que conocí durante el período que relato y consulté mis propios escritos de la época y de los años inmediatamente posteriores.

Para mantener la fluidez narrativa, he modificado la cronología de algunos sucesos y he cambiado los nombres y rasgos identificativos de la mayoría de las personas.

Esas pequeñas modificaciones aparte, a continuación relato la verdadera historia de mi año con Salinger.

TODAS ÉRAMOS CHICAS

Había cientos, miles de jóvenes como yo. Nos vestíamos con esmero en la gris luz matutina del Lower East Side, Queens y Brooklyn. Después salíamos de nuestros apartamentos cargadas con pesadas bolsas que contenían los originales. Los leíamos mientras hacíamos cola en la panadería polaca, la tienda de comestibles griega o la cafetería de la esquina para pedir un café, largo y dulce, y una pasta danesa. Cuando nos los servían, los llevábamos al tren, donde esperábamos conseguir un asiento en el que seguir leyendo hasta llegar a nuestras oficinas situadas en Union Square, el Soho, Midtown. Éramos chicas, por supuesto, todas éramos chicas. Bajábamos del metro de la línea 6 en la parada de la calle Cincuenta y uno y pasábamos por delante del Waldorf-Astoria y el edificio Seagram, en Park Avenue. Todas vestidas con variaciones del mismo atuendo: una falda y un jersey formales que recordaban el estilo de Sylvia Plath cuando estudiaba en el Smith College. La ropa nos la habían comprado nuestros padres en algún barrio acomodado, porque nuestros sueldos eran tan reducidos que apenas nos alcanzaban para el alquiler. Por no hablar de comer en los restaurantes cercanos a las oficinas o cenar fuera de casa, ni siquiera en los económicos barrios donde compartíamos piso con otras chicas. Ellas, como nosotras, trabajaban como asistentes en agencias, editoriales o la ocasional asociación literaria sin ánimo de lucro. Nos pasábamos el día sentadas en sillas giratorias, las piernas cruzadas, atendiendo las llamadas de nuestros jefes y recibiendo a los escritores con la mezcla correcta de entusiasmo y distancia, sin revelar nunca que trabajábamos en aquel sector no porque quisiéramos llevar vasos de agua a los escritores que acudían a las oficinas, sino porque nosotras también queríamos ser escritoras y aquella parecía la forma socialmente más aceptable para conseguirlo, aunque ya empezábamos a tener claro que no lo era en absoluto. Como algunos padres nos comentaban —de hecho, mis padres me lo comentaban continuamente—, años atrás nos habrían llamado secretarias. Y al igual que a las secretarias de la época de nuestros padres, a muy pocas nos ascenderían. Muy pocas, como suele decirse, «lo conseguiríamos». Cuchicheábamos acerca de las afortunadas, las que trabajaban para jefes que les permitían encargarse de libros o autores y que actuaban de mentores respecto a ellas, o las que mostraban una gran iniciativa transgresora. Y nos preguntábamos si nosotras seríamos una de ellas, si deseábamos ser escritoras lo bastante para aguantar años de sueldos miserables y de estar siempre a disposición de nuestros jefes. Algunas incluso nos preguntábamos si todavía deseábamos ser uno de aquellos escritores que llamaban con seguridad a la puerta del despacho de nuestros jefes.

INVIERNO

Todos empezamos en algún lugar. Para mí, ese lugar fue una habitación oscura, con las paredes cubiertas de libros: estanterías y estanterías de libros clasificados por autor; libros de todas las épocas concebibles del siglo XX. Las cubiertas mostraban el diseño distintivo del momento en que fueron lanzados al mundo: los fantasiosos dibujos lineales de los años veinte, los adustos colores mostaza y granate de finales de los cincuenta, los etéreos retratos a la acuarela de los setenta... Eran libros que definían mis días y los de quienes trabajaban en aquella maraña oscura de oficinas. Cuando mis compañeros mencionaban los nombres que aparecían en los lomos de aquellos libros, sus voces se volvían roncas y reverenciales, porque, para los que teníamos inclinaciones literarias, se trataba de nombres endiosados: F. Scott Fitzgerald, Dylan Thomas, William Faulkner... Pero aquel lugar era, y es, una agencia literaria, lo que significa que aquellos nombres representaban algo más, algo que empuja a las personas a hablar en susurros, algo que yo antes creía que no guardaba relación con los libros y la literatura: el dinero.

1

Tres días de nieve

Para mi primer día en la agencia, me vestí esmeradamente con ropa que me pareció adecuada para trabajar en una oficina: una falda corta de lana de tela escocesa y un jersey verde oscuro de cuello alto de los años sesenta, comprado en Londres en una tienda benéfica de artículos de segunda mano. En las piernas: gruesas medias negras. En los pies: unos mocasines italianos de ante negro que me había comprado mi madre, quien creía que unos zapatos buenos constituían una necesidad, no un lujo. Yo nunca había trabajado en una oficina, pero había actuado: tanto de niña como en la universidad e incluso después, y me tomé aquel conjunto como si fuera un disfraz. Mi papel sería el de la joven y brillante asistente. La chica para todo.

Quizá presté una atención excesiva a la ropa, porque en realidad no sabía casi nada acerca del trabajo que iba a realizar o la empresa que me había contratado. De hecho, todavía no acababa de creerme que hubiera encontrado un empleo. ¡Todo sucedió tan deprisa! Tres meses antes, después de terminar el curso de posgrado —o abandonar los estudios, según como se mire—, dejé Londres y regresé a mi país. Llegué a la casa de mis padres, que vivían en las afueras, con poco más que una caja enorme llena de libros. «Quiero escribir mi propia poesía, no analizar la de otras personas», le expliqué a mi novio de la universidad a través del viejo teléfono de pago que había en el vestíbulo de la residencia de estudiantes donde me alojaba, en Hampstead. Pero no a mis padres. No les expliqué nada salvo que en Londres me sentía sola, y ellos, fieles al código de silencio de nuestra familia, no preguntaron nada acerca de mis planes. En lugar de eso, mi madre me llevó de compras; a Lord & Taylor, donde eligió para mí un traje chaqueta de tela de gabardina ribeteado en terciopelo, falda de tubo y chaqueta entallada, parecido a uno que llevaba Katharine Hepburn en *La costilla de Adán*. Y también me compró unos zapatos de salón de ante. Mientras el sastre de la tienda ajustaba con alfileres el largo de las mangas, me di cuenta de que mi madre esperaba que aquel conjunto fuera la clave para que encontrara algún empleo aceptable.

Una semana antes de Navidad, mi amiga Celeste me invitó a una fiesta donde una vieja amiga suya me comentó, lacónicamente, que trabajaba en el sello de ciencia ficción de una gran editorial. «¿Cómo acabaste allí?», le pregunté; no tanto porque estuviera interesada en la mecánica de conseguir un empleo como porque me extrañaba que una estudiante especializada en filología inglesa e interesada en la narrativa seria hubiera aceptado semejante empleo. Como respuesta, la amiga de Celeste puso una tarjeta de visita en mi mano. «Es una agencia de colocación —me explicó—. Los editores acuden a ellas cuando necesitan personal. Llámalos.» Por la mañana, marqué el número, aunque no muy convencida. Trabajar en una editorial no entraba en mis planes, aunque en realidad no tenía ningún plan, pero la idea del destino me atraía —una idea que pronto me traería problemas y que tardaría años en quitarme de encima—, y consideré que el hecho de que la amiga de Celeste y yo, dos personas reservadas y que se sentían desplazadas en aquella bulliciosa fiesta, coincidiéramos en aquel rincón constituía una señal. «¿Puedes venir esta tarde?», me preguntó la mujer que contestó al teléfono. Por su acento, se notaba que no era de habla inglesa, pero dominaba el idioma bastante bien.

Y fue así que, vestida con mi traje chaqueta, le tendí mi currículum, redactado a toda prisa, a una elegante mujer vestida con un traje chaqueta muy similar al mío.

—¿Acabas de terminar un posgrado en filología inglesa? —me preguntó con el ceño fruncido mientras un mechón de su negro cabello caía sobre su cara.

—Así es.

—Bien —declaró. A continuación, exhaló un suspiro y dejó el currículum sobre el escritorio—. Eso hará que resultes más interesante para unos editores y menos para otros. De todos modos, encontraremos algo para ti. —Se reclinó en la silla—. Te llamaré después de fin de año. Nadie contrata nuevos empleados tan cerca de las Navidades.

Apenas había llegado a casa cuando el teléfono sonó.

—Tengo algo para ti —me informó la mujer de la agencia de colocación—. ¿Qué te parecería trabajar en una agencia literaria en lugar de una editorial?

—Fantástico —respondí, pese a que no tenía ni idea de qué era una agencia literaria.

—Estupendo. Se trata de una agencia maravillosa. Una agencia antigua y venerable. De hecho, creo que es la agencia más antigua de Nueva York. Trabajarás con una agente que lleva en el negocio mucho, mucho tiempo. —Hizo una pausa—. A algunas asistentes les ha resultado un poco difícil trabajar para ella, pero a otras les ha encantado. Creo que tú encajarás. Además, necesita contratar a alguien enseguida. Quiere tomar una decisión antes de Navidad.

Más adelante, me enteraría de que la agente en cuestión llevaba meses entrevistando candidatos. Pero aquel día, aquel frío día de diciembre, sujeté el auricular entre el hombro y la mandíbula, colgué el traje chaqueta en la barra de la ducha para quitarle las arrugas con una plancha de vapor y le dije a la cazatalentos:

—Mi madre también tiene un carácter bastante difícil. Seguro que encajaré.

Al día siguiente, ataviada de nuevo con el traje chaqueta que me había comprado mi madre, tomé el metro y bajé en la parada de la Cincuenta y uno y Lexington. Después crucé Park Avenue y caminé hasta la avenida Madison.

—Bueno —comentó la agente literaria mientras encendía un cigarrillo largo y marrón. De algún modo, su gesto me recordó a Don Corleone y Lauren Bacall. Tenía dedos finos, largos y pálidos, apenas se le notaban los nudillos y las uñas estaban perfectamente perfiladas en forma ovalada—. ¿Así que sabes escribir a máquina?

—Sí —afirmé con cierta tensión.

Esperaba preguntas más difíciles, indagaciones rebuscadas acerca de mi ética y hábitos laborales, cuestionarios complicados sobre la temática central de mi tesis del posgrado.

—Me refiero a una máquina de escribir —aclaró ella mientras fruncía los labios y dejaba escapar florituras de delicado humo blanco. Luego esbozó una leve sonrisa—. Es muy diferente a escribir en un... —su cara adoptó una expresión de desagrado— ordenador.

Asentí con nerviosismo.

—Sí, muy diferente —confirmé.

Una hora más tarde, mientras el cielo se oscurecía y la ciudad se vaciaba como preludio de las vacaciones, estaba tumbada en el sofá releyendo *Persuasión*. Esperaba no tener que ponerme nunca más aquel traje chaqueta y mucho menos las medias que lo complementaban, cuando el teléfono volvió a sonar. Tenía un empleo.

Y fue así que, el primer lunes después de Año Nuevo, me desperté a las siete de la mañana, me duché y bajé las ruinosas escaleras del edificio para encontrarme con que el mundo se había detenido: la calle estaba cubierta de nieve. Sabía que se acercaba una ventisca, o creo que lo sabía, porque no tenía televisor ni radio y tampoco frecuentaba círculos sociales en los que la gente hablara sobre el tiempo. Teníamos cosas más profundas e importantes de las que hablar. El tiempo era un tema con el que estaban obsesionados nuestras abuelas y nuestros aburridos vecinos de los barrios periféricos donde vivíamos. Si hubiera tenido una radio, habría sabido que la ciudad entera estaba paralizada; que el Departamento de Educación, a causa de la nieve y por primera vez en casi veinte años, había declarado aquel lunes día no lectivo; que a lo largo de la costa habían muerto o estaban muriendo personas atrapadas en sus coches, en casas que carecían de calefacción o porque habían resbalado en las heladas calles. La agencia utilizaba un sistema descendente para informar telefónicamente de los cierres por emergencias. Según este sistema, el director de la empresa, que era mi jefa —aunque no lo supe hasta después de varias semanas ya que en la agencia cualquier información más que impartirse se daba por supuesta—, telefoneaba a su subalterno directo y así sucesivamente en la jerarquía empresarial hasta que Pam, la recepcionista, los asistentes de los distintos agentes e Izzy, el extraño y alicaído mensajero, se enteraban de que no tenían que ir a trabajar aquel día. Pero como ese era mi primer día, todavía no figuraba en la red de comunicación.

Aunque la ciudad estaba colapsada, los metros funcionaban con normalidad: el L de la calle Lorimer y el 5, el directo de Union Square, de modo que a las ocho y media estaba en Grand Central, donde los puestos de café, pastas y periódicos estaban, curiosamente, cerrados. Llegué al vestíbulo principal, con su elegante techo de estrellas, y mis tacones resonaron en el suelo de mármol. Había atravesado media estancia en dirección a la ventanilla central de información, donde solía encontrarme con mis amigas en mi época escolar, cuando me di cuenta de por qué mis zapatos producían tanto escándalo: estaba sola, o casi sola, en un lugar que siempre estaba lleno de cientos, miles de zapatos que recorrían aquel suelo de mármol. Me quedé inmóvil en medio del vestíbulo y reinó el silencio. Yo era el único ser que producía ruido.

Empujé las pesadas puertas de cristal del lado oeste y salí al exterior, donde soplaba un viento helado. Avancé con dificultad a través de la gruesa capa de nieve que cubría la calle Cuarenta y tres hasta que encontré algo todavía más extraño que la silenciosa y vacía terminal de Grand Central: una avenida Madison silenciosa y desierta. Las máquinas quitanieves todavía no habían pasado, el único sonido que se oía era el del viento y una capa intacta de nieve se extendía de una acera a la otra. Ni una sola huella de zapatos, ni un envoltorio de caramelo, ni siquiera una hoja de árbol deslucían la uniformidad de la blanca superficie.

Avancé trabajosamente hacia el norte y vi a tres ejecutivos que corrían o, más bien, intentaban correr por la densa capa de nieve. Chillaban alborozados y sus gabardinas flotaban detrás de ellos como capas.

—¡Eh, chica! —me llamaron—. ¿Quieres apuntarte a una batalla de bolas de nieve?

—Tengo que ir a trabajar —me excusé.

«Es mi primer día de trabajo», estuve a punto de añadir, pero me contuve. Era mejor pasar por una persona experimentada, curtida. Ahora era una de ellos.

—¡Está todo cerrado! —gritaron—. ¡Ven a jugar con la nieve!

—¡Pasadlo bien! —respondí, y seguí caminando hacia la calle Cuarenta y nueve, donde localicé el edificio estrecho y corriente donde estaba la agencia.

El vestíbulo era un corredor de tamaño reducido que conducía a dos chirriantes ascensores. El edificio albergaba a vendedores de seguros e importadores de objetos africanos, consultorios de ancianos médicos de cabecera y de psicólogos y la agencia, que ocupaba una planta entera más o menos a media altura del edificio. Salí del ascensor e intenté abrir la puerta, pero estaba cerrada con llave. Claro que solo eran las ocho cuarenta y cinco y la agencia no abría hasta las nueve. El viernes antes de Navidad me pidieron que pasara por allí para firmar unos documentos y recoger algunas cosas, entre ellas una llave de la puerta principal. Me extrañó que le dieran una llave a una completa desconocida, pero la colgué diligentemente de mi llavero mientras bajaba por el chirriante ascensor, de modo que, aquel lunes, la saqué y entré en la oscura y silenciosa oficina. Deseé examinar los libros que cubrían las paredes de la entrada, pero temí que alguien llegara y me pillara comportándome como la estudiante que era hasta hacía muy poco tiempo, de modo que me obligué a pasar por delante del escritorio de la recepcionista y avancé por el pasillo central, con sus estanterías de novelas en rústica de Ross Macdonald. Cuando llegué a la pequeña zona de la cocina, giré a la derecha, atravesé el departamento de contabilidad, el cual tenía el suelo de linóleo, y llegué al ala este, donde estaban el despacho de mi nueva jefa y la amplia sala donde yo trabajaría.

Y allí me quedé, sentada a mi escritorio, con la espalda recta y los pies helados en los empapados zapatos. Temiendo ser descubierta por mi nueva jefa, no saqué el libro que llevaba en el bolso, pero sí inspeccioné el contenido de los cajones: clips, una grapadora, grandes fichas rosa impresas con cuadrículas y códigos misteriosos... Estaba leyendo a Jean Rhys y me sentía afín a sus heroínas venidas a menos, que sobrevivían durante semanas con poco más que el café con leche y el cruasán de la mañana que les proporcionaban en los hostales donde se alojaban. El hospedaje lo costeaban sus antiguos y casados amantes como compensación por haber puesto fin a su relación amorosa. Pero mi jefa no aprobaría mi afición por las obras de Jean Rhys. Durante la entrevista, me preguntó qué estaba leyendo y cuáles eran mis lecturas favoritas.

—Me gusta todo —le contesté—. Flaubert me encanta. Acabo de leer *La educación sentimental* y me ha sorprendido lo actual que es. Pero también me gustan escritores como Alison Lurie y Mary Gaitskill. Y crecí leyendo novelas de misterio. También me encantan Donald Westlake y Dashiell Hammett.

—Sí, Flaubert está muy bien, pero para trabajar en el mundo editorial tienes que leer autores vivos.

Se interrumpió y sospeché que mi respuesta no había sido la adecuada. Como siempre, debería haberme preparado mejor. No sabía nada acerca del mundo editorial y las agencias literarias, y tampoco me había informado acerca de aquella agencia en concreto.

—A mí también me encanta Donald Westlake —añadió ella mientras encendía un cigarrillo—. Es muy divertido.

Entonces, por primera vez desde que entré en su despacho, ella sonrió.

Aquel primer lunes, mientras examinaba cautelosamente los libros que contenía la estantería que había detrás de mi mesa —algunas ediciones en rústica de Agatha Christie y lo que parecía una serie de novelas románticas—, el voluminoso teléfono negro que había sobre la mesa sonó. Descolgué el auricular y caí en que no sabía qué debía contestar.

—¿Hola? —balbuceé.

—¡Por Dios! —chilló una voz—. ¿Estás ahí? Sabía que estarías. Vete a casa. —Era mi jefa—. La agencia está cerrada. Nos veremos mañana.

Se produjo un silencio durante el cual me esforcé en pensar qué responder.

—¡Lamento que te hayas desplazado hasta ahí! Vuelve a tu casa y procura no coger frío —añadió ella.

Y colgó.

En el exterior, los ejecutivos ya se habían ido. Supuse que estarían secando sus empapados pies. El viento soplaba en fuertes ráfagas a lo largo de la avenida Madison y me lanzaba el cabello contra la boca y los ojos, pero la calle estaba tan silenciosa, tan bonita y vacía que deambulé con calma hasta que se me entumecieron manos, nariz y pies. Aquel era el último lunes que no tenía que estar en ningún lugar a las nueve y media de la mañana, y tampoco tenía ninguna prisa en llegar a casa.

Se producirían otras ventiscas en Nueva York, pero ninguna generaría un silencio como aquel; en ninguna podría estar en una esquina en medio de la ciudad y sentir que era la única persona en el universo y, desde luego, ninguna paralizaría por completo la ciudad como aquella. Cuando llegara la siguiente ventisca de proporciones similares, el mundo habría cambiado y el silencio ya no sería posible.

Me fui a mi casa, en Brooklyn. Oficialmente, por lo que mis padres sabían, vivía en el Upper East Side con mi amiga Celeste. Después de graduarme en la universidad, me trasladé a Londres para realizar un posgrado, y Celeste, a quien mis padres describían como una joven agradable y buena chica, consiguió un empleo de maestra en una escuela de educación infantil y un apartamento de renta controlada en la calle 63 Este, entre la Primera y la Segunda avenidas. Cuando regresé a Nueva York, Celeste me dejó dormir en su sofá. Estaba contenta de tener compañía, y, al cabo de un tiempo, me ofreció quedarme fija y compartir el alquiler. Oficialmente, por lo que mis padres sabían, yo también tenía un novio que era agradable y buen chico: mi novio de la universidad, un compositor brillante y divertidísimo que estaba realizando un posgrado en California. Mi plan consistía en terminar el posgrado en Londres, regresar a casa, quedarme una corta temporada con mis padres y, después, trasladarme a Berkeley, al apartamento que mi novio había alquilado para nosotros en un complejo urbanístico a pocas manzanas de la avenida Telegraph. El complejo consistía en un patio central rodeado de edificios de apartamentos en el que por lo visto debería haber una piscina. Pero no había ninguna piscina. Y yo me desvié del plan. Cuando regresé a Nueva York, me di cuenta de que no podía volver a irme y, entonces, conocí a Don.

El martes, mi segundo día de trabajo en la agencia, tenía tanto miedo de llegar tarde que volví a llegar fastidiosamente temprano. En esta ocasión, utilicé mi llave, abrí la puerta unos centímetros y, al ver que la oficina estaba a oscuras y vacía, volví a cerrarla rápidamente y bajé de nuevo al vestíbulo. Habían quitado la nieve de la avenida Madison, y también de la Quinta Avenida y del resto del Midtown, pero la ciudad todavía parecía medio dormida. Junto a los bordillos de las aceras había montículos de nieve de casi dos metros de altura y los peatones caminaban con tiento por los surcos excavados en las aceras. El vestíbulo del edificio comunicaba con una cafetería donde unos cuantos clientes de aspecto adormilado contemplaban las vitrinas de cristal bajo la severa mirada de una asiática corpulenta que llevaba el pelo recogido en una redecilla. Me uní a ellos y consideré la posibilidad de tomar una segunda taza de café.

Cuando volví a subir, la recepcionista había llegado y estaba encendiendo las lámparas de la entrada. Todavía llevaba puesto su largo abrigo marrón. Una luz brillaba ya en el despacho situado justo enfrente de su escritorio.

—Ah, hola —me saludó de una forma no exactamente amistosa.

Se desabrochó el abrigo, lo colgó de su brazo y enfiló el pasillo.

—Soy la nueva asistente —le expliqué—. ¿Debo ir directamente a... a mi escritorio o mejor...?

—Espera a que cuelgue mi abrigo —contestó.

Minutos después, volvió a aparecer y se dirigió a su escritorio mientras se ahuecaba el corto cabello.

—Recuérdame tu nombre. ¿Te llamas Joan?

—Joanna.

—Muy bien, Joanne —dijo mientras se dejaba caer en su silla.

Se trataba de una mujer alta, con una figura que mi madre habría calificado de escultural, y aquel día iba vestida con un jersey de cuello alto y el típico traje pantalón ajustado de moda en los años setenta, con pantalones anchos y solapas todavía más anchas. Desde su silla, no solo parecía dominar, sino también presidir su escritorio y todo lo que se divisaba desde él. Al lado de su teléfono había un enorme tarjetero rotatorio Rolodex.

—Tu jefa todavía no ha llegado. Siempre llega a las diez.

Eran las nueve y media, la hora en que teóricamente empezaba mi jornada laboral.

—Supongo que puedes esperarla aquí. —Suspiró, como si yo le estuviera causando una gran molestia, y después torció sus carnosos labios en actitud reflexiva—. O puedes esperar en tu escritorio. ¿Sabes dónde está?

Asentí.

—De acuerdo, puedes esperarla allí, pero no toques nada. Llegará enseguida.

—Yo la acompañaré —declaró una voz procedente del despacho iluminado. Un hombre joven y alto cruzó el umbral de la puerta—. Me llamo James —se presentó mientras me tendía la mano.

Tenía un cabello castaño claro y rizado, llevaba unas gafas de montura dorada que estaban de moda aquel año y de su barbilla sobresalía una espesa barba pelirroja. Todo ello hacía que se pareciera al señor Tumnus, el noble fauno de *El león, la bruja y el armario*. Alargué el brazo y estreché su mano.

—Sígueme —pidió.

Lo hice por el pasillo central y pasamos por delante de una serie de despachos a oscuras.

Como el día anterior, deseé inspeccionar los libros que cubrían las paredes. Vislumbré algunos nombres que me resultaron familiares y emocionantes, como Pearl S. Buck y Langston Hughes, y otros desconocidos e intrigantes, como Ngaio Marsh. Mi estómago empezó a alborotarse como cuando de pequeña me llevaban a la biblioteca. ¡Había tantos libros! ¡Todos tentadores a su manera, y a mi alcance!

—¡Uau! —suspiré casi involuntariamente.

James se detuvo y se volvió hacia mí.

—Lo sé —declaró mientras esbozaba una franca sonrisa—. Llevo aquí seis años y todavía me siento así.

Como la recepcionista había predicho, mi jefa llegó a las diez, envuelta en un abrigo de visón castaño, con unas enormes gafas oscuras y un pañuelo de seda con diseños ecuestres en la cabeza.

—Hola... —empecé a saludarla, y me levanté de la silla como haría uno ante la realeza o los miembros del clero.

Pero ella pasó velozmente por mi lado y entró en su despacho como si las gafas le impidieran la visión periférica.

Veinte minutos más tarde, la puerta de su despacho se abrió y volvió a salir. Se había quitado el abrigo y las enormes gafas de sol habían sido reemplazadas por unas enormes gafas normales que cubrían la mitad de su pálida cara y aumentaban la palidez de sus ojos azules.

—Bien —declaró mientras encendía un cigarrillo y se colocaba en un extremo de mi escritorio en forma de L—. Aquí estás.

Sonreí abiertamente.

—Aquí estoy —contesté.

Me levanté de la silla y mis pies resbalaron un poco en el interior de las botas que había tomado prestadas de Leigh, la compañera de piso de Don. Mientras se secaban sobre el radiador del apartamento de Don, mis mocasines habían adoptado una exagerada forma curva. Era allí, desde luego, donde yo vivía realmente, en el apartamento de Don, en Brooklyn.

—Bueno, tenemos mucho que hacer —aseguró mi jefa, y apartó un mechón de pelo lacio de su cara con uno de sus largos dedos—. Ya me dijiste que sabías escribir a máquina. —Asentí con entusiasmo—. Pero ¿alguna vez has utilizado un dictáfono?

—No —reconocí.

Ni siquiera había oído hablar de semejante artilugio. ¿Lo había mencionado ella durante la entrevista? No estaba segura. Sonaba a algo sacado de las obras del Dr. Seuss.

—Pero estoy segura de que aprenderé a utilizarlo enseguida.

—Sí, yo también lo creo —aseguró ella, y exhaló una bocanada de humo que pareció contradecir su declaración de confianza—. Aunque puede resultar un poco complicado.

Tiró con una mano de la cubierta rígida y gris que ocultaba la caja blanca de plástico que había junto a la máquina de escribir. A primera vista, parecía una anticuada grabadora de casetes complementada con un montón de cables y unos auriculares de gran tamaño, pero sin las habituales teclas de *play*, *rewind*, *forward* y *pause*. Disponía de una ranura para las casetes, pero eso era todo. Como tantos otros útiles de oficina de los años cincuenta y sesenta, su aspecto era, a la vez, encantadoramente arcaico y espeluznantemente futurista.

—Bueno —declaró mi jefa soltando una risita extraña—. Este es el dictáfono. Tiene pedales para rebobinar y reproducir. Y creo que también se puede controlar la velocidad.

Asentí, aunque no vi mandos de ningún tipo.

—Si no te aclaras, Hugh te lo enseñará.

Yo no estaba segura de quién era Hugh ni de lo que tenía que hacer con el dictáfono, pero asentí de nuevo.

—En fin, tengo un montón de cartas para mecanografiar, de modo que te daré algunas cintas y ya puedes empezar. Después tendremos una charla.

Entró en su despacho con paso decidido y regresó con tres cintas de casete y un cigarrillo nuevo aún sin encender.

—Ten —declaró—. ¡Todo tuyo!

Y desapareció por el pasillo que había a la izquierda de mi escritorio, el cual conducía al departamento de contabilidad y, más allá, a la cocina y a la otra sección de la oficina, donde estaban los despachos de los otros agentes y la puerta que conducía al mundo exterior.

En realidad, yo no sabía escribir a máquina. A instancias de la mujer de la agencia de colocación, mentí sobre mis habilidades en este campo. «Nadie de tu edad sabe escribir a máquina —me explicó, y su bonita cara adoptó una expresión indicativa de que su afirmación era irrefutable—. ¡Crecisteis con los ordenadores! Dile a tu jefa que puedes escribir sesenta palabras por minuto. Antes de una semana, habrás adquirido la velocidad necesaria.» De hecho, en el pasado yo era capaz de teclear sesenta palabras por minuto. Como todos los estudiantes de secundaria de Nueva York, cuando iba a octavo, tuve que asistir a clases obligatorias de mecanografía. Después, durante unos cuantos años, mecanografié documentos en el despacho de mi padre sin mirar las teclas, pero durante mi primer año en la universidad, compramos un Macintosh II y mi manera de teclear evolucionó hasta la técnica de estilo libre y a dos dedos de la era digital.

Quité la funda de la Selectric. Era enorme, con más botones y manivelas de las que recordaba en las máquinas con las que aprendí. Y aun así, ¡aun así!, había un botón que no conseguí encontrar: el de puesta en marcha. Deslicé los dedos por la parte frontal, los laterales y la zona posterior. Nada. Me levanté y la examiné desde todos los ángulos contorsionándome por los lados del escritorio. Después me senté otra vez y volví a intentarlo deslizando los dedos por todos sus lados e inclinándola hacia atrás por si el interruptor estaba debajo. El sudor empapaba mi jersey verde en la zona de las axilas y resbalaba por mi frente, y la nariz me silbaba y escocía de aquella manera espantosa que preludiaba el llanto. Finalmente, pensé que quizá no existía ningún interruptor de puesta en marcha y que la máquina simplemente estaba desenchufada, de modo que me agaché por debajo del escritorio y tanteé en la oscuridad en busca del cable.

—¿Necesitas ayuda? —preguntó una voz amable y cautelosa mientras mis manos reseguían un cable polvoriento que reptaba por el suelo.

—Mmm... creo que sí —contesté mientras me enderezaba con tanta gracia como me fue posible.

Un hombre de edad indeterminada estaba de pie junto a mi escritorio. Se parecía tanto a mi jefa que podría haber sido hijo suyo. Tenía los mismos ojos de lobo que ella, el mismo pelo lacio y de color castaño ceniza, las mismas mejillas flácidas y la misma piel sumamente pálida; en su caso, deslucida por antiguas marcas de acné.

—¿Estás buscando el interruptor de encendido? —preguntó con asombrosa clarividencia.

—Así es —admití—. Me siento un poco tonta.

Él sacudió la cabeza con comprensión.

—Está escondido en un lugar realmente extraño. Nadie ha logrado encontrarlo a la primera. Y resulta difícil alcanzarlo estando sentada delante de la máquina. Mira.

Se colocó a mi lado, detrás del escritorio, y puso especial cuidado en mantenerse a varios centímetros de distancia de mí. Deslizó el brazo por el lado izquierdo de la máquina, como si la estuviera abrazando, y presionó el interruptor, que produjo un sonoro chasquido. La máquina emitió un zumbido, como los que producen los gatos cuando duermen, y empezó a vibrar de una forma prácticamente visible.

—Muchas gracias —le agradecí quizá con excesiva emoción.

—De nada —contestó.

Presioné la espalda contra el escritorio para que dispusiera de espacio para salir y él lo consiguió pero con torpeza, porque tropezó con la alfombrilla de plástico que había debajo de la silla y con un cable descarriado. Exhaló un suspiro y me tendió la mano. Llevaba una sencilla alianza matrimonial de oro, lo que me sorprendió porque, de algún modo, parecía un solitario.

—Me llamo Hugh —se presentó—. Y tú eres Joanna, ¿verdad?

—Así es —confirmé, y estreché su mano, que era cálida, seca y muy, muy blanca.

—Yo trabajo justo ahí. —Ladeó la cabeza hacia la puerta que había justo enfrente de mi escritorio y que yo había confundido con un armario—. Si necesitas algo, pídemelo. A veces, nuestra jefa no... —otro suspiro hondo— no explica las cosas, así que si no entiendes algo, pregúntame a mí. —De repente, su expresión cambió y las comisuras de sus labios se curvaron—. Llevo aquí mucho tiempo, de modo que conozco todos los pormenores de la oficina. Sé cómo funciona todo el tinglado.

—¿Cuánto tiempo? —le pregunté impulsivamente—. ¿Cuánto tiempo llevas en la agencia?

—Veamos... —Cruzó los brazos y frunció el ceño mientras reflexionaba. Su lenta forma de hablar se volvió todavía más lenta—. Empecé en 1977 como asistente de Dorothy. —Yo asentí, como si supiera quién era Dorothy—. Y ocupé ese puesto durante cuatro años. —Su voz se apagó momentáneamente—. Después me fui durante un tiempo. En 1986. ¿O fue en 1987? Pero regresé. —Volvió a suspirar—. Creo que veinte años. Llevo aquí unos veinte años.

—¡Vaya!

Yo tenía veintitrés años. Hugh soltó una carcajada.

—Lo sé. ¡Vaya! —Se encogió de hombros—. Me gusta este sitio. Bueno, hay cosas que no me gustan, pero encaja conmigo. Lo que hago. Aquí.

Deseé preguntarle qué hacía exactamente, pero pensé que ese tipo de pregunta podía considerarse poco cortés. Mi madre me había enseñado que nunca debía preguntarle a nadie acerca de sus ingresos o puesto de trabajo. Aquello era una agencia, de modo que, supuestamente, Hugh era un agente.

Volví a quedarme sola detrás de mi escritorio. La lámpara del despacho de Hugh proyectaba su reconfortante luz sobre la moqueta, a mi derecha. Tomé una de las cintas, la introduje en el dictáfono con cierta vacilación e inicié una nueva búsqueda de otro interruptor de puesta en marcha. «¡No!», pensé, horrorizada. No había nada, ni pedales ni interruptores, nada salvo un dial sin ninguna indicación. Tomé la lisa caja de plástico y la examiné, pero no encontré nada, absolutamente nada.

Llamé con suavidad a la puerta entreabierta del despacho de Hugh.

—Pasa —invitó él, y yo entré.

Allí estaba, sentado detrás de un escritorio en forma de L parecido al mío sobre el que había una montaña de papeles lo bastante alta para ocultar su pecho y su cuello: sobres cerrados; sobres abiertos con solapas cortadas irregularmente que se curvaban sobre sí mismas; cartas todavía dobladas en tres o a medio desplegar; copias realizadas con papel carbón y hojas negras de papel carbón; fichas grandes rosa, amarillas y blancas... Papel sobre papel sobre papel, un desorden tan descomunal e inconmensurable que tuve que sacudir la cabeza para asegurarme de que era real.

—Voy un poco retrasado —se justificó Hugh—. Las Navidades.

—¡Ah! —dije mientras asentía con la cabeza—. Esto... el dictáfono...

—Mandos de pedales —me informó él mientras exhalaba un suspiro—. Están debajo del escritorio. Como en las máquinas de coser. Hay uno para ponerlo en marcha, otro para rebobinar y otro para avanzar más deprisa.

Me pasé la mañana escuchando la voz grave y patricia de mi jefa, que me susurraba al oído a través de los viejos auriculares del dictáfono: una experiencia extrañamente íntima. Cartas: mecanografié cartas en papel con membrete de la agencia, un papel amarillento, más pequeño de lo normal y del que disponíamos de una reserva descomunal. Algunas cartas constaban de varias páginas y otras eran muy breves, de una o dos líneas. «Conforme a lo acordado, le adjuntamos dos ejemplares de su contrato con la editorial St. Martin's Press para la edición de *Two If by Blood.* Sírvase firmar los dos ejemplares y reenviárnoslos lo antes posible.» Las más largas estaban dirigidas a los editores y en ellas se les pedía que realizaran cambios complicados y, a menudo, inexplicables en los contratos, como la eliminación de determinadas palabras y cláusulas, en concreto las relacionadas con los «derechos electrónicos», un término que para mí no tenía sentido. Estas cartas me resultaban insoportablemente pesadas porque requerían verdaderas proezas gimnásticas en cuanto a presentación y espaciado y, al mismo tiempo, extrañamente relajantes, porque entendía tan poco de su contenido que el mismo acto de mecanografiarlas —el movimiento de mis dedos sobre el teclado y el sonido de las teclas al golpear el papel— ejercía en mí un efecto hipnótico. Como me aseguró la mujer de la agencia de colocación, mecanografiar era como montar en bicicleta: mis dedos recordaban cuál era su lugar en el teclado y se deslizaban sobre él como por voluntad propia. Hacia mediodía, disponía de un pulcro montón de cartas, producto de una de las cintas, con sus correspondientes sobres cuidadosamente sujetos a ellas, como Hugh me había indicado que hiciera.

Mientras sacaba la primera cinta e introducía la segunda en el dictáfono, el teléfono sonó y me quedé helada: todavía no estaba segura de qué debía contestar.

—Hola —saludé con falsa seguridad, y sujeté el auricular con el hombro. Aquella era mi primera llamada de verdad.

—¡Joanna! —exclamó una voz alborozada.

—¿Papá?

—El mismo —afirmó mi padre con su voz de Boris Karloff.

En su juventud había sido actor. Su grupo teatral actuaba en la región de Catskills, en colonias de bungalós y algún que otro centro turístico. Los otros miembros del grupo se hicieron famosos: Tony Curtis, Jerry Stiller... Mi padre se hizo dentista; un dentista que contaba chistes.

—Soy tu viejo papaíto. ¿Cómo va tu primer día de trabajo?

—Muy bien. —Mis padres me habían pedido el número de teléfono de la agencia minutos después de que les contara que tenía un empleo, pero no pensé que me telefonearían el primer día—. He estado mecanografiando cartas.

—¡Bueno, ahora eres toda una secretaria! —exclamó mi padre entre risas. Yo procedía de una familia de científicos y todos mis pasos parecían divertirles mucho—. ¡Ay, lo siento, toda una asistente!

—Es un poco diferente que ser secretaria —le aclaré y, mientras hablaba, detesté el tono solemne de mi voz.

Este era otro tema recurrente en mi familia: «Joanna se lo toma todo demasiado en serio», «Joanna no sabe aceptar una broma», «¡Solo estamos bromeando, Joanna! No tienes por qué enfadarte». Pero yo siempre me enfadaba.

—Parte de mi trabajo consistirá en leer originales.

Esta fue la única tarea que se me ocurrió no específica de las secretarias. En realidad, mi jefa ni siquiera la había mencionado, pero todas las personas con las que había hablado durante las semanas anteriores al inicio del trabajo recalcaron que la actividad principal de los asistentes de los agentes literarios consistía en leer originales. Nadie me comentó nada de mecanografiar cartas.

—Leer originales y cosas por el estilo —seguí explicándole a mi padre—. Buscaban a alguien con un currículum como el mío; con un posgrado en inglés.

—Sí, sí, claro —susurró mi padre—. Escucha, he estado pensando... ¿Cuánto me dijiste que te pagaban?

Miré alrededor para asegurarme de que no había nadie cerca.

—Dieciocho mil quinientos.

—¡¿Dieciocho mil dólares?! —gritó mi padre—. Creía que te pagaban más. —Hizo un sonido gutural de indignación, el último indicio de que había crecido en una casa de habla yidis—. ¿Dieciocho mil pavos al año?

—Dieciocho mil quinientos.

A mí, esta cantidad me parecía enorme. En la universidad ganaba mil quinientos dólares al trimestre dando clases particulares de escritura y, durante el posgrado, me las arreglé para salir adelante con el sueldo mínimo que conseguía sirviendo cervezas en un pub y ajustando botas de excursionismo en una tienda de deportes cerca de Oxford Street. Para mí, dieciocho mil quinientos dólares era una suma impresionante e increíble, quizá porque me imaginaba que me la daban de una sola vez, en fajos de billetes nuevecitos.

—La verdad, Jo, no creo que puedas vivir con esa cantidad. ¿No puedes pedirles más?

—Ya he empezado a trabajar, papá.

—Lo sé, pero quizá podrías decirles que has calculado tus gastos y que no puedes vivir con tan poco dinero. Esto son... veamos... —Mi padre sabía realizar complicados cálculos mentales— mil quinientos dólares mensuales. Una vez descontados los impuestos te quedarán ochocientos o novecientos al mes. ¿Te pagan el seguro médico?

—No lo sé.

Me habían dicho que la agencia me proporcionaría un

seguro, el cual entraría en vigor tres meses después de empezar a trabajar, o quizás eran seis meses, y yo deduje que lo pagarían ellos, aunque, sinceramente, no presté demasiada atención a los detalles económicos. El hecho de haber conseguido un empleo fijo dejaba en segundo plano cualquier otra consideración. Estábamos en 1996, y el país se encontraba en plena recesión. Casi ninguna de las personas que conocía tenía un trabajo retribuido. Casi todos mis amigos estaban realizando algún tipo de posgrado: másteres en narrativa de ficción o doctorados en teoría cinematográfica, trabajaban en cafeterías en Portland, vendían camisetas en San Francisco o vivían con sus padres en el Upper West Side. Un trabajo, un empleo de verdad, con un horario de nueve a cinco era un concepto casi desconocido, una abstracción.

—Deberías averiguarlo —insistió mi padre. Me di cuenta de que su paciencia se estaba acabando—. Si no te pagan el seguro médico, no te quedará mucho para vivir. ¿Cuánto le pagas a Celeste por el alquiler?

Tragué saliva. Incluso antes de pagarle a Celeste el alquiler del primer mes y aunque todavía guardaba varios vestidos y mi mejor abrigo en el armario de su dormitorio, de manera extraoficial ya vivía con Don. Mis padres no sabían nada de él, ni siquiera se lo había nombrado. Por lo que ellos sabían, yo estaba a punto de casarme con mi novio de la universidad, y ellos estaban encantados con lo bien parecido que era, su carácter amable y su inteligencia. Cuando mis padres me telefoneaban a la casa de Celeste, yo nunca estaba, pero ellos se lo tomaban como otro fastidioso síntoma de la juventud.

—Trescientos cincuenta dólares —le contesté, aunque había accedido a pagarle a Celeste trescientos setenta y cinco, la mitad exacta del alquiler.

Como me ocurría a menudo, había aceptado aquella propuesta sin reflexionar mucho y, después, había llegado a la conclusión de que era totalmente injusta. Pagar la mitad del alquiler de un apartamento en el que nada era mío, en el que ni siquiera podía estirar las piernas mientras dormía, no tenía sentido. No me imaginaba viviendo indefinidamente sin un mínimo de privacidad. Pero a Celeste parecía gustarle vivir en un espacio tan reducido. Como Hugh, ella también parecía una solitaria: sola con sus ansiedades e inseguridades, sola bajo la tiranía de su mente, pero también simple, literal y físicamente sola. Su única compañía consistía en un gato parapléjico de gran tamaño que se arrastraba por el apartamento como una criatura mitológica: su mitad delantera era peluda y leonina, mientras que sus cuartos traseros estaban pelados al cero, porque ya no tenía la flexibilidad necesaria para acicalárselos. Una noche, regresé al apartamento después de haber salido con una amiga por el centro de la ciudad y encontré a Celeste en la cama, vestida con una bata de franela estampada con ramitos de flores y abrochada hasta el cuello. Estaba viendo una reposición de una otrora célebre comedia de enredo y acariciaba a su extraño gato mientras las lágrimas resbalaban por sus mejillas.

—¿Qué te ocurre? —le susurré, y me senté en el borde de la cama, como si ella estuviera enferma—. ¿Qué ha pasado, Celeste?

—No lo sé —contestó.

Su cara redonda y pecosa, que yo consideraba la definición misma de la salud, estaba roja y escocida de tanto llorar.

—¿Qué has hecho esta noche? ¿Te has quedado en casa? ¿Ha ocurrido algo?

Ella negó con la cabeza y me explicó:

—Después de trabajar vine a casa y me preparé unos espaguetis. —Asentí—. Decidí cocinar todo el paquete y comérmelos poco a poco durante los próximos días. —Una lágrima resbaló por su rolliza mejilla—. Así que me comí unos cuantos y, después, unos cuantos más y, después, más. —Levantó los ojos y me miró con tristeza—. Y finalmente, sin darme cuenta, me los comí todos. Medio kilo entero de espaguetis. Me he comido medio kilo de espaguetis yo sola.

Durante el año transcurrido desde que nos licenciamos, Celeste había ganado algo de peso, pero yo sabía que el problema no era ese. Lo que la preocupaba no era que el medio kilo de pasta se tradujera en otro medio kilo en la báscula. Lo que la aterrorizaba era el conjunto de circunstancias que hacían que pudiera comer medio kilo de espaguetis de una sola vez: el grado de desapego y falta de ataduras de su vida, en la que nadie, una madre, una hermana, una compañera de piso, un profesor, un novio... nadie estuviera allí para controlar sus hábitos y comportamientos y para decirle: «¿No has comido ya bastante?», o «¿Podemos compartir ese plato de espaguetis?», o «Salgamos a cenar esta noche», o «¿Qué vas a preparar esta noche para cenar?». Celeste se levantaba por la mañana, se iba a trabajar y regresaba a casa sola.

—¿Trescientos cincuenta? —gritó mi padre—. ¿Por compartir una habitación? ¿Acaso no duermes en el sofá?

—En realidad, si tenemos en cuenta el barrio en que está, se trata de un apartamento muy económico.

—Tu madre y yo hemos estado hablando sobre este tema —continuó él. Su paciencia se había evaporado totalmente—. Si vas a aceptar este trabajo —«ya lo he aceptado», pensé—, deberías vivir con nosotros. Puedes tomar el autobús que va al centro y así te ahorrarías el dinero del alquiler. Quizá, con el tiempo, podrías comprarte tu propio apartamento. Pagar un alquiler es tirar el dinero.

—No puedo vivir en vuestra casa, papá —repliqué midiendo mis palabras—. El autobús tarda casi dos horas. Tendría que salir de casa a las seis y media de la mañana.

—¿Y qué? Tú eres muy madrugadora.

—Papá —repuse con calma—. Simplemente, no puedo. Tengo que vivir mi propia vida.

Vi que mi jefa se acercaba por el pasillo.

—Tengo que dejarte —le dije a mi padre—. Lo siento.

—No todo el mundo consigue lo que desea —repuso él.

—Lo sé —contesté con tanta tranquilidad como pude. Yo quería a mi padre con locura y una punzada de añoranza hacia él, hacia su presencia física, me atenazó el corazón—. Tienes razón —añadí.

Pero lo que en realidad pensaba era lo que piensan todos los hijos: «Tú no lo conseguiste, pero eso no significa que yo no lo consiga.»

Las horas transcurrían y las cartas se iban amontonando sobre mi escritorio. A la una y media, mi jefa volvió a ponerse el abrigo, se marchó y regresó con una bolsita de papel marrón. ¿Cuándo me diría que podía irme a comer?, me pregunté, y ¿se suponía que yo debía hacer lo mismo que ella, comprarme la comida y tomarla en la oficina? El mundo exterior ahora me parecía un sueño. Solo estábamos el dictáfono y yo; me había pasado la mañana escribiendo una carta tras otra y ajustando el dial para reducir la velocidad de la voz de mi jefa, que pasaba de un tono alto a otro bajo; de este modo no perdía tanto tiempo rebobinando para volver a escuchar fragmentos que no había entendido bien. Estaba hambrienta y los dedos me dolían, aunque no tanto como la cabeza. Un flujo continuo de humo salía del despacho de mi jefa y llegaba hasta mi escritorio, y los ojos me escocían como solía ocurrirme después de estar varias horas en un bar.

Alrededor de las dos y media, cuando acababa de mecanografiar el dictado de la última cinta, mi jefa se acercó. Ya había pasado varias veces por delante de mí sin hacerme el menor caso, lo que me había producido una extraña sensación, como si me hubiera convertido en parte del mobiliario.

—Vaya, parece que has avanzado bastante —declaró—. Les echaré una ojeada.

Tomó las cartas mecanografiadas de mi escritorio y se retiró a su despacho. Segundos más tarde, Hugh asomó la cabeza por la puerta del suyo.

—¿Ya has comido? —me preguntó. Yo negué con la cabeza y él suspiró—. Alguien debería habértelo dicho. Puedes ir a comer cuando quieras. Tu jefa suele ir temprano y yo un poco más tarde, aunque a menudo me traigo la comida de casa.

De algún modo, esto no me sorprendió. Hugh era el tipo de persona que yo podía imaginarme comiendo un simple bocadillo de mantequilla de cacahuete y gelatina cortado en triángulos y envuelto en papel de cera.

—Vete ahora. Debes de estar hambrienta.

—¿Seguro? Ella... —señalé el despacho de mi jefa— acaba de llevarse las cartas que he mecanografiado.

—Las cartas pueden esperar. Esas cintas llevan grabadas casi un mes. Ve a comprarte un bocadillo.

Una vez en la avenida Madison, me quedé mirando el escaparate de una franquicia de una cadena de cafeterías. Sus precios eran demasiado caros para mí, porque todo era demasiado caro para mí. No tenía nada. Solo unos cuantos dólares que mi padre me había dado y que tenían que durarme hasta recibir la primera paga, lo que supuse que ocurriría hacia el final de la semana. Ni siquiera había abierto una cuenta bancaria en la ciudad. Tenía tan poco dinero que me parecía ridículo hacerlo. Conservaba la cuenta de Londres y en ella tenía algo de dinero, pero no estaba segura de cuánto ni de cómo disponer de él en aquella era preelectrónica. En el monedero tenía dos tarjetas de crédito, pero las guardaba para casos de emergencia y no se me ocurrió utilizarlas para otras cosas: para algo tan innecesario como comer, por ejemplo, por muy hambrienta que estuviera.

Decidí comprar una manzana y una taza de café. Esto, como mucho, me costaría un par de dólares. Entré en una tienda de comestibles especializada en la propia Madison y examiné un montón de plátanos demasiado maduros.

—¿Qué deseas? —me preguntó sonriendo un tendero vestido de blanco desde el otro lado del mostrador.

—Un bocadillo de pavo —pedí sin pensármelo dos veces. El corazón me latió con fuerza debido a mi insensatez—. Con provolone, lechuga, tomate y un poco de mayonesa. Solo un poco. Ah, y también mostaza.

A la hora de pagar, entregué un billete de diez dólares y me devolvieron dos dólares y cincuenta centavos. El bocadillo me había costado varios dólares más de lo que esperaba gastarme en una comida tan sencilla. El pulso se me aceleró debido al rencor que me invadió. Cinco dólares era el coste de una comida, pero ¿siete dólares y medio? ¡Por ese precio podías cenar en un restaurante!

De vuelta en la agencia, dejé el bocadillo encima del escritorio y me quité el abrigo. Cuando retiré la silla para sentarme, mi jefa apareció en la puerta de su despacho.

—¡Ah, bien, ya has vuelto! Ven, tenemos que hablar de unas cuantas cosas.

Eché un triste vistazo a mi bocadillo, que estaba apretadamente envuelto en papel blanco de carnicero, y luego entré en el despacho de mi jefa y me senté en una de las sillas de respaldo alto que había delante de su escritorio.

—Tenemos que hablar de Jerry —me informó ella mientras se sentaba en su silla, detrás de su enorme escritorio.

Asentí con la cabeza, aunque no tenía ni idea de quién era Jerry.

—Llamará gente y te pedirá su dirección y número de teléfono. Te pedirán que los pongas en contacto con él. O conmigo. —Se rio burlonamente—. También llamarán periodistas y estudiantes. Licenciados. —Puso los ojos en blanco—. Te dirán que quieren entrevistarlo, concederle un premio, un título honorario o a saber qué. Llamarán productores para negociar derechos cinematográficos. Intentarán engatusarte. Puede que sean muy persuasivos, muy manipuladores, pero tú nunca... —Detrás de sus enormes y gruesas gafas, sus ojos se entrecerraron y ella se inclinó por encima del escritorio como si fuera la caricatura de un gánster. Su voz adquirió un tono amenazador—. Nunca, nunca, le des a nadie su dirección ni su número de teléfono. No les cuentes nada. No contestes a sus preguntas. Solo cuelga lo más deprisa que puedas. ¿Comprendido?

Asentí.

—Nunca, bajo ningún concepto, debes dar su dirección o su número de teléfono.

—Lo comprendo —afirmé, aunque no estaba segura de comprenderlo ya que seguía sin saber quién era Jerry.

Estábamos en 1996 y el primer Jerry que acudió a mi

mente fue Seinfeld, quien supuestamente no era un autor de la agencia, «aunque nunca se sabe», me dije.

—Muy bien —prosiguió mi jefa reclinándose de nuevo en la silla—. Lo comprendes. Ahora vete. Daré una ojeada a la correspondencia que has pasado a máquina.

Señaló el montón de cartas que yo había mecanografiado y que estaban ordenadamente apiladas en su escritorio. Al verlas, sentí una extraña sensación de orgullo. ¡Aquel montón de hojas de papel amarillo llenas de letras escritas en tinta negra era tan bonito!

Salí del despacho y, mientras me alisaba la falda, miré casualmente hacia las estanterías que había a la derecha de la puerta, en la pared situada enfrente de mi máquina de escribir. Me había pasado el día de cara a aquella librería, mirándola sin verla, concentrada en mecanografiar las cartas. La librería contenía ejemplares en tonos mostaza, granate y turquesa y con títulos escritos en negrita. Yo había visto esos mismos libros incontables veces: en las estanterías de mis padres, en el Departamento de Lengua Inglesa del instituto, en todas las librerías y bibliotecas que había visitado en mi vida y, cómo no, en las manos de mis amigos. Pero nunca los había leído. Al principio, simplemente por casualidad y luego por una decisión consciente. Se trataba de libros tan omnipresentes en las estanterías de la época que ya no me fijaba en ellos: *El guardián entre el centeno*, *Franny y Zooey*, *Nueve cuentos*.

Salinger. La agencia representaba a J. D. Salinger.

No caí en la cuenta hasta que llegué a mi escritorio.

«¡Ah, Jerry!», pensé.

Don vivía en un apartamento amplio y ruinoso situado en el cruce de dos calles amplias y ruinosas, la Grand y la Union, en el área de Williamsburg, en Brooklyn. El apartamento disponía de tres dormitorios: uno pequeño, cuya puerta comunicaba directamente con el salón y en el que dormía Don; otro grande, situado en la esquina opuesta y que utilizaba Leigh, la compañera de piso de Don y titular del contrato de alquiler, y el tercero, situado en medio de los otros dos y durante mis primeras visitas siempre cerrado, como si formara parte de una obra de Du Maurier o de un mito griego. Al principio, y dado que el espacio constituía el bien más valioso en Nueva York, supuse que lo ocupaba un tercer compañero de piso. Sin embargo, una noche de finales de otoño, la puerta estaba abierta y vi que lo único que había en la habitación era un montón enorme de ropa, una auténtica montaña de ropa toda arrugada, retorcida, liada y amontonada de tal forma que apenas se distinguían unas prendas de otras: una enagua aquí, una falda allá, la manga de un jersey que colgaba hasta el suelo... A partir de los colores y los estampados, deduje que se trataba de ropa antigua, de los años cuarenta y cincuenta. Le pregunté a Don si toda aquella ropa ya estaba en la casa cuando ellos llegaron, en el interior de un baúl o en el altillo, y si pertenecía a una antigua inquilina ya fallecida.

—Pertenece a Leigh —contestó él mirando hacia el techo—. No tiene la energía suficiente para guardarla, de modo que la echa al suelo. De vez en cuando decide recogerla y llevarla a la tintorería, pero normalmente al cabo de una hora se da por vencida. —Sacudió la cabeza y se rio.

Leigh era alta y delgada, tanto que las venas sobresalían de su pálida piel como si se tratara de un mapa topográfico, y su cabello rubio caía en grasientos mechones sobre sus hombros. Fuera cual fuese la hora a la que yo llegara al apartamento, parecía recién despertada. Salía de su habitación con aire somnoliento, vestida con un kimono de seda arrugado o un pijama desteñido de hombre, y se dirigía al salón. Las gruesas lentes de sus gafas magnificaban sus grandes ojos azules y la montura estaba tan pasada de moda que podía considerarse moderna. Pocas veces salía del apartamento, salvo para comprar cigarrillos o un litro de leche. En tales ocasiones, se ponía un viejo abrigo de hombre encima del pijama. Pagaba esas cosas con billetes arrugados que sacaba de los bolsillos o de viejos monederos, pero cómo los conseguía constituía un misterio, porque no disponía de ingresos conocidos. Según Don, procedía de una familia adinerada, ¡muy adinerada!, pero su padre se cansó de mantenerla poco antes de que yo me mudara al apartamento, en octubre. «Le dijo que se buscara un maldito empleo», me explicó Don riéndose, pero a mí su historia, más que divertida, me pareció triste, como si Leigh fuera un personaje de Wharton, fisiológicamente incapaz de responder a las exigencias de la era posindustrial.

No consiguió ningún empleo, aunque alguna que otra vez la vi señalar con un bolígrafo algún anuncio en el *Voice*. Ahora sobrevivía gracias al café, un café negro y espeso que preparaba con posos en una vieja cafetera de goteo, los cigarrillos y el ocasional paquete de macarrones de marca genérica con queso. «Si piensas en ello, se trata de una comida perfecta —me explicó una vez—. Aporta proteínas y carbohidratos —declaró mientras contaba los componentes nutricionales con los dedos—. Y si le añades un paquete de espinacas congeladas, tienes una comida completa.» Sus orígenes acomodados solían manifestarse en forma de consejos: dónde encontrar ajenjo auténtico; cómo arreglar un jersey de cachemira; dónde conseguir un corte de pelo perfecto. Leigh sabía dónde obtener esas cosas, pero no podía permitírselas. Ella bebía vino barato que normalmente compraba otra persona, como yo, vestía jerséis andrajosos y parecía no haberse cortado el cabello en años.

En determinado momento, a mediados de diciembre, justo antes de la entrevista con la agencia, me hice daño en una rodilla: una vieja torcedura agravada por el hecho de que caminaba mucho. Me dolía tanto que apenas podía moverme y el médico me recetó un analgésico. Me tomé una pastilla que, en lugar de aliviarme el dolor, me revolvió el estómago y, de forma insidiosa, trepó hasta mi cerebro y me impidió leer, pensar o hacer cualquier otra cosa salvo dormir en estado comatoso. Tuve unos sueños horribles, oscuros y tenebrosos en los que una amenaza sin nombre ni cara me perseguía incesantemente. Cuando desperté, tenía la garganta irritada y apenas podía moverme, ni siquiera para sentarme en la cama. Llamé a Don, pero acudió Leigh.

—¿Te encuentras bien? —me preguntó mientras apoyaba su mano blanca y fría en mi frente.

—Me he tomado este analgésico y ha sido horrible —contesté con voz ronca.

De repente, su expresión pasó de mostrar una preocupación amistosa a una calculadora.

—¿Qué analgésico? —me preguntó.

—El frasco está ahí —le indiqué.

—Vicodin —leyó ella con reverencia mientras cogía el frasco y lo acunaba en su mano—. Justo lo que pensaba. —Se interrumpió un instante mientras agitaba las blancas pastillas en el frasco ámbar—. Si no las vas a tomar, ¿te importa que me las quede?

Mi corazón, que ya palpitaba con fuerza, se aceleró todavía más. ¿Por qué había de querer Leigh las pastillas que el traumatólogo me había recetado para la rodilla? ¿Qué narices haría con ellas?

—Mmm... debería quedármelas. Quizá las necesite —le contesté.

—¿Me das aunque sea una? —me preguntó con un tono suplicante que me asustó.

—Es posible —respondí—. Me lo pensaré.

Ella dejó el frasco a desgana y se marchó enfadada.

—¡Puede que las necesite! —le grité.

Unas horas más tarde, me despertó un ruido de cristales rotos seguido de gritos. Salí al pasillo y una ráfaga de aire helado me sacó de mi neblina medicamentosa. En el otro extremo del apartamento, encontré a Leigh sentada junto a una ventana rota. Miraba fijamente su mano, ensangrentada, y unos fragmentos irregulares de cristal sobresalían de su carne.

—¡Oh, Dios mío! —exclamé mientras contenía las náuseas.

—Estoy bien —afirmó ella con voz pastosa—. No me duele nada. —Levantó la mirada hacia mí, pero pareció ver a través de mí o más allá o a otro yo situado cinco metros detrás de mí—. Solo he gritado por el ruido. El ruido del cristal. —Señaló la ventana—. La ventana se ha roto.

Miré sucesivamente su cara, su mano y la ventana mientras temblaba a causa del aire frío.

—¿Qué ha ocurrido? —pregunté perpleja, porque no lograba comprender lo que veían mis ojos.

—He atravesado la ventana con la mano. —Seguía mirando su mano como si se tratara de un ser extraño, como si le maravillara que estuviera unida a su cuerpo.

—Pero ¿cómo? ¿Por qué?

Entonces se me ocurrió que debía dejar de hablar y llevarla a un hospital. La cantidad de sangre que perdía era aterradora. Me pregunté si habría alguien más en el edificio aparte de nosotras y si debía llamar a una ambulancia. ¿Dónde estaba Don?

—Simplemente, quise hacerlo. Me parecía tan bonita... Sabía que no me dolería y no me ha dolido.

Entonces alguien llamó a la puerta y el pomo giró. Leigh, como de costumbre, no la había cerrado con llave. Un hombre alto, atractivo y de origen asiático entró en el apartamento. Tenía un cabello negro ensortijado alrededor de las orejas y salpicado de canas, e iba muy poco abrigado para el tiempo que hacía, con una simple chaqueta de algodón de estilo militar. Nos habíamos visto brevemente una vez en el pasado y sabía que era un amigo de Leigh, que se habían conocido en Antioch y que ahora estaba estudiando un posgrado de Biología en Princeton. Se detuvo junto a la puerta, miró hacia la cocina y luego hacia el dormitorio de Leigh, desde donde yo, incapaz de decir nada, lo observaba.

—¿Dónde está? —me preguntó.

—Aquí. Está sangrando.

—¡Leigh! —gritó, más exasperado que preocupado. Pasó por delante de mí y entró en el dormitorio—. Pero ¿qué has...?

Antes de llegar al lado de Leigh, junto a la ventana, su mirada se posó en la cómoda, y la mía hizo lo mismo; en concreto, en un frasquito de color ámbar. «No puede ser el mío —pensé mientras él lo cogía—. Ella no se atrevería.»

—¿Vicodin? —preguntó él con voz cansina—. ¿De dónde lo has sacado?

Leigh me miró y sonrió.

—De Joanna —contestó—. Ella me las ha dado. —Sonrió todavía más ampliamente—. Gracias, Joanna, ¡eres muy buena chica! —Su sonrisa se transformó en una mueca—. Pero Don es un mierda. Deberías dejarlo. ¡Tú eres muy guapa!

Su amigo, que, entonces me acordé, se llamaba Pankaj, agitó el bote, lo abrió, lo vació en una palma y contó las pastillas.

—¿Cuántas has tomado? —le preguntó a Leigh.

Ella levantó tres dedos sangrientos.

—¿Tres? —preguntó él—. ¿Solo tres?

Leigh asintió y Pankaj me miró.

—¿Cuántas había en el frasco?

Yo no estaba segura.

—Puede que diez —contesté—. Yo solo he tomado una. Esta mañana. Porque me dolía la rodilla. Yo no...

Me interrumpí mientras consideraba la posibilidad de explicarle que yo, de ningún modo, le había dado las pastillas.

—¿Por qué se las habrá tomado? —le pregunté.

Él volvió a contar las pastillas mientras las metía de nuevo en el frasco y me miró de una forma extraña.

—A mí me ha sentado mal —le expliqué—. Me hizo vomitar y lo único que podía hacer era dormir. Ni siquiera podía leer. Y he tenido unas pesadillas espantosas.

—¡Es divertido! —exclamó Leigh.

Su amigo sacudió su bonita cabeza y suspiró.

—Tienes suerte de que no las haya vendido —declaró, y dirigió su atención hacia Leigh—. Está bien, vamos al hospital.

Más tarde, cuando regresaron, Leigh traía la mano envuelta en una inmaculada venda blanca. Nos sentamos a la mesa de la cocina y sacamos unas cervezas frías. Pankaj me explicó que Leigh le había telefoneado y que su voz sonaba muy rara. Él se dio cuenta de que algo no iba bien, de modo que pidió prestado un coche y condujo desde Princeton hasta Brooklyn bajo la nieve.

—Tuve una corazonada —me contó.

Yo asentí con la cabeza. Don todavía no había llegado.

A las cinco, el teléfono sonó y me apartó de aquel triste recuerdo.

—¡Eh, tía, qué pasa! —exclamó la grave voz de Don en el auricular—. ¿Cómo te va el trabajo?

Pronunció la última palabra con sorna, como si yo solo jugara a trabajar. Para Don, trabajar consistía en colocar ladrillos, fregar suelos o troquelar metales en una fábrica. Don era comunista.

En nuestra primera cita, quedamos en un restaurante italiano decorado con relojes de la avenida A. Don se sentó frente a mí y me explicó que lo había elegido porque estaba cerca de una librería comunista en la que acababa de finalizar su turno como voluntario.

—¿Entonces tú... esto... los comunistas actuales realmente creéis que conseguiréis derrocar el gobierno federal? —le pregunté mientras esperábamos que nos sirvieran los platos de pasta.

Él hizo girar el vino en su copa, bebió un sorbo y se estremeció levemente.

—No. Quiero decir, sí, algunos sí, pero la mayoría no.

—Entonces ¿qué finalidad tiene el partido?

Yo quería saberlo de verdad. En los años treinta, a mi abuela le pidieron que se presentara como candidata al Senado por el partido comunista. A mi tío abuelo lo mataron de un disparo en una manifestación sindicalista frente al edificio Forward, en el East Broadway. Mi padre, cuando se alistó durante la guerra de Corea, fue investigado por el

FBI. Pero en mi familia nadie hablaba de política. La situación de los años cincuenta hizo desaparecer esa inquietud en ellos.

—¿Qué hacéis aparte de vender libros?

—Educamos. Intentamos despertar la conciencia de clase. Luchamos contra el materialismo. Colaboramos con los sindicatos y ayudamos a organizarse a los obreros. —De repente, tomó mi mano, y su voz, que de por sí ya era grave, como de bajo, se volvió todavía más grave—. Ofrecemos una alternativa —dijo—. A todo. Ofrecemos una forma diferente de percibir el mundo.

A través del teléfono, su voz sonaba grave y animada. Tenía voz de fumador, aunque aborrecía el tabaco.

—¿Qué tal si nos encontramos en el L cuando salgas del trabajo? —propuso.

El L era nuestro bar preferido en Williamsburg. Don a menudo se instalaba allí por las tardes, donde escribía su diario y bebía tanto café que su pierna no paraba de botar.

—He hablado con un agente inmobiliario y puede que tenga un lugar para nosotros.

—¿Para nosotros? —repetí. Solo hacía unos meses que nos conocíamos y yo tenía un novio en California con quien pensaba irme a vivir. En algún lejano momento del futuro—. ¿Un apartamento para nosotros?

—Sí, para nosotros —repitió él—. Ya habrás oído esa palabra antes. Significa «tú y yo» —declaró con lentitud afectada.

Mi jefa se fue a las cinco en punto. Pasó con rapidez por delante de mi escritorio y me saludó con la mano.

—¡No te quedes hasta muy tarde! —me indicó.

Yo seguía mecanografiando y el dictáfono seguía emitiendo su zumbido. Minutos después, Hugh salió de su despacho ataviado con un chaquetón acolchado.

—Vete a casa —me dijo—. Ya has hecho bastante por hoy.

Se oyeron risas, crujidos de bolsas y abrigos y los administrativos y el mensajero se fueron a casa. La oficina quedó a oscuras y en silencio. La única luz en nuestra zona era la de mi escritorio. Terminé la carta que estaba escribiendo, la saqué de la Selectric, cogí el abrigo, que estaba colgado en el respaldo de la silla, y me dirigí a la puerta.

Me detuve un instante delante de las estanterías que contenían los libros de Salinger. Contemplé los familiares lomos y leí los títulos. Mis padres los tenían casi todos; sendos ejemplares en rústica de *El guardián entre el centeno* y *Levantad, carpinteros, la viga maestra*; *Seymour: una introducción*, y una impecable edición en tapa dura de *Franny y Zooey*. Pero yo no los había leído. ¿Por qué? ¿Por qué había pasado por alto los libros de Salinger? En parte, debido al azar. El profesor de Literatura del instituto nunca nos hizo leer *El guardián entre el centeno*. Ninguno de mis hermanos mayores puso el libro en mis manos cuando yo tenía catorce años ni me dijo: «Tienes que leer esto.» Después, mi momento Salinger, el lapso de tiempo entre los doce y los veinte años, cuando todos los jóvenes del universo instruido parecían estar fascinados con la novela, pasó. Ahora lo que me interesaba eran las obras de ficción complejas y descarnadas, las novelas extensas y explícitas: el realismo social. Me interesaba Faulkner, Didion y Bowles, escritores cuyo estilo crudo e implacable estaba en franca oposición a lo que yo imaginaba que era el estilo de Salinger: insufriblemente efectista y sumamente exagerado y extravagante. No me interesaban los cuentos de la vieja Nueva York de Salinger: los niños precoces que hablaban largo y tendido de los *koan* zen o que se desvanecían en los sofás, exhaustos ante la tiranía del mundo material. No me interesaban los personajes que tenían nombres como Boo Boo y Zooey. No me interesaban los niños hiperexpresivos de siete años que citaban fragmentos del Bhagavad Gita. Incluso los títulos de los relatos me parecían juveniles y excesivamente pretenciosos: *Un día perfecto para el pez plátano*, *El tío Wiggily en Connecticut*...

Yo no quería que me entretuvieran. Quería que me provocaran.

El agente inmobiliario nos condujo hasta una bonita casa de apartamentos de la calle 8 Norte situada a una manzana de la parada del metro y contigua a una gran panadería polaca. Las farolas proyectaban la sombra de los árboles desnudos sobre la nieve.

—Está aquí detrás —nos indicó.

Abrió la puerta y después de pasar junto a una elegante escalera y por delante de los apartamentos de la planta baja, salimos por la puerta trasera del edificio. «¿Adónde demonios nos lleva?», pensé mientras seguía a los dos hombres. Llegamos a un patio interior nevado. Al fondo había una pequeña casa, ruinosa y descuidada, de tres plantas que parecía salida de un cuento, un lugar secreto.

El apartamento era pequeño y peculiar. El suelo de madera estaba recién pintado de un curioso rojo ladrillo; los vapores de la pintura todavía flotaban en el ambiente. Los lugares de paso tenían forma de arco y carecían de puertas. En el salón había un armario, una pequeña hilera de armarios de cocina, una nevera y un horno diminuto. El pequeño dormitorio daba al patio de cemento y a las ventanas traseras del edificio delantero. Las baldosas del lavabo eran de un rosa chillón. Y el suelo estaba visiblemente inclinado.

—¿Cuánto vale? —le preguntó Don al agente—. ¿Quinientos?

—Quinientos cuarenta.

—Nos lo quedamos.

Yo lo miré con incredulidad y los ojos muy abiertos.

—Quizá deberíamos tomarnos un día para hablarlo y ver otros apartamentos.

—No —contestó Don riéndose—. Nos lo quedamos. ¿A cuánto asciende la fianza?

Una vez en el exterior, me gustó sentir el aire frío en las mejillas. «Al final, no nos lo quedaremos», pensé. Sin embargo, la mera idea de regresar al apartamento de Celeste, aunque solo fuera para recoger mis cosas, me producía ansiedad. Los platos de pasta, el sofá excesivamente mullido, el gato parapléjico...

Minutos después, estábamos en las oficinas de la agencia rellenando formularios.

—Irá a su nombre —declaró Don.

Le lancé una mirada de preocupación y el corazón se me aceleró. Si el contrato figuraba a mi nombre, significaba que yo asumiría el pago del alquiler y que Don no era responsable de nada. Teniendo en cuenta que quinientos cuarenta dólares representaba más de la mitad de mi sueldo, la idea me resultó aterradora.

—Eres tú quien tiene un empleo —me explicó Don camino de su viejo apartamento, y me tomó del brazo—. Además, tienes fama de solvente.

—¿Cómo sabes que tengo fama de solvente?

—Simplemente, lo sé —contestó. Se detuvo y extrajo unos guantes de piel gastados de uno de sus bolsillos—. En cualquier caso, seguro que lo eres más que yo.

—¿A qué te refieres?

Inhaló una bocanada de aire helado.

—No devolví el préstamo estudiantil —me explicó.

—¿Que no devolviste el préstamo estudiantil?

—Eso acabo de decirte. —Sacudió la cabeza y sonrió—. No es para tanto. Además, los bancos son asquerosos. Se aprovechan de los jóvenes de dieciocho años. Seguro que no les afecta para nada haber perdido mis veinte mil dólares. —Estampó un frío beso en mi mejilla derecha—. ¡Eres tan burguesa! En serio, Buba, no pasa nada. Yo estaba escribiendo una novela y no tenía tiempo para ocuparme de los préstamos estudiantiles.

No estaba segura de qué responder o qué pensar.

—De todas maneras, fue una estupidez —reconoció. Volvió a tomarme del brazo y seguimos caminando por la calle 9 Norte hacia Macri Triangle, una descuidada parcela verde plagada de ratas y que, por alguna razón, el Ayuntamiento de Nueva York la consideraba un parque público.

—No podía cumplir los plazos, de modo que los aplacé. Puedes seguir aplazándolos indefinidamente. Solo tienes que rellenar un montón de papeleo cada seis meses, pero me cansé de tanta burocracia.

Yo estaba pensando en el alquiler. La verdad es que no acababa de comprender cómo se ganaba la vida Don. Parecía pasarse la mayor parte del tiempo en el gimnasio, porque era boxeador —«Como Mailer, pero mejor», solía comentar él—, o en las cafeterías, trabajando en una novela que, según decía, estaba a punto de acabar. En el pasado, había enseñado inglés como segundo idioma a adultos: inmigrantes de Rusia y esposas latinoamericanas, pero ahora no tenía más que unos pocos alumnos privados. Siempre parecía tener dinero para vino y café, aunque también lo administraba con una disciplina rigurosa. Nunca utilizaba tarjetas de crédito y ahora yo sabía por qué.

—De todas formas, los estudios universitarios deberían ser gratuitos —alegó Don—. En Europa nadie paga veinte mil dólares al año por una licenciatura. Todos mis amigos europeos piensan que los norteamericanos estamos locos.

Los amigos europeos de Don surgían ocasionalmente en nuestras conversaciones, pero yo nunca los había visto. Los amigos que veíamos con regularidad eran, en su mayoría, de Nueva York o de Hartford, que era donde Don se había criado, y de San Francisco, donde había vivido hasta hacía más o menos un año. Casi todos habían asistido a universidades en que la matrícula costaba más de veinte mil dólares anuales. Su amiga Allison se había criado en una casa del Upper East Side. Era hija de un escritor famoso y una importante editora y había asistido a la Universidad de Bennington. Allí había conocido a Marc, que era el mejor amigo de infancia de Don. Marc procedía de Providence y era hijo de catedráticos. Como Don, sus amigos se esforzaban en eludir los símbolos de su privilegiada infancia: Allison vivía en un estudio tipo buhardilla en la calle Morton y se quejaba de que tenía poco dinero, pero cenaba fuera todas las noches. Marc había abandonado sus caros estudios para aprender ebanistería, pero ahora trabajaba como contratista de lujo en su piso de la calle Catorce, una propiedad de un valor considerable.

—¿No has notado nada raro en la casa? —le pregunté a Don.

—Sí, que el suelo está un poco inclinado. —Se encogió de hombros, me rodeó con el brazo y me atrajo hacia él—. Pero ¿a quién le importa? No encontraremos otro apartamento por quinientos dólares al mes. Al lado de una estación de metro. Al lado de todo. Y el barrio es bonito. La calle 8 Norte. Con todos esos árboles.

—Los árboles —repetí con una sonrisa, aunque lo único que recordaba de ellos eran sus oscuras sombras sobre la nieve.

Cuando llegamos a casa, encontramos a Leigh y Pankaj bebiendo cerveza con Allison y Marc, a quienes, por lo visto, Don había invitado, aunque lo había olvidado, o había olvidado decírmelo. A mí, Allison y Marc me caían bien, mucho más que la mayoría de los amigos de Don, pero aquel día estaba exhausta.

—¡Donald! ¡Joanna! —exclamó Leigh. Levantó la mano vendada para saludarnos—. ¡Venid a tomaros una cerveza con nosotros! Estamos de celebración.

Se levantó de la silla y apoyó su cálida mejilla en la mía, que estaba fría. Llevaba puesto uno de sus bonitos vestidos: uno de crepé granate oscuro con diminutos botones forrados a lo largo de toda la parte frontal. También iba maquillada: polvos base que ocultaban las marcas y arrugas de su barbilla; rímel, que hacía que se le vieran las pestañas; y pintalabios rojo intenso. Además, se había lavado y secado el pelo, de modo que ahora lo llevaba ondulado y resplandeciente. No solo estaba presentable, sino también preciosa.

—He encontrado un trabajo —anunció.

—¡Vaya! —exclamé. La verdad es que no la creía capaz de tal cosa—. ¿Qué tipo de trabajo?

—¿Qué más da? —exclamó Allison con regocijo, y entrechocó la jarra de cerveza con la de Pankaj, quien apenas sonrió.

Aunque en el apartamento hacía un calor sofocante,

Pankaj todavía llevaba su chaqueta militar sin forro y un pañuelo alrededor del cuello. Intenté llamar su atención. Pensé que habíamos vivido algo juntos, que entre nosotros había una conexión especial, pero él bajó la mirada hacia la mesa, hacia su regazo, hacia la cerveza.

—¡Eh, tío! ¿Cómo va el partido? —le preguntó finalmente a Don.

Minutos después, él y Leigh desaparecieron. Primero él y luego ella.

—Voy a cambiarme —explicó Leigh—. Llevo todo el día vestida así.

—¡Eh, adivina quién es cliente de mi agencia! —exclamé.

—Thomas Pynchon —contestó Allison mientras bebía un sorbo de vino de una gran copa azul.

Era la única pieza de cristalería del apartamento que se parecía a una verdadera copa de vino y Allison siempre la utilizaba cuando nos visitaba.

—Casi, casi —repliqué—. J. D. Salinger.

Un silencio atónito se adueñó de la habitación. Allison, Marc y Don me miraron boquiabiertos.

—Toma ya —dijo Marc finalmente, y empujó una jarra de cerveza hacia mí.

—¿Salinger? —preguntó Don mientras sacudía la cabeza con incredulidad—. ¿En serio?

Asentí.

—Es autor de mi jefa.

De repente, todos se pusieron a hablar al mismo tiempo.

—¿Has hablado con él? —Marc—. ¿Ha telefoneado a la agencia?

—¿Está trabajando en una nueva novela? —Allison con los labios morbosamente morados a causa del vino—. He oído decir que...

—Pero ¿qué edad tiene tu jefa? —Don—. ¿Salinger no empezó a escribir relatos hacia los años cuarenta?

—¿Es un hombre amable? —Allison de nuevo—. La gente está furiosa con él, pero yo siempre he pensado que se trata de un hombre muy agradable, lo que pasa es que quiere que lo dejen tranquilo.

—Es un jodido farsante —declaró Don sonriendo.

Su comentario molestó a Marc, que lo miró con los ojos entornados.

—Bromeas, ¿no? —dijo, y bebió un trago de cerveza—. Solo porque quiera que lo dejen en paz no significa que sea un farsante.

Como Don, Marc era bajo y musculoso, y, en cierto sentido, igual de intenso. Parecía una estrella de cine de los años setenta: ojos azules, mandíbula cincelada, nariz larga y cabello rubio y ondulado. Era tan guapo que hasta los hombres lo comentaban. Lisa, su novia, era muy poco agraciada, inusualmente poco agraciada, y tan silenciosa y reservada como Marc abierto y parlanchín. Estos eran solo algunos de los rasgos de ella que Don criticaba. De hecho, estaba convencido de que Marc cancelaría la boda.

—Hace unos años, mi amiga Jess trabajó en Little, Brown —explicó Allison mientras miraba a Marc—. Ya sabes, la editorial que publicaba las obras de Salinger. —Marc asintió—. Jess solo era una asistente y no tuvo relación con Salinger ni con sus libros, pero su mesa estaba cerca de la recepción. Una noche, ella se había quedado a trabajar hasta tarde y el teléfono general no paraba de sonar. Eran las nueve y media de la noche, y ¿quién telefonea a una oficina a esas horas? Así que al final descolgó el auricular. Entonces alguien se puso a gritar, a gritar de verdad, en el otro extremo de la línea. «¡El original está bien! ¡He salvado el original!» Y también gritó algo acerca de un fuego y otras cosas que ella no entendió. Aquel hombre no dejaba de gritar, así que mi amiga pensó que se trataba de un loco, ¿vale? —Asentimos—. Al día siguiente, cuando llegó al trabajo, se enteró de que...

—Se trataba de Salinger —terminó Don.

—Se trataba de Salinger —confirmó Allison, y su expresión se volvió seria debido al enfado—. Se había producido un incendio en su casa. Toda su casa quedó reducida a cenizas. O la mitad. En cualquier caso, cuando telefoneó a la editorial su casa se estaba quemando, pero en aquel momento él pensó que lo prioritario era telefonear a la editorial e informarles de que su nuevo libro estaba a salvo. Como si fuera lo más importante, más incluso que salvar a su familia o avisar a los bomberos.

—¿Cómo sabes que primero no salvó a su familia o telefoneó a los bomberos? —preguntó Don.

—Me lo dijo Jess.

—¿Y por qué crees que es una locura telefonear a tu editor e informarle de que tu original no ha sido destruido por un incendio? —insistió Don.

—No es precisamente eso lo que constituye una locura, Don —replicó Allison—, sino que telefoneara a esas horas, cuando se suponía que no había nadie en las oficinas. Además, dio por sentado que los empleados de Little, Brown sabían que se había producido un incendio en su casa, en una pequeña ciudad de New Hampshire...

—¿Sabes qué? —La voz grave de Don se había vuelto más áspera debido a la bebida—. Que todo esto me parece una gilipollez. No me creo que Salinger estuviera trabajando en otra novela. ¿Por qué habría de hacerlo? ¿Qué es ahora, millonario? ¿Multimillonario? Yo creo que tu amiga se inventó esa historia.

—¡Por todos los santos, Don! —gritó Allison. Sus oscuros ojos se volvieron vidriosos y sus mejillas enrojecieron—. ¿Por qué habría de inventárselo? Es verdad que se produjo un incendio. Es del dominio público. Recuerdo que mi madre lo comentó. Y salió en los periódicos. Yo lo leí. Y mi amiga también.

—¡Exacto! —exclamó Don con una mueca.

—Yo también lo leí —intervino Marc mientras se apartaba de la frente un mechón de cabello—. Algo leí al respecto. Estoy intentando acordarme. ¿Fue en el *Times*? Salinger dijo que estaba escribiendo pero que no quería publicar más novelas; que ahora escribía para sí mismo. No tiene ninguna necesidad de publicarlas.

Una vez más, la habitación quedó en silencio. La expresión de Don ya no era tensa, pero sí seria. Me miró y sonrió. Yo sabía que la actitud de Salinger concordaba con lo que él pensaba acerca del oficio de escribir. «Escribir es lo que te convierte en un escritor —me dijo una vez—. Si te levantas por las mañanas y te pones a escribir, entonces eres un escritor. Publicar no te convierte en escritor. Eso es solo comercio.»

—¡Eh, gente! —llamó una voz desde el pasillo.

Nos volvimos y vimos a Leigh, sola y vestida con su habitual y viejo albornoz en tonos granates y azules. Todavía iba maquillada, pero parecía moverse a cámara lenta.

—¿Qué pasa? —preguntó con voz ligeramente pastosa.

«Está borracha», pensé con repentina lucidez. Entonces me di cuenta de que la había visto en aquel estado muchas veces, pero que nunca me había parado a pensar en ello. O simplemente había deducido que estaba cansada. Yo sí que estaba cansada. Y hambrienta, muy hambrienta. Aunque solo había bebido la mitad de la cerveza, o menos, de repente la cabeza empezó a darme vueltas y sentí una necesidad imperiosa de tumbarme.

—Enseguida vuelvo —dije mientras me levantaba de la silla.

Avancé por el pasillo, pasé por delante de la habitación de los tristemente desordenados y arrugados vestidos y abrí la puerta del lavabo. Pankaj estaba sentado en el retrete.

—¡Oh! —exclamé—. Lo siento.

Él me miró de una forma extraña, con la mirada perdida, y fue entonces cuando me percaté de su brazo, atado con el típico torniquete de goma de los hospitales. Y tenía una aguja clavada en la parte anterior del codo. Mientras lo observaba, su cara adoptó una expresión, al mismo tiempo, de dolor y de ausencia de dolor.

—¡Oh! —volví a exclamar estúpidamente.

Nos miramos fijamente. La expresión perdida de su cara se transformó en tristeza, y después en enfado. Entonces me marché. Pero no regresé a la mesa de la cocina a reunirme con Don, Leigh y los demás, sino que me fui a la habitación de Don, me senté con pesadez en su cama, un futón sin armazón, y luego me tumbé y me quedé mirando el techo.

Cuando Don entró para ver qué me pasaba, me volví hacia él.

—Está bien, alquilemos el apartamento —le dije.

Al día siguiente, ya avanzada la mañana, llamé suavemente a la puerta entreabierta del despacho de mi jefa y le tendí el resto de los dictados. Ella había entrado, como siempre, sin saludarme y todavía no me había comentado nada acerca de las cartas mecanografiadas el día anterior. Seguían pulcramente apiladas en su escritorio, esperando su firma.

—Siéntate un segundo —me pidió.

Lo hice. Ella sacó un paquete de cigarrillos del cajón de su escritorio y empezó a quitar el envoltorio de celofán lentamente.

—Algunas personas —empezó mientras me lanzaba una mirada significativa— aceptan este trabajo porque creen que van a conocer a Jerry. —Esbozó una sonrisa—. O incluso hacerse amigas de él. Creen que Jerry va a telefonear todos los días. —Me observó por encima de sus gafas—. Pero él no va a telefonear. Y si lo hace, Pam llamará directamente a mi extensión. Si algún día no estoy aquí y, por casualidad, recibes tú la llamada, no lo entretengas al teléfono. Él no llama para charlar contigo. ¿Lo comprendes? —Asentí con la cabeza—. No quiero que pienses que vas a conversar con él por teléfono todos los días o que vas a... —se echó a reír— a comer con él o algo parecido. Algunos asistentes incluso se han inventado excusas para telefonearle. Sin consultármelo, claro. Esto es algo que nunca, nunca debes hacer. Nuestro trabajo consiste en no molestarlo. Nos ocupamos de su negocio para que nadie lo moleste a él. ¿Lo comprendes?

—Por supuesto.

—Por tanto, no debes telefonearle nunca. Si surge algo que, en tu opinión, merezca su atención, aunque no me imagino qué pueda ser, me lo comunicas y yo decidiré si es necesario que él lo sepa. Tú no debes llamarlo nunca. Ni escribirle. Si, por alguna razón, él llamara y yo no estuviera, tú solo dile: «Sí, Jerry. Se lo comunicaré a mi jefa.» ¿Entendido?

Volví a asentir con la cabeza mientras intentaba no sonreír. A mí nunca se me habría ocurrido mantener a J. D. Salinger al teléfono innecesariamente y, mucho menos, llamarlo yo misma.

Me miró con expresión seria y emitió una de sus risas raras y silenciosas.

—Jerry no quiere leer tus novelas ni oír cuánto te gustó *El guardián entre el centeno.*

—Yo no he escrito ninguna novela —le informé.

Se trataba de una verdad a medias: sí había escrito novelas, pero no había terminado ninguna.

—Estupendo —declaró—. Los escritores siempre son los peores asistentes.

Todo estaba mal. Todo lo que había mecanografiado durante aquellos dos días, los montones y montones de cartas: los márgenes, las tabulaciones, los nombres... todo. Tenía que volver a mecanografiar hasta la última letra.

—Esta vez serás más cuidadosa, ¿no? —me recriminó mi jefa.

Yo sonreí y contuve las lágrimas.

Volví a empezar. Esta vez buscando la excelencia en lugar de la velocidad. Después de escribir cada línea, comprobaba el texto. Mientras tanto, el teléfono del despacho de mi jefa no dejaba de sonar.

—¡Feliz año! —exclamaba ella una y otra vez—. ¿Cómo han ido las vacaciones?

De algún modo, aquellas conversaciones unilaterales me distraían más que una conversación normal en que oyes a ambos interlocutores. Al final, me dediqué a especular sobre las partes del diálogo que oía mientras me inventaba las que no oía. Y empecé a dilucidar temas. Mi jefa hablaba con frecuencia de alguien llamado Daniel, quien parecía estar enfermo, quizá gravemente enfermo, pero que ahora estaba mejorando gracias a un cambio en la medicación. «¿Su marido? —me pregunté—. ¿Su hermano?»

En las conversaciones también surgía, aunque con una frecuencia menor, una mujer llamada Helen, y mi jefa hablaba de ella con menos detalle. Pero no conseguí adivinar de quién se trataba. Sin darme cuenta, sus palabras empezaron a aparecer en las cartas que mecanografiaba: «Gracias por enviar el bocadillo refrendado —transcribí en cierta ocasión—. Me pondré en contacto con usted dentro de dos semanas para ultimar los detalles de la tapicería.» Una y otra vez, tuve que extraer cartas a medio escribir de la máquina y teclearlas de nuevo. «Por favor, cierra la puerta —le pedía en silencio a mi jefa—. Por favor, deja de sonar», le pedía al teléfono. Justo en aquel instante, el teléfono volvió a sonar.

—¡Jerry! —gritó mi jefa.

¿Por qué gritaba? Su voz había ido aumentando de volumen conforme el día avanzaba. «Por favor, deja de gritar», pensé.

—¡Qué alegría oírte, Jerry! ¿Cómo estás?

Entonces mi deseo se cumplió: mi jefa se levantó y cerró la puerta.

La puerta se abrió de golpe.

—¡Hugh! —llamó mi jefa, y apareció en el umbral sosteniendo un cigarrillo en la mano con gesto teatral—. ¡Hugh! ¡¡Hugh!!

Se dirigió al despacho de Hugh con paso decidido y una premura que nunca antes le había visto.

—¿Dónde está? —preguntó entre dientes mientras caminaba.

Yo estaba casi segura de que él estaba en su despacho, pero no dije nada.

—Un segundo —contestó él con voz calmada.

—¡No dispongo de un segundo! —replicó mi jefa, y soltó una risita enojada—. ¡Por el amor de Dios, Hugh!

—Está bien. —Apareció en la puerta de su despacho—. ¿Me llamabas?

—¡Oh, Hugh! —exclamó ella, y rio forzadamente—. Jerry acaba de telefonear.

—¿Jerry ha telefoneado? —La expresión de Hugh perdió su ligereza. Fue como si mi jefa le hubiera dicho que su agente de la condicional lo esperaba en recepción.

—Sí —asintió ella con satisfacción—. Quiere ver los informes de los derechos de autor de... —Miró un papel que sostenía en la mano— de *Nueve cuentos* y *Levantad, carpinteros...* Desde 1979 hasta 1988.

—De acuerdo. —Hugh movió un poco los pies—. ¿Rústica, tapa dura o edición de lujo?

Mi jefa sacudió la cabeza con impaciencia.

—No lo sé. Prepara los datos de todos. ¿Cuándo puedes tenerlos?

Hugh fijó la mirada a la distancia. Supuse que su mente se había trasladado a un lugar mejor donde podía estar sentado eternamente y organizar sus papeles sin que le exigieran fastidiosas tareas para un autor invisible. Mi jefa dio unos golpecitos en el suelo con uno de sus pies, que eran sorprendentemente diminutos, casi como pezuñas, calzados en unos zapatos beige de estilo ortopédico.

—Mañana a última hora —respondió Hugh—. Quizás antes. ¿Por qué los quiere? ¿Para qué los necesita?

—Quién sabe. Siempre quiere comprobar lo que hacen en Little, Brown. Ya lo sabes. Está convencido de que cometen errores. Y tiene razón.

De repente reparó en que sostenía un cigarrillo que se había consumido hasta el filtro. Justo cuando la ceniza empezaba a caer sobre la moqueta, ella lo tiró en un pequeño cenicero negro que había en una consola junto al despacho de Hugh. Unas briznas de ceniza se depositaron suavemente sobre sus zapatos y la moqueta.

—¡Mierda! —masculló—. Tú solo prepara los informes. No te preocupes de para qué los necesita.

—De acuerdo —asintió Hugh, y me miró por primera vez sonriendo levemente—. Lo que Jerry diga.

2

Equipo de oficina

Durante semanas, mecanografié, mecanografié y mecanografié. Mecanografié tanto que soñaba que mecanografiaba. En mis sueños, mis dedos se deslizaban por las teclas y no ocurría nada, aunque la máquina parecía funcionar y la cinta era nueva. En lugar de cartas impresas en papel, de su interior surgían pájaros que gorjeaban y aleteaban o nubes de polillas polvorientas, algunas enormes y otras diminutas, que se posaban por toda la oficina. El zumbido de la máquina llenaba mis días; era el telón de fondo de todas las conversaciones, de todo lo que leía. De modo que cuando al final del día apagaba la Selectric y la cubría con su funda de plástico, el subsiguiente silencio me llenaba de una alegría indescriptible.

James tenía buena mano con la maquinaria de la oficina y, a menudo, lo requerían para resolver problemas técnicos, como cuando el fax no funcionaba o la fotocopiadora se atascaba. Ambos aparatos eran adquisiciones relativamente nuevas. James me contó que, solo dos años antes de mi llegada, los agentes todavía se comunicaban con una agencia asociada en Inglaterra por medio de una máquina enorme de télex. En los archivos, encontré cartas de finales de los ochenta impresas en largas hojas tabuladas de télex y llenas de aquellos caracteres encantadoramente gruesos que yo asociaba con otra época, con las películas del detective Nick Charles y los barcos de vapor. Por lo visto, la agencia se había aferrado a aquella época tanto como había podido, estolas de zorro incluidas. Y seguía aferrada a ella, claro, pero la época moderna acuciaba de múltiples maneras. Pocos años antes, un agente ya retirado había convencido a sus colegas de que necesitaba un fax para ocuparse adecuadamente de los derechos cinematográficos de sus autores, que era su responsabilidad. En Hollywood, la comunicación por fax era de rigor; los acuerdos se pactaban con demasiada rapidez para el servicio postal estadounidense. De modo que instalaron un fax al lado de la máquina de café y retiraron el télex, aunque permaneció durante años en la oficina, por si aquella tecnología volvía a ponerse de moda.

La fotocopiadora también era una adquisición relativamente reciente. Hasta pocos años antes, los asistentes mecanografiaban todos los documentos por duplicado: introducían en las máquinas de escribir emparedados de papel que consistían en una hoja gruesa de papel color crema con el membrete de la agencia, una hoja delgada de papel carbón y otra hoja de papel amarillo y granulado en el que el carbón copiaba el texto. Se realizaban copias de toda la correspondencia, incluidas las notas que simplemente rezaban: «Adjuntamos un ejemplar del contrato refrendado para sus archivos», y después se guardaban y se ordenaban en carpetas asignadas a cada uno de los autores. Pero ahora los asistentes no teníamos que preocuparnos por sacar copias en carbón, sino que mecanografiábamos las cartas y las fotocopiábamos. ¡Qué afortunados éramos! Mi jefa, Hugh, James y también el resto de los agentes me lo recordaban de vez en cuando. ¡Los miembros de mi generación estábamos malcriados por las comodidades de la era moderna!

James había empezado a trabajar en la agencia seis años antes como asistente de Carolyn, quien se encargaba de vender los derechos en el extranjero y llevaba en la agencia más tiempo, incluso, que mi jefa; desde la década de los sesenta o antes. Nadie lo sabía con certeza. Carolyn era menuda como una niña, hablaba con un sofisticado y grave acento sureño y se teñía el cabello de un rojizo-anaranjado que, teniendo en cuenta su piel pecosa, debía de parecerse al color de su pelo en su juventud. Esta ya se había esfumado, aunque no estaba claro cuándo. Yo le daba unos setenta años, pero podía ser más joven o más vieja: su tamaño menudo y las arrugas de fumadora —como mi jefa, fumaba cigarrillos largos y delgados de la marca More— impedían cualquier certeza. Por las tardes, con frecuencia se quedaba dormida en su escritorio, la cabeza hundida entre los hombros, como un pajarito. La primera vez que la vi en esa postura, cuando pasaba por delante de su despacho camino del lavabo, me sobresalté; temí que hubiese pasado a un estado más definitivo que el sueño, pero entonces soltó un largo ronquido.

Aunque ahora James disponía de un bonito despacho propio con las paredes cubiertas de libros, oficialmente todavía se le consideraba el asistente de Carolyn. Al menos eso descubrí una mañana, cuando pasé por su despacho y vi que estaba escribiendo a máquina con tranquilidad y soltura, con los auriculares de un dictáfono ajustados a su leonina cabeza. James tenía treinta años, la misma edad que Don, y estaba casado. Y después de trabajar seis años en la misma agencia, con una licenciatura de la Ivy League y casado, todavía era el asistente de alguien.

Cuando me enteré de todo esto, cada vez que lo veía mecanografiando cartas o guardándolas en los grandes archivadores metálicos que había al fondo del departamento de contabilidad, sentía vergüenza ajena. Sin embargo, una tarde de febrero, cuando la oficina estaba a oscuras como si fuera media noche, aunque apenas eran las cuatro de la tarde, James me contó que no le importaba mecanografiar cartas para Carolyn. Aquel día, mi jefa se había ido a casa temprano para ocuparse de un asunto relacionado con las personas de las que hablaba a menudo: Daniel y Helen. Yo todavía no sabía quiénes eran ni de qué modo encajaban en su vida, pero era evidente que ocupaban buena parte de su tiempo. Mi jefa también se iba temprano regularmente para ver cómo estaba Dorothy, que, según me contaron, era la anterior directora de la agencia, una agente formidable y legendaria que tenía noventa y tantos años y padecía las consecuencias de un derrame cerebral. Nunca se había casado y tampoco tenía hijos. «En cierto modo, se casó con la agencia», me explicó James. Y ahora la agencia, personificada en mi jefa, su sucesora, cuidaba de ella.

Dorothy, a su vez, había sido la sucesora de la fundadora de la agencia, que a su vez fue la descubridora de Salinger. Este había enviado sus relatos a *The New Yorker* una y otra vez hasta que, finalmente, William Maxwell aceptó publicar uno: «Ligera rebelión en Madison.» A la larga, este relato daría lugar a *El guardián entre el centeno*. «Puedes ver la ficha», me contó Hugh emocionado.

La agencia utilizaba un estrambótico y complicado sistema de registro de las novelas y relatos que tomaba a su cargo, aunque estos últimos ya no generaban mucho negocio. El sistema se servía de las grandes fichas rosa que había encontrado en mi escritorio el primer día. En ellas se anotaban los editores a quienes se había enviado la obra; el día que, en su caso, uno de ellos llamaba para interesarse por ella; la venta, si llegaba a producirse, de los derechos sobre la misma; los términos contractuales de la venta y demás incidentes. Por lo visto, la fundadora de la agencia era quien había inventado el sistema de las fichas y estas se fabricaban exclusivamente para nosotros. Por supuesto, eran los asistentes quienes las rellenaban con los correspondientes datos, y se veían obligados a apretujar cantidades ingentes de información en las líneas y cuadrículas. «¿Sabes qué otra cosa es increíble? —me dijo Hugh con un brillo casi pícaro en sus claros ojos—. Mira la ficha de *El guardián entre el centeno*.» Desde luego, Dorothy también había realizado aquella venta. La habitación amplia y de grandes ventanales que ahora utilizábamos como sala de reuniones había sido su despacho. Cuando Hugh entró a trabajar en la agencia como asistente, solía sentarse en aquel despacho mientras ella le dictaba las cartas. Quizá sí que ahora los asistentes lo teníamos fácil, con los dictáfonos y la fotocopiadora.

—Mecanografiar es una actividad mecánica —me dijo James mientras estiraba los brazos por detrás de la cabeza y apoyaba sus mocasines encima de su escritorio—. Dedico tanto tiempo a pensar, editar y resolver cuestiones difíciles, que me encanta poner en marcha la máquina de escribir y teclear un rato. —Le dio una palmadita amistosa a la máquina—. Me relaja.

Se enderezó y sonrió. Se tomaba a sí mismo y el trabajo demasiado en serio y sus sonrisas siempre me pillaban por sorpresa. Las de Hugh también.

—Aun así, resulta ridículo que no tengamos ordenadores.

—¿Eso piensas? —le pregunté.

Era la primera vez que oía expresar semejante opinión y temía que se tratara de una trampa.

—Mmm, sí —contestó riéndose—. ¿Tú no?

Yo opinaba lo mismo, desde luego, aunque en aquel momento de mi vida no estaba segura de nada. Tenía el presentimiento, una vaga sospecha que temía manifestar incluso ante mí misma, de que mi ambigüedad estaba relacionada con el trabajo, con mi jefa. Tenía la sensación de que, para formar parte de algo —y yo, desesperadamente, quería formar parte de la agencia, lo quería más de lo que había querido nada desde hacía siglos, aunque sin saber realmente por qué—, tenía que renunciar a una parte de mí misma, a mi voluntad e inclinaciones.

Apenas habíamos trasladado una o dos cajas cuando comprendí por qué el apartamento parecía raro, fuera de lugar: en la cocina no había un fregadero. ¿Cómo podía ser que no nos hubiéramos dado cuenta cuando lo visitamos la primera vez?

—Yo sí me di cuenta —reconoció Don—. Pero ¿qué más da? Cuesta quinientos dólares al mes. Podemos lavar los platos en la bañera.

—Pues yo creo que deberíamos pedirle al casero que instale un fregadero. Es increíble.

—¿Por qué habría de instalarnos un fregadero? —se burló Don, y sacudió la cabeza ante mi ingenuidad—. Puede encontrar a otros inquilinos que se lo alquilen sin fregadero. ¡En un tris! —Y chasqueó los dedos—. Puedes pedírselo, pero no lo hará. Y nos cogerá manía.

Aquella noche surgió un problema más apremiante: no logramos poner en marcha la calefacción. Había entradas de aire en los frisos, pero no salía nada de ellas. Encontramos un termostato en el pasillo que conducía a la puerta de nuestro apartamento y lo conectamos, pero no sucedió nada.

Hacía frío. Un frío inusual para enero en Nueva York. Y el pequeño edificio parecía carecer de todo aislamiento. El aire del interior era tan frío como el del exterior. Me puse mi pijama más calentito, un jersey grueso, me metí en la cama y me tapé con varias mantas, pero seguía helada.

—Encenderé el horno y dejaré la puerta abierta —propuso Don.

—¿No será peligroso? ¿Y si el piloto se apaga? ¿No podríamos asfixiarnos con el gas?

Él se encogió de hombros.

—No pasará nada. ¡En el apartamento hay muchas corrientes de aire! Incluso con las ventanas cerradas, no falta ventilación.

—Está bien —accedí, aunque con cierta intranquilidad.

Por la mañana, seguíamos vivos y el apartamento estaba templado: era tan pequeño que el horno era suficiente para calentarlo entero. Nada más llegar al trabajo, telefoneé al agente inmobiliario. Me dijo que se lo comunicaría a la casera, que se llamaba Kristina.

—Es todo un carácter —me comentó.

Aquella noche, cuando llegué a casa, Don estaba hablando con una mujer baja y rechoncha, con el cabello ahuecado y teñido de rubio platino y generosas carnes que marcaban su camiseta roja.

—Hola —me saludó con un pronunciado acento polaco—. Tú eres la mujer. Yo soy Kristina. Estoy encantada de conocerte. Encantada de tener en el apartamento a una pareja tan agradable, a una pareja de profesionales encantadores. ¿Habéis conocido al inquilino de la planta inferior?

—Mmm, no —contesté mientras me quitaba el abrigo.

El horno todavía estaba encendido y el apartamento estaba bastante caldeado. ¿Lo habría dejado Don en marcha todo el día? ¿Incluso mientras estábamos fuera?

—Es mexicano. Un hombre agradable, pero bebe mucho. Los mexicanos trabajan duro, pero beben. Los polacos no trabajan duro y beben. El hombre de la planta superior es polaco, pero no está mal. Es viejo. —Entornó los ojos y proyectó hacia delante la mandíbula inferior en un gesto de desagrado—. El hombre que vivía en este apartamento antes que vosotros lo destrozó. Había agujeros en las paredes. ¡Bah!

Frunció los labios, la parte inferior de sus mejillas se hundió y sacudió la cabeza en señal de desagrado.

De repente, se volvió hacia Don, quien estaba sentado a su escritorio. Llevaba puestas sus gafas redondas de montura metálica, una camisa a cuadros y tejanos. De hecho, se trataba de mis tejanos, porque teníamos aproximadamente la misma talla.

—¿Tú eres judío? —le preguntó la casera, más como afirmación que como pregunta.

—¿Yo? —preguntó él con una sonrisa—. No, no soy judío.

—¡Desde luego que lo eres! —exclamó ella levantando sus desnudos brazos—. ¡Mírate! —Se volvió hacia mí y esbozó una sonrisa de complicidad—. Se piensa que como soy polaca los judíos no me gustan, pero sí que me gustan. Los judíos me encantan. Son buenos inquilinos. Pagan puntualmente. Son callados. Leen libros. —Señaló el escritorio de Don que, ciertamente, estaba abarrotado de libros de aspecto serio—. Los judíos son los mejores inquilinos, ¿a que sí?

Se volvió de nuevo hacia mí y sonrió, como si yo también fuera una casera de viviendas insalubres y tuviera sólidas opiniones sobre aquellos asuntos. Le devolví la sonrisa.

—Es judío, ¿verdad?

—¡Ella sí que es judía! —exclamó Don, y se echó a reír mientras agitaba la mano en mi dirección.

«¡Oh, Dios mío! ¡Pero bueno...!», pensé.

—¿Ella? —Kristina arrugó la cara en actitud reflexiva—. No. Mírala. ¡Es tan guapa! —Lanzó una dura mirada a Don—. Me estás tomando el pelo. ¡Para!

—Esto... nos preguntábamos cómo se pone en marcha la calefacción —intervine antes de que aquella conversación siguiera adelante—. Hemos visto que hay un termostato en el pasillo y lo hemos puesto en marcha, pero no ha servido de nada.

Kristina sacudió la cabeza con vehemencia.

—El termostato es de cuando la casa era para una sola familia. Ahora no funciona. Lo desconectamos.

—¡Fantástico! —exclamé. Todavía estaba junto a la puerta y no sabía si sentarme o seguir de pie—. Entonces ¿cómo se enciende la calefacción?

El cabello rubio platino volvió a agitarse. Esta vez todavía con más frenesí.

—¿Calefacción? ¿Para qué necesitáis calefacción? El apartamento es pequeño. Y está caliente. ¡Muy caliente! —Señaló los voluminosos pliegues de su cuerpo—. Mira lo que llevo puesto. Y tengo calor. Nada de calefacción. No necesitáis calefacción.

Don se echó a reír con nerviosismo.

—Sí, bueno, eso es porque el horno está encendido. No sabíamos cómo poner en marcha la calefacción, de modo que encendimos el horno y lo dejamos abierto.

Los ojos de Kristina se entornaron en su rolliza cara.

Cruzó los brazos por encima de su pecho, suspiró y apretó los labios hasta formar una línea adusta. Ya no éramos sus amigos. Habíamos dejado de ser inquilinos modélicos.

—Lo comprobaré, pero ¿para qué necesitáis la calefacción? —Sonrió abiertamente—. Ya tenéis el horno. El horno va bien. El horno es lo mismo que una estufa.

Cogió una chaqueta de deporte de nailon también roja con unas rayas blancas en las mangas, se la puso y se subió la cremallera hasta la barbilla.

—¿Judía? —dijo mirándome y sonriendo—. Cree que soy estúpida.

Salinger no había vuelto a telefonear desde el día que pidió información sobre los derechos. Todavía no sabíamos para qué la quería. James y Hugh lo atribuían a otra de sus excentricidades. Pero sí habían telefoneado otras personas preguntando por él, como me había advertido mi jefa.

Algunos eran hombres mayores, coetáneos de Salinger, y quizá no comprendían el alcance del aislamiento autoimpuesto del escritor. La última vez que supieron de él era un escritor joven y torturado que aparecía en la cubierta de la revista *Time*: el futuro innegable de la literatura norteamericana. Aquellos hombres sentían una enorme afinidad por Salinger porque ellos también habían luchado en la Segunda Guerra Mundial o habían crecido en el Upper West Side en los años treinta. A menudo, querían comentar con Salinger alguna cuestión personal. Creían que alguno de los personajes de sus obras estaba basado en un primo de ellos. O que su primo había realizado la instrucción militar con Salinger. O habían vivido en la misma calle que él en Westport en 1950. Ahora, a las puertas de la vejez, deseaban ponerse en contacto con aquel hombre cuyo trabajo había sido tan significativo para ellos durante su juventud. O habían releído *El guardián entre el centeno* y ahora se daban cuenta de hasta qué punto reflejaba las experiencias que habían vivido durante la guerra. O *Un día perfecto para el pez plátano* y habían llorado por un sentimiento de identificación, porque también ellos habían tenido ganas de suicidarse después de la batalla de las Ardenas. Ningún hombre debería ver lo que ellos habían visto.

Igualmente inofensivos eran los editores de libros de texto y antologías que, ingenuamente, esperaban incluir *Teddy* en su colección de relatos sobre el matrimonio y el divorcio, o un pasaje de *El guardián entre el centeno* en la nueva edición de la Antología Norton de la Literatura Norteamericana.

—Podemos concederles permiso para que *El guardián* aparezca en la antología Norton, ¿no? —le pregunté a Hugh.

—¡No! De ningún modo. No les habrás dicho que sí, ¿no? —me preguntó, mientras su cara enrojecía de pánico.

—No, claro que no. Pero ¿no deberíamos preguntarle a Salinger si quiere que aparezca?

Al fin y al cabo, se trataba de la antología Norton. La antología que se utilizaba en todas las universidades de Norteamérica.

—No. —Hugh sacudió la cabeza y se mordió el labio inferior—. Nada de antologías. Nada de pasajes. Si quieren leer a Salinger, tendrán que comprar sus libros.

También estaban los que yo catalogaba como los chalados. Esta categoría, si no la más numerosa, sin duda era la más absorbente en cuestión de tiempo. A veces, su locura me resultaba evidente desde el mismo momento en que descolgaba el auricular. Entonces me escaqueaba rápidamente y volvía a colgar con un suspiro de alivio. En otras ocasiones, contestaba y me encontraba hablando con, digamos, un hombre amable:

—¡Ah, sí, hola! Muchas gracias por atender mi llamada.

A continuación me explicaba que era el decano de una pequeña universidad al sur de Nueva Jersey.

—Nos sentiríamos muy honrados si J. D. Salinger accediera a dar el discurso en la ceremonia de graduación de este año. La ceremonia tendrá lugar el veintiocho de mayo y, desde luego, le pagaríamos unos pequeños honorarios y el alojamiento en un hostal acogedor.

La cosa seguía: la historia de la universidad, información acerca del alumnado... pero yo intervenía tan pronto como él tomaba aliento.

—Es muy considerado por su parte pensar en el señor Salinger, pero me temo que el señor Salinger en este momento no acepta compromisos para dar conferencias.

—Sí, lo sé. —La cortés formalidad del decano enseguida se transformaba en irritación—, pero he pensado que quizás haría una excepción para nuestra universidad porque... —que cada uno inserte aquí la razón que quiera, aunque en aquel caso fue—: como ya le he comentado, nuestro alumnado está formado principalmente por veteranos, en concreto de la guerra del Golfo, y, dado que el señor Salinger es, asimismo, un veterano y ha escrito acerca de las experiencias de los veteranos durante su adaptación a la vida civil...

Había más. A aquellas alturas, yo ya sabía que siempre había más.

—Lo entiendo perfectamente, pero el señor Salinger no acepta compromisos para dictar conferencias.

—Bueno, ¿podría, al menos, ponerme en contacto con

él para que pueda proponerle nuestra invitación directamente? Si puedo explicarle la situación, estará encantado de venir, estoy seguro. Alojamos a todos nuestros conferenciantes en un hostal realmente acogedor...

—Me temo que no puedo ponerlo en contacto con el señor Salinger. Nos ha pedido que no demos a nadie su número de teléfono ni su dirección.

—Bueno. Si le envío una invitación por escrito, ¿podría hacérsela llegar?

Inhalé hondo. Sería más fácil mentir. Decirle: «¡Sí, claro! ¡Por supuesto!», y después tirar la invitación a la papelera y dejar que culparan a Salinger cuando no recibieran contestación. Pero me ceñí al guion. Y experimenté un perverso placer al hacerlo.

—Me temo que no puedo. El señor Salinger nos ha pedido que no le enviemos ninguna carta dirigida a él.

—Entonces, si les envío la invitación, ¿qué harán, exactamente, con ella?

Ya podía oír, virtualmente, cómo las venas del cuello de aquel hombre explotaban. Yo sabía que aquel proyecto era para él algo personal. No se trataba de aportar esplendor a su pequeña universidad, sino de la relación con Salinger que él había forjado en su mente.

—¿Me la devolverán o qué harán con ella?

¿Se suponía que debía explicarle que su invitación le sería devuelta, que acabaría en la papelera junto al escritorio de mi jefa (si me atrevía a dársela) o perdida en la montaña de papeles de Hugh?

Sí, eso, exactamente, era lo que se suponía que debía explicarle.

—Pero ¿eso no es ilegal? ¿No están ustedes obligados a hacerle llegar al señor Salinger todas sus cartas? ¿Sobre todo si se las envían por correo postal?

Esta cuestión surgía de vez en cuando.

—El señor Salinger nos ha contratado como agentes. Nos ha contratado para que actuemos en su nombre y nuestro trabajo consiste en cumplir su voluntad.

—Pero ¿cómo saben cuál es su voluntad? —A aquellas alturas, el decano ya estaba gritando, y yo sudando—. ¿Cómo saben lo que él quiere realmente? Y, por cierto, ¿quién es usted?

—El señor Salinger nos ha explicado lo que quiere que hagamos y nosotros solo cumplimos sus órdenes —declaré con voz amable.

No obstante, el decano tenía razón. ¿Cómo sabíamos, cómo sabía yo el alcance de los deseos de Salinger? ¿Y si en realidad deseaba conducir hasta Pine Barrens, alojarse en un hostal acogedor y dar un discurso a un grupo de veteranos? Esta posibilidad no me parecía tan inconcebible.

—Lo lamento, señor... —También había descubierto que recordar y utilizar el nombre del interlocutor ayudaba a calmar su rabia—. Lo siento, pero el señor Salinger nos ha dado instrucciones concretas para que rechacemos todos los ofrecimientos para dictar conferencias. Ha sido un placer hablar con usted y estoy segura de que encontrará al conferenciante perfecto para su ceremonia de graduación.

Colgué. A pesar de que mi jefa había decidido ventilar su despacho y un viento helado entraba por su ventana y se arremolinaba alrededor de mi escritorio, las axilas de mi jersey estaban empapadas en sudor. El frío aire hizo que me estremeciera levemente. Los enfrentamientos me producían mucha ansiedad. Entonces caí en la cuenta de que no estaba ansiosa. Estaba enferma. Tenía fiebre. De niña, caía enferma de este modo: sin previo aviso; de repente, la cabeza me pesaba tanto que apenas podía mantenerla levantada.

Me puse de pie. Las piernas me temblaron peligrosamente. En mitad del pasillo, me di cuenta de que, impulsada por la adrenalina, casi corría. «Ve más despacio», me ordené. A la endeble y enfermiza luz de los fluorescentes del lavabo, me mojé la cara con agua y noté que mi frente estaba fría. Me miré en el deformado y desconchado espejo y vi unas mejillas sonrosadas y unos ojos brillantes. No estaba enferma. No tenía ansiedad.

Estaba exaltada.

Ocurrían cosas. Yo no estaba en el proceso de formar parte de algo, sino que ya formaba parte de algo.

Jenny, mi mejor amiga del instituto, trabajaba a pocas manzanas de la agencia, en el edificio McGraw-Hill, donde editaba libros de texto de sociología. O, mejor dicho, un libro de texto, porque dedicaba todo su tiempo a la realización de un proyecto enorme: la adaptación de un texto de sociología de quinto de primaria a las escuelas públicas del estado de Tejas. Por lo visto, Tejas era tan increíblemente poderosa, tan grande, con tantos colegios y estudiantes y con tanto dinero, que podía exigir un libro de texto que se ajustara específicamente a sus necesidades, con un capítulo entero dedicado a El Álamo, otro a la historia del estado y, lo más inquietante: el capítulo acerca del movimiento a favor de los derechos civiles debía ser eliminado por completo. Jenny era la encargada de llevar a cabo este proyecto y, aunque sentía el peso de la responsabilidad, también le encantaba el trabajo: su rigor y escrupulosidad, las reuniones en que se requería su presencia... Jenny pasó por la universidad sin una meta concreta:

cambió de centro un par de veces y siempre eligió asignaturas muy variadas, pero ahora tenía un objetivo, una vida estructurada. Ahora tenía a Tejas.

—¡Resulta tan agradable ser normal! —me dijo unos meses antes, cuando regresé de Londres.

En el instituto, no queríamos ser normales. Nos reíamos de la gente normal. La aborrecíamos.

—Es verdad —asentí reflexivamente.

Pero no era cierto. Yo no quería ser normal. Quería ser extraordinaria. Quería escribir novelas, rodar películas, hablar diez idiomas y viajar por el mundo. Lo quería todo. Y creía que Jenny también.

Quizá tanto como la normalidad, le gustaba el dinero; tener su propio dinero. Jenny había tenido una relación tensa con sus padres, más tensa que la de cualquiera de nuestros amigos, por lo que adoptó los distintivos de la edad adulta mucho antes que el resto de nosotros. Editar libros de texto suponía obtener unos ingresos mucho más elevados que los que, dentro del mundo de la literatura, estaban al alcance de quienes acababan de graduarse en poesía en Swarthmore, como era el caso de Jenny. Por eso eligió trabajar duramente en el mundo menos glamuroso de la edición de libros de texto. En aquella época, su decisión me resultó incomprensible. Igual que su decisión de mudarse a una zona remota y sin oferta cultural en las afueras de Staten Island y vivir en un complejo nuevo de edificios con apartamentos de pladur. En los traslados diarios al centro de la ciudad, empleaba una hora y media de ida y otra de vuelta. Esto significaba, entre otras cosas, que no podía quedar después del trabajo para ir a ver la última película de Hal Hartley en el Angelika o para tomar unas copas en el Von o, ni soñarlo, para asistir a un concierto en el Mercury Lounge. Al terminar la jornada laboral, Jenny tenía que reunirse en el metro con Brett, su novio, e iniciar el arduo regreso a casa.

Pero, como ella decía, la zona de Staten Island era más económica que cualquiera de los barrios a los que el resto de mis amigos se estaban mudando, la mayoría proveniente de Brooklyn: Carroll Gardens; Cobble Hill; la zona de la Quinta Avenida cercana a Park Slope; Fort Greene y Clinton Hill, una zona difusa situada cerca de Flatbush que, con el tiempo, llamaríamos Prospect Heights; y, sobre todo, Williamsburg, mi barrio, y Greenpoint, el colindante hacia el norte. Estas áreas estaban tan densamente pobladas de amigos, amigos de amigos, conocidos o, simplemente, exalumnos de las universidades de Oberlin, Bard, Vassar, etcétera, que no podía pedir una taza de café en el L sin tropezarme con varias personas conocidas. A menudo, cuando los domingos por la mañana iba a desayunar al restaurante de comida mediterránea que había a la vuelta de la esquina, me acompañaba a la mesa una bailarina que había estudiado en el mismo colegio que yo, aunque en un curso superior, y me atendía una pintora que había asistido al mismo colegio pero que era dos años mayor que yo. Por la noche, Don y yo podíamos quedar con Lauren para cenar en un restaurante tailandés o con Leigh y Allison para tomar unos *gin-tonics* en el Rat Pack-era, en Bedford, y asistir después al espectáculo de un circo alternativo en el que un amigo mío de la universidad actuaba como tragafuegos, otro como payaso al estilo de Jacques Lecoq, y otro montado en un monociclo y tocando el trombón. Para mí, aquello era el cielo, un cielo que lo único que necesitaba para mejorar era que Jenny se mudara a mi calle.

Pero, por lo visto, para Jenny aquello era el infierno. Ella había dejado atrás aquel estilo de vida infantil. Según me contó con la mirada encendida, para ella el cielo era ir a un supermercado enorme y, después, descargar las provisiones de la semana en su apartamento directamente desde su plaza de aparcamiento. Jenny, como yo, era una hija de los años setenta. Su madre era una feminista de aspecto afro que publicaba poesía en *Lilith* y dirigía un refugio para mujeres, pero Jenny se estaba transformando, a fuerza de voluntad, en un ama de casa de los años cincuenta. Su boda, que se celebraría en el restaurante del embarcadero de Central Park, sería un evento fastuoso.

Un día extrañamente cálido de finales de marzo, la clase de día en que te das cuenta de que, aunque parezca mentira, el invierno no será eterno y, en algún momento, la primavera llegará, avancé por la calle Cuarenta y nueve en dirección a la Sexta Avenida, pasé por el control de seguridad, tomé el ascensor hasta el piso tropecientos y fui a ver a Jenny a su cubículo. Este era grande, blanco y situado en el centro de una sala enorme y abierta llena de docenas de cubículos idénticos. Los tabiques interiores de todos ellos estaban cubiertos de fotografías de novios, esposos e hijos sonrientes y de postales de lugares lejanos. Jenny había colgado una fotografía de Brett y otra de su hermana Natalie en la que esta sonreía de una forma graciosa. Pero, sobre todo, su cubículo estaba dominado por el trabajo: al lado de las fotografías, había correos electrónicos impresos en papel continuo. Los señaló poniendo cara de monstruo y exclamó:

—¡Aaah!

—¿Qué? —le pregunté mientras me reía.

—Mi jefa ha decidido que, a partir de ahora, en nuestra oficina no utilizaremos ni un solo papel —me explicó.

—¿Cómo puede ser?

En la actualidad, esta pregunta parece ridícula, pero

en 1996 realmente parecía imposible eliminar el papel de una oficina. ¡Sobre todo si se dedicaba a la producción de libros!

—A partir de ahora, lo haremos todo por correo electrónico. Se acabaron las notas de comunicación interna. —Señaló su escritorio—. Este asunto me está volviendo loca. Cada dos segundos recibo diez correos para comunicarme ¡nada! Por ejemplo, ella me envía algo que tengo que consultar mientras estoy trabajando, como unas normas de estilo actualizadas. Entonces yo tengo que imprimirlas y doy la orden en el teclado, pero en esta planta no tenemos impresora, de modo que tengo que bajar o subir hasta donde está la impresora, pero la mitad de las veces alguien se ha llevado accidentalmente mis hojas, de modo que he de volver aquí y ordenar de nuevo la impresión, y después volver a bajar o subir las escaleras hasta la impresora y... ¡Aaah!

A mí esto no me parecía tan problemático, pero no se lo dije. Yo trabajaba en una oficina donde consideraban que la fotocopiadora era un invento moderno. ¡Qué le iba a contar yo!

—Pero lo que de verdad me está volviendo loca es que ya nadie habla con nadie. Ni una palabra. —Abrió más sus bonitos ojos castaños y compuso una mueca—. Por ejemplo, mi jefa trabaja ahí enfrente. —Señaló un cubículo vacío e idéntico al de ella, situado al otro lado de la sala—. Pero en lugar de levantarse, recorrer los cuatro metros que nos separan y decirme: «Jennifer, ¿falta mucho para terminar el capítulo sobre la inmigración mexicana?», me manda un correo electrónico. Desde la misma sala. ¡Y yo tengo que contestarle con otro correo electrónico desde la misma sala!

Se dio un manotazo en la frente para dar énfasis a su exclamación.

—¿Y no puedes levantarte y contestarle en persona?

—¡Por lo visto, no! Ya lo intenté, pero ella me miró como si yo fuera un bicho raro y dijo: «Ahora mismo no puedo hablar. ¿Puedes decirme lo que tengas que decirme por correo electrónico?»

—Vaya locura.

Jenny se puso el abrigo, una trenca azul marino que tenía desde hacía siglos y que le daba aspecto de niña de doce años. Salimos al pasillo y tomamos el ascensor. Este bajó tan deprisa que los oídos se me taponaron. Cuando llegamos al vestíbulo, el estado de ánimo de Jenny cambió y su optimismo desapareció. Habíamos abandonado su territorio y salido al mundo, donde podía suceder cualquier cosa. Tanto en el instituto como en la universidad, hablábamos de cualquier tema horas y horas; durante nuestras largas escapadas en coche y durante noches enteras: las dos unidas frente al mundo. Pero ya no estábamos tan unidas, y no teníamos muy claro cómo encarar el mundo con las diferencias que, en aquel momento, nos separaban.

Se trata, lo sé, de una vieja historia.

Recorrimos en silencio el lado sur del Rockefeller Center hasta la pequeña tienda de la cadena Dean & DeLuca y contemplamos los bocadillos de la vitrina refrigerada. Yo evité mirar los precios. Al fin y al cabo, todos me parecerían demasiado caros, así que ¿qué más daba? Finalmente elegí uno de tomate y *mozzarella*, porque, al no llevar carne, supuse que sería el más barato.

—¡Mmm...! —murmuró Jenny—. ¿Pido la sopa de nueve dólares o el bocadillo de ocho? —Se decidió por el segundo—: Bien, que sea el diminuto bocadillo de ocho. —Entonces arqueó las cejas—. ¿O pido un dónut gigante de tres dólares?

Volví a quererla aunque iba a casarse con un hombre que no leía obras de ficción porque le costaba aceptar que lo que contaban era todo mentira.

—¿Cómo está Don? —me preguntó Jenny con voz fingidamente animada.

Jenny era sumamente leal a mi novio de la universidad y no entendía que lo hubiera abandonado por Don. Brett, por su parte, acababa de enviar la solicitud de ingreso a la facultad de Derecho.

—¿Cómo va su novela?

—Creo que muy avanzada.

Aparentemente, Jenny también era escritora. Tanto en el instituto como en la universidad, su vida empezaba y acababa en la poesía. Sus obras eran bonitas, brillantes, extrañas, pero desde que conoció a Brett apenas había vuelto a hablar de poesía.

—Está realizando los cambios finales —añadí—. Yo creo que revisa cada frase al menos un millón de veces.

—Mmm... —murmuró Jenny mientras apoyaba la mejilla en su mano.

Parecía cansada. Aunque sus mejillas estaban sonrosadas como siempre y sus ojos brillaban, tenía unas oscuras ojeras y el aspecto de su cara era demacrado.

—¿La has leído? —me preguntó.

—No me deja. No quiere que nadie la lea hasta que esté terminada del todo.

—Lo comprendo muy bien —contestó Jenny mientras masticaba con actitud reflexiva. Su bocadillo, hecho con un tipo de pan plano y aceitoso, parecía mucho mejor que el mío—. ¿Has leído algo suyo?

Titubeé. De hecho, la semana anterior Don me había dejado leer por primera vez uno de sus relatos. Llegué a casa del trabajo y lo encontré hojeando papeles en su escritorio. Sujetó con un clip unas hojas con nerviosismo y me las tendió incluso antes de que me sacara el abrigo. Luego apoyó una mano en mi hombro y la otra en mi cadera y me hizo sentar en el sofá.

—Siéntate —me indicó sonriendo—. No te muevas. —Se enderezó y se paseó delante de mí—. Escribí este relato hace mucho tiempo, hará dos o tres años, y es muy diferente de lo que estoy escribiendo ahora, pero quizá sea mi único relato bueno. —Se interrumpió y se atusó el pelo. Sin fijador, se veía fino y lacio y unas cuantas canas asomaban entre el color castaño—. En verdad, no soy un escritor de relatos, sino un novelista. —Sonrió—. Pienso en grande. Me imagino las cosas en grande. Tengo grandes ideas. Los relatos son miniaturas.

Asentí.

—¿Quieres que lo lea? —le pregunté—. ¿Ahora?

Él asintió.

—Antes puedes quitarte el abrigo.

Era un relato muy corto, unas pocas páginas, pero estaba escrito en una prosa tan densa que los sucesos no acababan de quedar claros. La historia parecía versar sobre un joven bajo, de cabello oscuro y clase trabajadora, que mantenía una relación amorosa con una sueca alta y guapísima. Su cabello rubio y claro, su «culo perfecto» y su extraña pasividad hacían enloquecer sexualmente al hombre, quien le arrancaba las bragas. Aparte de esto no ocurría mucho más. Más que un relato, con la correspondiente estructura narrativa —planteamiento, nudo y desenlace—, a mí me parecía un esbozo o un ejercicio, una exploración de los sentimientos encontrados del protagonista: deseo y asco, sentimiento de superioridad y baja autoestima. Algo en el argumento hacía que me sintiera incómoda, y no eran solo las escenas de sexo. Parecía subyacer un deseo inconsciente de castigar a la rubia perfecta. Se trataba de una historia mezquina.

Yo no estaba segura de qué había esperado de Don; él citaba a Hegel y Kant y adoraba a Proust, pero desde luego no era aquello.

—No está mal —dije con cautela cuando terminé de leer y le devolví las hojas.

Don había tenido que esforzarse para no mirarme fijamente mientras yo leía.

—¿Eso es todo? —me preguntó—. ¿No está mal? —Soltó una extraña risita socarrona—. ¿Te ha gustado?

Me encogí de hombros.

—Supongo que sí, bueno, la chica es una especie de fantasía masculina: la rubia de cuerpo perfecto que dice: «Haz lo que quieras conmigo.»

—Es curioso que digas esto —declaró Don con expresión sombría. Las aletas de su nariz se hincharon—. Muy curioso, porque la historia está sacada fielmente de mi vida. Ese personaje está inspirado en una de mis novias de San Francisco. En Grete.

—¿Greet? —Me pareció un nombre raro incluso para una sueca—. ¿Se llama Greet?

—Grete —replicó él—. La sonoridad de la e es más suave. Tienes que pronunciarla desde el fondo de la garganta. Si no hablas sueco, resulta difícil pronunciarla.

Por lo que yo sabía, Don no hablaba sueco.

—Don me dejó leer un relato suyo la semana pasada —le expliqué ahora a Jenny—, pero era antiguo y nada relevante para la novela. Creo que desde entonces su estilo ha cambiado mucho.

Durante unos segundos, contemplé mi bocadillo, que a causa de la vitrina refrigerada estaba helado, y el pan duro.

—¿A Brett le enseñas tu poesía? —le pregunté a Jenny.

Ella se sobresaltó y, a continuación, me lanzó una mirada fría.

—No —respondió—. No se la enseño.

Una victoria pequeña, infinitesimal, era mía, pero deseé que no fuera así.

—De todos modos —continuó mientras tragaba un trocito de pan—, la verdad es que ya no escribo poesía.

Asentí. Supongo que ya lo sabía.

Cuando regresé a mi escritorio, con un café de segunda excesivamente caro en la mano, Hugh se acercó y dejó un montón de cartas delante de mí. Lo miré con gesto inquisitivo. Me estaba acostumbrando a los largos silencios de la oficina.

—Son las cartas de Salinger —me explicó.

—¿Ah, sí?

—Las cartas de sus seguidores. Dirigidas a Salinger. —Suspiró y cambió de brazo el otro montón de papeles que llevaba—. Tenemos que contestarlas.

—De acuerdo. —Bebí un sorbo de café—. ¿He de contestarles algo en concreto?

Hugh asintió lacónicamente.

—Hay una carta modelo. En algún lugar. Ya la encontraré.

Para mi continua sorpresa, Hugh podía encontrar cualquier cosa que uno necesitara en la montaña de papeles de su escritorio. Minutos después, regresó con una hoja amarilla y deteriorada de las que utilizábamos para las copias de carbón. Los bordes estaban descoloridos y gastados de tanto sobarla.

Querido/a señor/a...:

Muchas gracias por su reciente carta dirigida a J. D. Salinger. Como quizá sepa, el señor Salinger no desea recibir correo de sus lectores. Por consiguiente, no podemos remitirle su amable misiva. Le agradecemos su interés por los libros del señor Salinger.

Nuestros mejores deseos.

LA AGENCIA

La fecha que figuraba en el encabezamiento de la copia era 3 de marzo de 1963.

—¿Entonces, simplemente mando esta respuesta tal cual? ¿Solo la mecanografío de nuevo?

Hugh asintió.

—Sí. Y no tienes que hacer una copia en carbón.

La fotocopiadora era una adquisición tan reciente que muchos empleados de la agencia todavía se referían a las copias como «copias en carbón». Eso me encantaba.

—Y puedes tirar las cartas a la papelera —prosiguió Hugh.

—¿En serio? —le pregunté sorprendida.

En la agencia no se tiraba nada. Toda la correspondencia era meticulosamente fotocopiada y archivada. Me costaba creer que tiraran algo y mucho menos algo relacionado con Salinger.

—¿A la papelera? —insistí.

—Sí, no podemos guardarlas. —Sonrió levemente—. Ocuparían toda la oficina. Necesitaríamos un almacén entero para ellas.

—Sí, son muchas —corroboré, y señalé el montón que seguía donde Hugh lo había dejado, en una esquina de mi escritorio.

—¡Y esto es solo lo que ha llegado hoy!

Me eché a reír.

—Sí, ya.

—No, en serio. Esto es exclusivamente lo que ha llegado hoy —aseguró.

—Bromeas, ¿no? ¿Y dónde está el resto?

Hugh exhaló su acostumbrado suspiro.

—En mi despacho. En algún lugar de mi despacho. Intenté contestar algunas en diciembre.

—¿Realmente llegan tantas cartas todos los días?

En caso afirmativo, a partir de entonces me pasaría todos los días de la semana reescribiendo la famosa carta modelo.

—Fluctúa. Siempre llegan muchas justo después de Año Nuevo.

—Está bien —contesté—. Empezaré ahora mismo.

Me acerqué el montón de cartas y me dispuse a quitar la goma elástica.

—No hay prisa. —Hugh se encogió de hombros—. Hazlo cuando tengas tiempo. Quizá los viernes, cuando tu jefa no esté aquí... y si no tienes nada más que hacer.

Suspiró y ladeó la cabeza de forma extraña, como si intentara hacer crujir sus vértebras. Era un nuevo tic nervioso de Hugh o uno en el que yo no me había fijado hasta entonces.

—Solo son seguidores —añadió—. En cierto sentido, son lo menos importante.

—De acuerdo —repetí.

Pero cuando Hugh volvió a su despacho, extraje la goma del montón de cartas y las hojeé. Los matasellos eran de todos los rincones del mundo: Sri Lanka, Malasia, Japón, varios países escandinavos, Alemania, Francia, los Países Bajos... de todas partes. Sin hacer ruido, empecé a abrir los sobres con el pulgar y a desplegar las cartas. Eran largas, mucho más de lo que esperaba, aunque ¿qué esperaba? Yo nunca había escrito una carta como seguidora de nadie. ¿Qué sabía yo de eso? Algunas estaban escritas a máquina, como las de la agencia. Otras eran más modernas, extraídas de impresoras láser en papeles de un blanco inmaculado. Muchas estaban escritas en papeles de carta rosa o azul, o en el casi transparente del correo aéreo, en el de color crema de Smythson, en papeles decorados con motivos de Hello Kitty, Snoopy, nubes, arcoíris, etcétera. Y las hojas estaban atiborradas de palabras.

Uno de los sobres contenía una pulsera de la amistad tejida con hilo de bordar; otro, una fotografía de un perrito blanco; otro, inexplicablemente, varias monedas sujetas con cinta adhesiva a un papel sucio y rasgado.

Durante la hora siguiente, leí, leí y leí. Me olvidé de mecanografiar y archivar, y el timbre del teléfono me molestaba. Muchas cartas eran de veteranos de guerra; la mayoría, aunque no todos, norteamericanos. En ellas le confiaban a Salinger sus experiencias de guerra. Ahora, como Salinger, tenían setenta u ochenta años y, según explicaban, cada día se acordaban más de los amigos muertos en sus brazos, de los cuerpos esqueléticos de los campos de concentración que liberaron y del desespero que experimentaron cuando regresaron a casa y percibieron que nadie comprendía lo que habían vivido; nadie salvo Salinger. Algunos, en realidad muchos, contaban que estaban releyendo sus obras y que todavía les gustaban más ahora que antes. Con una necesidad urgente que me hacía sentir algo incómoda, explicaban que querían que Salinger supiera y comprendiera todo aquello por lo que estaban pasando.

¿Qué más? ¿Quién más? También estaban las cartas

que clasifiqué como «trágicas». Cartas, por ejemplo, de personas cuyos seres queridos habían encontrado consuelo en Salinger durante sus largos años de lucha contra el cáncer; de personas que habían leído *Franny y Zooey* a sus abuelos moribundos; de personas que, obsesivamente, habían memorizado *Nueve cuentos* durante el año posterior a la pérdida de sus hijos, esposas o hermanos. Y también estaban los chalados, claro, que despotricaban contra Holden Caulfield en sus cartas emborronadas de carboncillo, o de cuyos arrugados sobres caían sucios mechones de cabello sobre mi escritorio.

De todos modos, el colectivo más numeroso de seguidores era, probablemente, el de los adolescentes, quienes expresaban un sentimiento que podría resumirse en: «Holden Caulfield es el único personaje literario que es exactamente como yo. Y usted, señor Salinger, es, por supuesto, Holden Caulfield. Por tanto, usted y yo deberíamos ser amigos.» Las chicas expresaban su amor por Holden. Explicaban que lo entendían y que querrían encontrar a un chico como él, alguien que percibiera las hipocresías del mundo, alguien que comprendiera que las personas tienen emociones, pero todos los chicos que ellas conocían eran tarados como Stradlater. «Mi madre dice que usted no contestará mi carta —escribió una estudiante canadiense de secundaria—, pero yo le he dicho que sí. Sé que lo hará, porque usted sabe lo que es estar rodeado de cretinos.»

Aquellos jóvenes utilizaban un lenguaje que procedía de *El guardián entre el centeno*. Repetían expresiones como: «¡maldita sea!», «farsante», «me saca de quicio» y, cómo no, «cretino». Los chicos eran más propensos a la imitación que las chicas, porque ellos querían ser Holden, mientras que ellas querían estar con Holden.

Una carta llamó mi atención:

> He leído su novela *El guardián entre el centeno* por tercera vez. Es una obra maestra y espero que esté orgulloso de ella. Desde luego, debería estarlo. La mayoría de la porquería que se escribe hoy en día es tan poco atrayente que me pone enfermo. Pocas personas escriben cosas que sean mínimamente sinceras.

El franco coraje de aquel joven en particular, que según comprobé era de Winston-Salem, Carolina del Norte, me impresionó. ¿Quién le escribe al escritor norteamericano con vida posiblemente más famoso del mundo para informarle de que su novela de éxito mundial es una obra maestra y que debería sentirse orgulloso de ella? ¡Increíble! Sin duda, el valor de aquel muchacho procedía directamente de Holden. Intentaba impresionar a Salinger con su parecido con el personaje del escritor.

Hacia el final de la carta, el joven le pedía consejo romántico a Salinger: «Cuando estoy con chicas me pongo nervioso de verdad.» Entonces Hugh apareció de nuevo. Se materializó junto a mi escritorio tan silenciosamente que me sobresaltó, como si fuera un fantasma.

—Acabo de darme cuenta de que... —empezó—. En realidad, deberías leerlas.

—¿Las cartas? —le pregunté señalando mi escritorio, que estaba cubierto de sobres y cartas.

—Sí. Por si acaso. —Por un momento permaneció totalmente erguido, como si sostuviera un libro en equilibrio sobre la cabeza. Luego recuperó su habitual postura de hombros caídos—. La mayoría son inofensivas, pero a veces llega alguna que contiene una amenaza de muerte. En los años sesenta, Salinger recibió unas cuantas que daban miedo. Contenían amenazas hacia él y sus hijos. —Hizo una mueca.

—¿Qué hago si encuentro una que dé miedo? —le pregunté.

Hugh reflexionó.

—Me la das. Yo decidiré si merece la pena molestar a tu jefa por ella. Desde el asunto de Mark David Chapman somos muy cuidadosos.

Asentí, aunque no fue hasta más tarde que, con un escalofrío, la relevancia de ese nombre acudió a mi mente: Mark David Chapman, el hombre que mató a John Lennon de un disparo y luego se sentó en la entrada del edificio Dakota y se puso a leer *El guardián entre el centeno*. Cuando la policía confiscó el libro, vieron que en la página del título había garabateado: «Esta es mi declaración.» Según declaró después, Holden Caulfield lo había obligado a hacerlo.

Señalé el escritorio y los montones de cartas extraídas de los sobres.

—Las he estado leyendo —admití—. Sentía curiosidad.

—Estupendo —declaró él, pero no se fue.

¿Acaso mi cara o mi voz revelaban algo? ¿Algún sentimiento del que yo no era consciente?

—No te dejes atrapar por ellas.

Aquella noche, cuando llegué al apartamento, estaba vacío. Don probablemente estaba en el gimnasio. Al cabo de dos semanas tenía un combate importante, de modo que había empezado a correr todos los días para perder peso y entrenaba todas las noches. Yo puse agua a calentar para hervir pasta y cogí un libro de su escritorio: *Campos de Londres*, de Martin Amis, que yo había sacado de la biblioteca la semana anterior y que él había reclamado enseguida. Debajo del libro encontré una carta escrita con su apretada caligrafía. Durante un breve instante, apenas un parpadeo, pensé que la carta iba dirigida a mí y que Don, movido por un impulso romántico, la había dejado debajo de mi libro para que yo la encontrara. «Bonita mía, mi amor...», leí. «¡Cielos!», pensé mientras dejaba caer la carta, como si estuviera en llamas. Aquellas cuatro palabras fueron suficientes. La carta no era para mí. «¡Hostia!», dije en voz alta. Una sensación de mareo, como náuseas o vértigo, empezó a apoderarse de mí. Me dirigí lentamente a la cocina, apagué el fuego, volví a coger la carta y seguí leyendo. Fuera quien fuese «mi amor», en fin, Don la echaba de menos y le costaba creer que hubieran transcurrido dos meses desde que disfrutaran de aquellos días en la playa. Y no podía dejar de pensar en sus bonitos hombros morenos... Me detuve, segura de que si seguía leyendo acabaría vomitando. Mi piel, como Don comentaba a menudo, era inusualmente pálida. Y nunca habíamos ido a la playa juntos. Sin embargo, sí habíamos ido a la casa de sus padres en Navidad, y me sentí incómoda cuando me presentó a su extensa familia. Y digo «incómoda» porque apenas lo conocía y no estaba segura de por qué o cómo había llegado hasta allí. También me presentó a sus viejos amigos, un grupo muy unido de tíos que, en su mayoría, habían permanecido en Providence y sobrevivían realizando trabajos temporales como transportistas en el sector de la construcción o como camareros o que, a los treinta años, seguían viviendo con sus padres. Solo Don y Marc habían abandonado aquella ciudad.

Comprobé la fecha de la carta: 16 de marzo de 1996. No se trataba de una carta del pasado lejano de Don, sino de una carta escrita cinco días atrás. Apenas tres meses antes, Don me telefoneaba todos los días y me decía cosas como «Huyamos y casémonos». Entonces caí en la cuenta: Los Ángeles. En diciembre, había pasado una semana en Los Ángeles a efectos de realizar algún tipo de investigación para su novela. ¿Había conocido a aquella mujer —cuando seguí leyendo, averigüé que se llamaba Maria o Marina— en aquel viaje? ¿La había conocido durante sus indagaciones? O, aún peor, ¿había realizado el viaje para verla y se había inventado la excusa de la investigación para tranquilizarme?

Aquella noche, me dormí antes de que Don regresara a casa, pero, por la mañana, la carta seguía allí, parcialmente oculta por el diario negro y de gran tamaño en el que Don registraba sus pensamientos e impresiones.

Mientras el metro me transportaba al centro de la ciudad, donde estaba la agencia, de repente me acordé de Mark David Chapman. ¿Habría escrito él una o varias cartas a Salinger? ¿Mi versión de 1979 o 1980 habría abierto rutinariamente un simple sobre blanco que contenía una sarta de locos reproches? ¿O un plan para cometer el asesinato? ¿O una diatriba contra John Lennon? ¿Le habría contestado ella con una escueta y formal misiva?

Cuando llegué a la oficina, se lo pregunté a Hugh. Él suspiró, como de costumbre.

—Es posible —contestó—. Incluso probable. No lo sé. —Suspiró de nuevo—. Supongo que por eso conservamos toda la correspondencia. Sería interesante saberlo, ¿no crees?

Asentí.

—Pero supongo que la vida es así, ¿no? —continuó Hugh.

Volví a asentir, aunque sin saber con certeza a qué estaba dando mi conformidad.

—Hay muchas cosas que nunca sabremos.

PRIMAVERA

1

La cubierta, la fuente, la encuadernación

¿Cuántas veces me habían dicho que Salinger no telefonearía, que de ningún modo lo haría y que yo no tendría el menor contacto con él? Más de las que podía contar.

Aun así, un viernes por la mañana de principios de abril, descolgué el auricular y oí: «¡¿Hola?! ¡¿Hola?!» A lo que siguieron unas palabras incomprensibles. «¡¿Hola?! ¡¿Hola?!» Y más palabras ininteligibles. Poco a poco, como en un sueño, las palabras se fueron convirtiendo en comprensibles.

—¡Soy Jerry! —gritaba mi interlocutor.

«¡Oh, Dios mío! —pensé—. ¡Es él!»

Empecé a temblar de miedo. No porque estuviera hablando con o, mejor dicho, me estuviera chillando J. D. Salinger en persona, sino porque temía hacer algo mal y despertar la furia de mi jefa. Mi mente empezó a repasar todas las instrucciones relativas a Salinger que había recibido, pero todas estaban más relacionadas con mantener a los demás alejados de él que con él directamente. Por otra parte, no había ningún riesgo de que le pidiera que leyera mis relatos ni de que me deshiciera en elogios acerca de *El guardián entre el centeno*. Todavía no lo había leído.

—¡¿Con quién hablo?! —gritó él, aunque tuve que hacérselo repetir varias veces hasta que lo entendí.

—Soy Joanna —le contesté nueve o diez veces; las tres últimas gritando a pleno pulmón—. La nueva asistente.

—Bien, me alegro de conocerte, Suzanne —respondió él finalmente en algo parecido a una voz normal—. Llamo para hablar con tu jefa.

Yo ya lo había deducido. ¿Por qué Pam me había pasado la llamada en lugar de tomar el mensaje? Mi jefa estaría fuera todo el día, porque era viernes y ella dedicaba los viernes a leer. Se lo expliqué a Salinger confiando en que me entendería.

—Puedo telefonearla a su casa y decirle que le llame a usted hoy mismo o ella puede llamarle el lunes cuando venga.

—El lunes está bien —afirmó. Su voz había bajado otro tono—. Bueno, encantado de conocerte, Suzanne. Espero conocerte en persona algún día.

—Lo mismo digo. ¡Espero que tenga un buen día!

Yo no diría nunca una frase como esta. ¿De dónde la había sacado?

—¡Tú también! —Otra vez los gritos.

Colgué e inhalé hondo como había aprendido a hacer en las clases de ballet. Estaba temblando de pies a cabeza. Me levanté y estiré los brazos.

—¿Era Jerry? —me preguntó Hugh saliendo de su despacho con una taza de café en la mano.

—¡Sí! —contesté—. ¡Vaya por Dios!

—Está sordo. Su mujer le compró un teléfono especial con un amplificador de sonido en el auricular, pero se niega a usarlo. —Exhaló su característico suspiro. Ser Hugh significaba sentirse defraudado por el mundo—. ¿Qué quería?

—Hablar con la jefa. —Me encogí de hombros—. Le ofrecí telefonearle a casa para que ella le devolviera la llamada, pero ha dicho que puede esperar al lunes.

Hugh arrugó el entrecejo de forma reflexiva.

—Mmm... ¿Por qué no la llamas de todas formas? Creo que ella querrá saber que Jerry ha telefoneado.

—De acuerdo —contesté, y busqué el teléfono en el Rolodex.

Mi jefa no estaba en su casa y no tenía contestador automático. No creía en esos artilugios, como tampoco en los ordenadores ni en las centralitas telefónicas automáticas, otro invento moderno que la agencia no utilizaba. Si alguien telefoneaba durante las horas de oficina, contestaba Pam, la recepcionista, pero si lo hacía fuera de ese horario, el teléfono sonaba y sonaba, como ocurría en el apartamento de mi jefa, que estaba a veinte manzanas al norte de la agencia. Lo intenté aproximadamente cada hora hasta el final de la jornada, en vano. Tendría que decírselo el lunes.

Hacía varios meses que trabajaba en la agencia y mi jefa todavía no me había pedido que leyera ningún original. Al no realizar esta tarea, mi trabajo, como había dicho mi padre, realmente se parecía al de una secretaria, y la proximidad de las grandes obras literarias que gestionaba la agencia todavía hacía que me resultara más penoso. De modo que, sin pretenderlo, mentía cuando alguien me preguntaba acerca de mis responsabilidades: «¡Tengo que leer tanto! —solía explicar en las fiestas—. Siempre llevo conmigo algún original. No hay manera de ponerse al día.»

En la agencia trabajaba otra asistente, Olivia, quien sí

tenía que leer un montón de originales. Eran sus quejas las que yo imitaba. Olivia era una belleza al estilo prerrafaelista: etéreamente pálida, con tirabuzones de color ceniza y una figura delgada y esbelta, pero como asistente era una calamidad. Perdía continuamente contratos y paquetes, archivaba la correspondencia en lugares equivocados o, simplemente, no contestaba al teléfono. Tenía un novio italiano y atractivo con quien se peleaba sin cesar. Era normal pasar cerca de su escritorio y oír cómo le gritaba a través del teléfono. Después colgaba de golpe. A veces, él pasaba por la oficina a recogerla y la abrazaba de un modo ligeramente inapropiado. Hugh no podía pronunciar el nombre de Olivia sin poner los ojos en blanco, pero yo ansiaba conocerla mejor o, al menos, absorber algo de su lánguido y elegante encanto.

El lunes siguiente, el borboteo de la máquina de café me informó de su llegada. Yo tenía una pregunta acerca de las complicadas fichas rosa para Hugh, pero decidí utilizarla como excusa para acercarme a ella.

—¡Oh, yo siempre lo hago mal! —me contestó con toda tranquilidad.

Agarró la taza de café con ambas manos y se sentó en el borde del escritorio; un gesto que me impactó, porque a mi jefa le horrorizaría que alguien se tomara semejante familiaridad con el mobiliario de la oficina. Aquel día, Olivia llevaba una blusa de *chiffon* negro con grandes lunares blancos y una falda negra de tubo que se le subía por encima de las rodillas cuando se sentaba. Y calzaba unas manoletinas rojas que apenas producían un susurro cuando iba de un lado a otro de la oficina.

—Yo en tu lugar no me preocuparía. Al fin y al cabo, ¿quién va a enterarse? —Bostezó aparatosamente—. ¿Quieres un café? Yo necesito otro.

Mientras la seguía hasta la máquina de café, me explicó que era pintora y que, como yo, había acabado en la agencia por casualidad.

—Para serte sincera, este trabajo no me interesa —comentó, y se encogió de hombros—. Tengo que largarme de este lugar.

—Pero leer originales debe de ser fantástico —comenté mientras la seguía de regreso a su escritorio.

Ella volvió a sentarse encima de un saltito.

—Si no todos, al menos algunos deben de estar bien, ¿no? Mi jefa no me encarga leer nada.

—No creas que es tan fantástico —repuso, y miró hacia el techo con sus grandes ojos azules—. La mayoría son auténticos desastres. Lees unas pocas páginas y ya sabes lo que va a ocurrir.

Justo entonces, como yo me temía, mi jefa pasó por allí con un cigarrillo en la mano. De vez en cuando, me sorprendía y sorprendía a todo el mundo, pues sin motivo aparente entraba por la puerta trasera, que conducía directamente a nuestra zona.

—Olivia, ¿qué demonios estás haciendo? Baja de ahí inmediatamente.

Me miró y arqueó las cejas, como si me dijera: «Te advertí que no fraternizaras con esta inútil.»

Olivia trabajaba para dos agentes, Max y Lucy, a quienes con frecuencia nos referíamos como si constituyeran una entidad única, «MaxyLucy», porque eran grandes amigos. Se pasaban el día yendo el uno al despacho del otro; se reían mutuamente los chistes y se encendían recíprocamente los cigarrillos. Lucy supervisaba los derechos cinematográficos de todos los autores de la agencia y era la representante de numerosos autores de libros infantiles y algunos novelistas que recibían buenas críticas. Empezó su carrera en la agencia como asistente y, aunque como mucho tendría unos cuarenta años, personificaba lo mejor de los viejos encantos de aquella: fumaba con una boquilla de marfil que sostenía teatralmente en el aire; vestía únicamente elegantes vestidos drapeados de crepé negro y soltaba, con su voz grave como la de Bacall, graciosas ocurrencias al estilo de Parker. A Max lo habían contratado pocos años antes para, no era un secreto, rejuvenecer la agencia. Se trataba de un profesional de éxito, uno de los agentes más conocidos del momento, y representaba a un montón de escritores que yo admiraba, como Mary Gaitskill, Kelly Dwyer, Melanie Thernstrom, y a muchos que yo hacía tiempo que deseaba leer, como Jim Carroll y Richard Bausch. Sus escritores publicaban sus relatos en revistas que yo leía, como *Granta*, *Harper's* o *The Atlantic*, y realizaban frecuentes presentaciones y lecturas en el KGB o el Limbo, por lo que la vida de Max constituía una continua e interminable sucesión de fiestas literarias. Su carpeta de comunicación interna estaba siempre llena de memorándums de acuerdos, y cuando venía a nuestra ala de la oficina para hablar con mi jefa, en general, era para traspasarle un problema envidiable: tres editores se peleaban por el mismo libro y la autora se estaba volviendo loca intentando decidir con cuál de ellos publicar su novela.

Max y Lucy eran sumamente simpáticos y a mí me encantaba estar cerca de ellos y escucharlos bromear, siempre con los cigarrillos en alto. Max era bajo y la calva de su coronilla estaba rodeada de rizos y Lucy era regordeta y también baja, y la nicotina había apagado el tono de su piel, pero la inteligencia e ingenio de ambos, la pasión con que se volcaban en su trabajo, en sus libros, en sus autores, los convertía en personas tan atractivas y excitantes como las estrellas de cine. Además, los dos eran amables y no nos trataban, ni a Olivia ni a mí, como parte del mobiliario, al menos no tanto como los otros agentes. Lucy me preguntaba acerca de mis vestidos y Max acerca de mis libros. Entonces, mientras charlaba con Olivia, una idea acudió a mi mente: podría leer para ellos. Mi jefa no tenía originales para mí, y ellos, por su parte, tenían una asistente que no estaba interesada en leer. Me dirigí al despacho de Hugh.

—Lo que dices tiene sentido —declaró él—. Siempre que no interfiera en tu trabajo.

—No lo hará —prometí—. Leeré los originales en casa. Por la noche.

—De acuerdo. Ve a hablar con Max. Seguro que tu propuesta le encantará. Yo me encargaré de explicárselo a tu jefa.

—¡Fantástico! Gracias. ¡Muchas gracias!

Antes de que pudiera dirigirme al despacho de Max, mi jefa apareció en la puerta y me lanzó una mirada furibunda.

—¿Jerry telefoneó el viernes?

Asentí con la cabeza. Hugh, como yo, se había quedado helado.

—¿Por qué no me avisaste?

—Lo intenté. La llamé durante todo el día, pero no estaba en casa. Unas diez veces.

—Así es —corroboró Hugh.

Lo miré con agradecimiento.

—Además, Jerry me dijo que no hacía falta que le avisara —añadí.

Mi jefa lanzó una mirada fulminante a Hugh y abrió la boca, como si fuera a gritarle.

—Jerry me dijo que no lo hiciera, que no la llamara a casa, que podía esperar al lunes —insistí.

—¡Pues bien, hoy es lunes! Así que, ¿por qué no me lo has dicho?

Una hora más tarde empezaron los gritos. Hugh salió de su despacho y juntos contemplamos la puerta de mi jefa.

—Nada más colgar el auricular, me llamará —me explicó Hugh—, de modo que da igual si la espero aquí.

—¿Estás seguro, Jerry? —oímos que gritaba mi jefa—. Sí, claro, si eso es lo que quieres... Nos encargaremos de ello. Ha sido un placer hablar contigo. Como siempre.

Cuando la puerta de su despacho se abrió, salió en silencio, en actitud reflexiva.

—Tengo que hablar con Carolyn... Aunque quizá sería mejor hacerlo con Max.

Se dirigió hacia la entrada de la oficina. De pronto giró sobre los talones y regresó a nuestro lado.

—Salinger quiere publicar un libro nuevo —anunció con el mismo tono distraído de antes—. En realidad, se trata de un libro viejo. Un relato viejo: *Hapworth*. Un editor le ha ofrecido publicarlo como libro independiente y Jerry ha decidido aceptar.

—¿*Hapworth*? —preguntó Hugh y, sorprendido, se atragantó—. ¿Quiere publicar *Hapworth* como un libro independiente?

—Bueno —declaró mi jefa—, es un relato muy largo. En realidad, se trata de una novela corta. Podría constituir un libro por sí misma.

—Las novelas tienen, como mínimo, noventa páginas —declaró Hugh con frialdad mientras exhalaba un suspiro especialmente profundo—, y *Hapworth* tiene unas sesenta. Con unos márgenes realmente anchos supongo que podría editarse como libro. —Frunció los labios—. Pero solo porque pueda editarse como libro no significa que deba editarse como tal.

—Bueno —repuso mi jefa, y exhaló un suspiro propio—, Jerry parece muy entusiasmado con la idea.

—¿En serio? ¿Estás segura de que no se trata de un capricho? ¿Mañana no habrá cambiado de idea?

—Yo diría que no —replicó mi jefa, y soltó una risita—. ¡Se lo ha estado pensando durante ocho años!

Hugh y yo nos miramos.

—¿Ocho años? —preguntó él.

—¡En efecto! El editor le propuso la idea por primera vez hace ocho años. En 1988.

—¿El editor se puso en contacto con él directamente? —Hugh, maravillado, sacudió la cabeza.

—Pues sí —afirmó mi jefa mientras balanceaba los brazos de atrás adelante.

Resultaba difícil dilucidar si aquel acontecimiento la complacía o la horrorizaba.

—Ellos, o él, porque es posible que la editorial sea cosa de un solo hombre, le escribió una carta. —Levantó un dedo en el aire y sonrió—. ¡Con una máquina de escribir! A Jerry le impresionó este detalle.

Hasta entonces no se me había ocurrido pensar que la política de la agencia de utilizar solo máquinas de escribir pudiera tener algo que ver con Salinger. ¿Era posible que, de algún modo, Salinger fuera el responsable de la falta de artilugios modernos en la oficina? La idea me pareció una locura, pero posible. ¿O, como las estrellas de fútbol cuando se hacen mayores, la agencia se había retirado durante sus días de gloria y, en lugar de adaptarse, cambiar y crecer, se había limitado a ser la Agencia? Y ser la Agencia significaba realizar las mismas rutinas y procedimientos que en 1942, cuando Dorothy Olding firmó por primera vez como representante de Salinger.

—¿Cómo consiguió el editor su dirección? —pregunté.

Hugh me había contado que, años atrás, habían despedido a un asistente por darle a un reportero la dirección de Salinger.

—Pues escribió en el sobre: J. D. Salinger, Cornish, New Hampshire —explicó mi jefa, y chasqueó la lengua—, y el cartero se la entregó. ¿Puedes creerlo?

—No —contesté. Estaba impresionada.

—¿Por qué no se le ha ocurrido a nadie más esa idea? —preguntó Hugh.

—No lo sé —contestó mi jefa. Extrajo un paquete de cigarrillos del bolsillo de su chaqueta y le quitó el envoltorio de plástico—. No lo sé. Quizás alguien más lo ha hecho.

Por su aspecto, parecía que Hugh fuera a vomitar.

—¿Qué editorial es? ¿Por qué no se pusieron en contacto con nosotros?

Mi jefa se echó a reír.

—¡A saber por qué! Se trata de una pequeña editorial de Virginia. Orchid Press o algo así. Es diminuta. Y cuando digo diminuta, quiero decir diminuta. Como os he dicho, podría tratarse de un solo hombre. Es bastante probable que sea así.

—¿Orchises Press? —pregunté titubeante.

La editorial Orchises publicaba las obras de algunos poetas que a mí me gustaban. Pero no sabía nada de ella, ni siquiera estaba segura de cómo se pronunciaba el nombre.

—¡Exacto! —exclamó mi jefa y, sorprendida, frunció el ceño—. ¿Has oído hablar de ellos?

—Publican poesía. Poesía contemporánea. Me gustan algunos de los poetas de su catálogo.

—¡Una editorial pequeña! —exclamó Hugh con incre-

dulidad—. Una pequeña editorial de Virginia. ¿Una editorial unipersonal para J. D. Salinger? ¿Cómo podría ese tío responder a la demanda? ¿Acaso sabe dónde se está metiendo? Publicar a Salinger no tiene nada que ver con publicar poesía.

—¡Ya lo puedes decir! —exclamó mi jefa, y volvió a reír.

Sacó poco a poco un cigarrillo del paquete y lo encendió con el diminuto encendedor que llevaba siempre encima, escondido en algún pliegue o bolsillo. Inhaló hondo y sonrió. Estaba disfrutando de la situación.

—Tenemos que averiguar muchas cosas. Para empezar, si ese tío de Orchises Press... —miró una nota que llevaba en la mano y leyó el nombre—: si Roger Lathbury todavía quiere publicar el libro. ¡Han pasado ocho años! Cuando lo llame, pensará que estoy loca. —Contrajo la cara en gesto reflexivo—. Tenemos que actuar con tiento en este asunto. Con tiento y mucha cautela. Necesito reflexionar un rato.

Cuando estuvo instalada y a salvo en su despacho y mientras murmuraba en el auricular del teléfono, le pregunté a Hugh en voz baja:

—¿Qué es Hapworth?

La palabra me sonaba misteriosa, como el nombre en clave de un agente secreto.

—Es el último relato que publicó Salinger —me explicó Hugh mientras limpiaba motas de polvo imaginarias de su jersey—. Apareció en *The New Yorker* en 1965. Ocupó prácticamente toda la revista.

—¿De verdad? ¿Toda la revista? —Me costaba imaginármelo.

—En aquella época no era tan extraño. ¿Sabías que, en una ocasión, *Esquire* publicó una novela entera de Mailer por entregas?

Negué con la cabeza, aunque sí que lo sabía. Don era un seguidor acérrimo de Mailer.

—Por aquel entonces, todas las revistas publicaban relatos. Al menos, todas las revistas femeninas. En todas ellas aparecieron relatos de Salinger. *Cosmo* publicó una de sus novelas. Una novela de verdad.

—¿*Cosmopolitan*? —pregunté perpleja.

—Y creo recordar que *Mademoiselle* también. Y otra: *Ladies' Home Journal* o *Good Housekeeping*... Una de esas.

Su voz se fue apagando y su mano, aparentemente por iniciativa propia, se agitó en el aire como diciendo: «¡Ah, si tú supieras...!»

Yo sabía, por supuesto, que antiguamente las revistas femeninas publicaban obras de ficción serias, más que nada porque mi tesis de posgrado versó sobre Sylvia Plath, que estaba obsesionada con publicar sus obras en lo que ella llamaba «revistas de cabello lacio». Sin embargo, la idea de que Salinger permitiera que *Good Housekeeping* o *Cosmo*, entre sus consejos sobre cómo alcanzar orgasmos múltiples, publicaran sus relatos me parecía absurda, incluso ridícula.

—Ya sabes que eso era lo que hacía tu jefa, ¿no? —me dijo Hugh con una voz repentinamente más aguda.

Confusa, negué con la cabeza.

—Era la responsable de las ventas por entregas. —Asintió con la cabeza, como de acuerdo consigo mismo—. Fue la primera agente de ventas por entregas de la agencia. Vendía relatos a las revistas; relatos de todos los autores de la agencia. Lo hizo durante años. Antes de trabajar aquí, tenía un empleo como asistente del editor de ficción de una revista.

—¿Qué revista?

Hugh arqueó las cejas y sonrió.

—*Playboy*.

—¿*Playboy*? —susurré. Hugh me estaba tomando el pelo. ¿Mi jefa, con sus jerséis de cuello alto y sus pantalones, trabajando en una revista para hombres?

Él asintió con solemnidad.

—Publicaban narrativa seria. Todavía lo hacen. —Carraspeó con cierto nerviosismo—. La gente siempre dice que la compra por los artículos y cuesta creérselo, pero *Playboy* paga bien, de modo que consiguen buenos escritores.

—¿Fue ella quien vendió *Hapworth* a *The New Yorker*? —Por alguna razón, mi corazón se aceleró un poco al pensar en esta posibilidad.

Hugh negó con la cabeza.

—No, eso ocurrió antes de que ella entrara a trabajar en la agencia. En principio lo habría gestionado Dorothy, pero creo que por entonces Salinger vendía sus obras directamente a *The New Yorker*. —Suspiró y sacudió la cabeza como para aclararse sus ideas—. La historia de *Hapworth* consiste en una carta que un chico escribe a su familia desde el campamento de verano —me explicó con una voz extraña y ahogada. De repente me di cuenta de que estaba enfadado—. Seymour Glass, que a la edad de once años escribe una carta a sus padres desde el campamento de verano. Sesenta páginas. ¡Una carta de sesenta páginas a sus padres desde el campamento de verano!

—Eso me suena a posmoderno —sonreí.

Hugh suspiró y arqueó las cejas.

—La gente la considera su peor obra. No entiendo por qué quiere publicarla como obra independiente. —Sacudió la cabeza y señaló la estantería donde estaban las obras de Salinger—. Dice que no quiere ser el centro de atención, pero esto va a llamar mucho la atención. No lo comprendo.

—No —corroboré, pero pensé que quizá, solo quizá, yo sí lo comprendía.

«Quizá se está muriendo —pensé—. Quizá se siente solo. Quizás ahora sí querría recibir atención. Quizás ha comprendido que lo que creía querer no era, en absoluto, lo que de verdad quería.»

A la mañana siguiente, mi jefa se acercó a mi escritorio antes de entrar en su despacho.

—Telefonea a esa Orchids Press y pídeles un catálogo y ejemplares de sus libros.

Asentí, pero ella se alejó sin más por la gruesa moqueta y entró en su despacho. Bajé de mi estantería el *LMP*, el *Literary Market Place*, un grueso tomo del tamaño de un diccionario en el que figuran el nombre y la dirección de todas las editoriales del país y también el nombre de los editores y los redactores. Y, cómo no, allí estaba: Orchises Press, Alexandria, Virginia. Editor: Roger Lathbury. El hombre que había conquistado a Salinger. No constaba ningún otro nombre. Inhalé hondo y marqué el número.

—¿Sí? —contestó una voz enérgica a mitad del primer tono.

¿Se trataba de Roger Lathbury en persona? De repente, me sentí ridícula y no supe qué decir. Cuando me identificara como una empleada de la Agencia, ¿no se daría cuenta de que telefoneaba en nombre de Salinger? Por una vez, deseé que mi jefa me hubiera dictado lo que tenía que decir.

—Sí, hola —saludé finalmente—. ¿Orchises Press?

—En efecto.

—Llamo en nombre de la Agencia. —Entonces recuperé la compostura—. Estamos ampliando nuestra base de datos y nos gustaría recibir su catálogo actual y disponer de una muestra de sus libros más recientes.

—Será un placer hacerle llegar ese material, por supuesto.

Si reconoció el nombre de la agencia, no dio muestras de ello. O quizá no sabía que la Agencia representaba a Salinger. Al fin y al cabo, él se había puesto en contacto directamente con Salinger.

—¿Ya está? —me preguntó mi jefa en cuanto colgué el auricular.

No me había dado cuenta de que oía mis llamadas desde su despacho y me sonrojé un poco pensando en qué más habría oído durante los meses pasados.

—¡Sí, ya está! —contesté.

Se produjo un ruido sordo cuando se levantó de la silla y se acercó a mi escritorio, y otro mientras Hugh hacía lo mismo.

—Veamos quiénes son —dijo mi jefa—. Tenemos que averiguar qué clase de libros publican; con qué compañía se encontrará Jerry. Y también qué aspecto tienen sus libros. Ya sabes que esto es muy importante para Jerry.

—¿De verdad? —Yo había supuesto que el estilo homogéneo y singular de sus libros era obra exclusiva de Little, Brown. Creía que el diseño de los libros era responsabilidad de las editoriales y que los escritores solo los escribían.

—¡Vaya! —exclamó mi jefa. Hugh incluso se rio—. ¿No lo sabías? Jerry tiene una idea muy clara sobre el aspecto que han de tener sus libros. Y no solo acerca de la cubierta, sino también el tipo de letra y papel, los márgenes e incluso la encuadernación. Nada de ilustraciones en las portadas. Solo texto. Está todo estipulado en sus contratos.

—Tampoco fotografías del autor —añadió Hugh—. Estuvo a punto de demandar a su editorial del Reino Unido por la cubierta de *Nueve cuentos.*

—Eso es una exageración —intervino mi jefa—. No los demandó, solo se sintió molesto.

La cubierta original de *El guardián entre el centeno* contenía una ilustración; un dibujo bonito y extraño, lírico, de un brioso caballo de tiovivo. Yo lo veía con el rabillo del ojo desde mi escritorio. Pero este fue el primer libro suyo que se publicó, anterior, supuse, a su prohibición de utilizar imágenes y al tipo de fama que permite que un autor decida cómo deben ser las cubiertas de sus obras. En realidad, yo comprendía su postura. Salinger quería que los lectores llegaran a sus obras completamente frescos y libres. Su actitud era noble y encomiable, pero también imposible, al menos respecto a Salinger. Nadie, absolutamente nadie, podía acercarse a sus libros sin ideas preconcebidas respecto a ellos y a él. Y yo tampoco.

Durante las semanas siguientes, mis mentiras se hicieron realidad. El hombro empezó a dolerme de tanto acarrear originales. Leer originales para Max y Lucy cambió la trama de mi vida y el tejido de mis días se volvió más complejo y emocionante. Muchas de las novelas —porque se trataba de novelas; todas eran novelas— podían considerarse realmente malas, como Olivia me había advertido. Pero otras eran buenas o casi buenas o, al menos, constituían el testimonio de una voz potente y diferente. Aunque supiera que ni Max ni Lucy iban a representar al autor, me emocionaba formar parte del proceso de creación de un libro, por muy al inicio que estuviera de su camino, de la carrera del autor. Cada vez que Max o Lucy aceptaban un libro que yo les había recomendado, me sentía aturdida varios días. Leer originales era exactamente lo opuesto a leer un libro para el posgrado: se trataba de utilizar el instinto puro mezclado con algo de emoción e inteligencia. ¿Esta novela funciona? ¿O puede llegar a funcionar? ¿Me emociona? ¿Me atrapa?

Leía por las noches, feliz de tomarme un descanso de las continuas salidas para asistir a fiestas o a tomar unas copas. Leer originales constituía una razón para acortar las conversaciones telefónicas con mi madre, una excusa para ignorar mis imperfectos poemas y novelas cortas, porque, irónicamente, en aquel momento estaba trabajando en algunas novelas cortas. No se lo comenté a nadie. Y mucho menos a Don.

Una tarde de abril, Max se acercó a mi escritorio, lo que era muy inusual. Normalmente, estaba demasiado ocupado para acudir a nuestra área de la oficina, a menos que tuviera que tratar con mi jefa asuntos imperiosos. A veces le pedía su opinión acerca de algún contrato, y como en aquel momento Lucy y él estaban en el proceso de convertirse en socios de la agencia, había todo tipo de complicadas cuestiones legales y financieras que tenían que concretar.

—¡Hola! —me saludó Max—. ¿Qué haces esta noche? Uno de mis autores realizará una lectura en el KGB y creo que su novela te gustará. Se trata de una historia increíble sobre el paso de la pubertad a la edad adulta ambientada en Nueva Jersey y Nueva York en los ochenta. Te gustará de verdad. Tengo un presentimiento. Anímate. Después iremos todos a cenar.

Mi jefa carraspeó sonoramente. De algún modo, la estábamos molestando, así que cerró la puerta de su despacho. Pero otra, en la que figuraba mi nombre, se había abierto.

A pesar de todo, mi jefa y los agentes más antiguos siguieron tratándome como a una parte del mobiliario, quizás incluso más que cuando empecé en la agencia. Mi jefa y Carolyn podían pasarse una hora delante de mi escritorio comentando los detalles cotidianos de sus vidas: el pollo asado que servían en tal o cual restaurante; los intentos de Carolyn de dejar de fumar, que consistían en guardar los cigarrillos en el congelador para que perdieran su buen sabor; el cambio de ruta del autobús que circulaba por su vecindario; los eternos problemas de Daniel, que todavía se estaba adaptando a una nueva medicación... Un día, a mediados de mayo —yo había cumplido veinticuatro años la semana anterior con escasos festejos—, mientras yo tecleaba y tecleaba, Carolyn se puso a hablar con mi jefa de unos amigos suyos que se llamaban Joan y John y de su hija, quien tenía un nombre raro que me resultaba extrañamente familiar. Yo la había oído hablar de Joan y John anteriormente, pero aquel día, impresionada, caí en la cuenta de que hablaba de Joan Didion y John Gregory Dunne. Aquellos escritores, de quienes contaba sus tribulaciones más corrientes —la reforma del lavabo, la pérdida de un vuelo—, eran amigos íntimos de ella.

—¿Qué sabes de Carolyn? —le pregunté a James al día siguiente—. ¿Cuál es su historia?

Él se encogió de hombros.

—No lo sé. Es muy hermética. Según tengo entendido, procede de una familia adinerada y su juventud fue bastante salvaje. —Lo miré con atención—. ¿Por qué no se lo preguntas a ella? Es una persona muy agradable. —Sonrió con malicia—. Y cuando se ha tomado una copa, habla por los codos.

Yo tenía la idea de que, después de tomar una copa, Carolyn se dormía. Aunque esto quizá le ocurría después de varias copas.

—Ya sabes que el vaso que tiene sobre el escritorio no siempre contiene agua —prosiguió James.

—¡Me tomas el pelo! —exclamé. Entonces me acordé de las tazas y los vasos largos que solía haber encima del escritorio de mi jefa—. ¡No!

Él se encogió de hombros.

—Carolyn es de otra época.

Durante las semanas siguientes, después de repartir las carpetas de comunicación interna, me quedaba merodeando cerca de la puerta del despacho de Carolyn y, los viernes, cuando nos reuníamos para tomar algo en la recepción, procuraba sentarme a su lado. Pero no logré reunir el ímpetu necesario para hablar con ella. Y sabía exactamente por qué: Carolyn parecía no verme. Para ella, yo era parte del decorado de la oficina. Durante el año que trabajé allí, no me dirigió la palabra ni una vez. Cuando dejaba las carpetas de comunicación interna sobre su escritorio, ella apenas asentía con la cabeza. Al principio me lo tomé como algo personal, pero después lo consideré una peculiaridad de su carácter, de su refinada actitud reservada. Al final me di cuenta de que, más que una persona, para ella yo era un puesto. ¿Cuántas como yo había visto a lo largo de las décadas que llevaba trabajando en la agencia? ¿Docenas? Las asistentes éramos prescindibles, intercambiables, con nuestras faldas de lana, nuestros lazos de la universidad y nuestros ojos brillantes por la excitación infantil que nos producían los libros. No nos necesitaba. Al cabo de un año nos habríamos ido.

Un sábado de mayo, tomé el autobús y me dirigí a la casa de mis padres para celebrar tardíamente con ellos mi cumpleaños. Cuando terminamos de cenar, mi padre me llamó a su estudio y me tendió tres sobres.

—Te los traspaso —dijo—. Ahora que tienes un trabajo, me parece el momento adecuado.

Di una ojeada al sobre de encima. Era del Citibank.

—Son facturas —me explicó mi padre.

Volvió a tomar los sobres y examinó los membretes. Separó dos y los sostuvo en alto para que yo los examinara, como si me los ofreciera.

—Estos dos son de tus tarjetas de crédito.

Yo debí de parecer desconcertada, porque añadió:

—Tú tienes dos tarjetas de crédito, ¿no?

Asentí. Se alisó el blanco cabello y adoptó su expresión pretendidamente tranquilizadora de cuando tenía que dar malas noticias. Yo la recordaba bien de mis años de adolescencia.

—Supongo que recordarás que te dimos esas tarjetas cuando te inscribiste en la universidad.

Ahora adoptó el falso acento británico que utilizaba cuando se sentía sumamente incómodo. Lo había aprendido mientras representaba el papel de un mayordomo en una producción de misterio del Actors Studio que transcurría en un trasnochado salón.

—Su objetivo era que las utilizaras para comprar libros o... —levantó las manos en el aire— cualquier cosa: billetes de avión, zapatos... —Volví a asentir, pero las palmas empezaron a sudarme—. Pues bien, yo he pagado las cuotas mientras asistías a la universidad, pero ahora que ya has terminado los estudios, puedes asumirlas tú.

Lo miré fijamente, demasiado atónita para asentir siquiera. Durante los años de la universidad y el curso de posgrado, había tenido dos empleos simultáneos para cubrir los imprevistos y costearme algún que otro pequeño lujo. Tenía la impresión de que mis padres se sentían satisfechos al cubrir los gastos básicos. Y tenía esa impresión porque... bueno, ellos así me lo habían dicho. De hecho, mi madre se había opuesto a que yo trabajara. «Tienes toda la vida para trabajar —me había dicho una y otra vez—. Ahora concéntrate en los estudios.»

Mi padre sostuvo en alto el tercer sobre.

—Y este contiene los préstamos estudiantiles...

La saliva desapareció de mi boca. Mi padre tenía más asuntos que tratar conmigo: tasas bajas de interés, consolidación de la deuda, no se qué federal, beca Pell, etcétera, etcétera, pero yo no podía concentrarme en lo que decía. ¿Préstamos estudiantiles? Hasta donde yo sabía, había asistido a la universidad gracias a una beca nacional.

—No recuerdo haber rellenado los formularios para solicitar un préstamo —argumenté mientras la lengua se me pegaba al paladar.

—¡Ah, los rellené yo por ti! —Agitó la mano con impaciencia—. Falsifiqué tu firma. Lo hago continuamente.

—Pero mi beca... —Mi voz se apagó. Supuse que no hacía falta preguntarle por la beca. ¿Qué más daba?

—La beca no lo cubría todo y pensamos que sería bueno para ti pedir un préstamo para los estudios. Se trata de una deuda buena y puedes deducir los intereses de tus impuestos.

Esto no tenía ningún significado para mí, pero retomé

mis asentimientos con la cabeza mientras esperaba lograr algo de claridad mental.

—Además, te ayudará a construir un buen historial bancario. Así, cuando quieras comprarte una casa, lo tendrás fácil. Lo mismo ocurre con las tarjetas de crédito. Ahora mismo, se te considera una persona solvente.

—Estupendo —declaré con una sonrisa forzada.

Mi padre me entregó los sobres con un gesto teatral.

—Cuando quiera comprarme una casa. Ya.

—Los pagos empezarán a cargarse en tu cuenta a partir del próximo mes.

—Estupendo —dije con voz ronca.

Di media vuelta y salí de la habitación para que no viera mis lágrimas, pero nada más tumbarme en la cama de mi infancia, estas llegaron, calientes y densas. Entonces hundí la cara en mi vieja almohada de plumas, que ya se habían convertido en polvo.

Finalmente, me enjugué los ojos y abrí los sobres. El saldo deudor de una de las tarjetas era de 5.643 dólares y el de la otra, 6.011. Debía a los bancos Chase y Citibank 11.000 dólares. Casi dos tercios de mi sueldo anual. ¿Cómo había podido gastarme 11.000 dólares en cinco años? ¿En qué? Había comprado libros, sí, y billetes de avión. En Londres, había gastado dinero en comida y llamadas telefónicas: mis padres me habían pedido que los llamara dos veces por semana y me indicaron que utilizara las tarjetas de crédito para ese fin. También me había comprado, sí, algunos pares de zapatos. Y una o dos mochilas. Y sin duda otras cosas de las que podría haber prescindido. Entonces deseé poder devolverlas todas. No había derrochado el dinero, ni mucho menos, pero había gastado más de lo que habría hecho si no hubiera creído que las facturas se desvanecerían por arte de magia. ¡Qué estúpida había sido!

El préstamo estudiantil era mucho más aterrador. No especificaba cuánto debía en total, lo que resultaba sumamente inquietante, pero indicaba que tenía que realizar el pago correspondiente al mes de mayo durante los próximos diez días: 473 dólares; casi la mitad de mi sueldo. Después de pagar el alquiler del apartamento no me quedaría prácticamente nada. ¿Qué sentido tenía preocuparme por el problema inmediato, que consistía en que no disponía de 473 dólares y era poco probable que los consiguiera durante los diez días siguientes, cuando, de hecho, el sueldo apenas me alcanzaba para pagar el alquiler y la comida?

—¡Jo! —me llamó mi madre desde el salón.

Pero no tuve el valor de contestarle.

Unos diez días más tarde, llegó a la agencia un paquete acolchado de la editorial Orchises, con el nombre de la agencia escrito a mano. Aquella tarde, mi jefa revisó el material una y otra vez; supuestamente para hacerse una idea de cómo era la editorial. Al final del día me devolvió los libros. La tarde era fresca y lluviosa, como habían sido los últimos días, y mi jefa no se quejó cuando Hugh entró rápidamente en su despacho y cerró las ventanas.

—Bueno —decidió con voz cansada—, lo mejor será enviarle el material a Jerry. Te dictaré una carta introductoria. Pero podemos dejarlo para mañana.

—De acuerdo —contesté sorprendida.

Mi jefa no era del tipo de personas que dejaban las cosas para mañana, sino de las que lo querían todo para hoy. Supuse que confiaba en que el asunto *Hapworth* se desvaneciera en el aire, que simplemente desapareciera. Si esperábamos al día siguiente para enviar los libros, quizá

Salinger habría entrado en razón; quizá nos telefonearía y diría: «Ese tipo es un cretino. ¿En qué estaba yo pensando?» Aquel trato representaba una cantidad ingente de trabajo que reportaría a la agencia una cantidad ínfima de dinero, si es que le reportaba algún beneficio. Claro que, ahora que teníamos los libros de la editorial delante, todo parecía menos abstracto.

La mañana siguiente llegó, de nuevo fría y lluviosa, y yo tecleé la escueta carta:

> Querido Jerry:
>
> Te adjunto algunas de las publicaciones recientes de la editorial Orchises y una fotocopia de su último catálogo para que le eches un vistazo.
>
> Quedo a la espera de recibir tus comentarios.

Mandamos el paquete a Cornish y permanecimos otra vez a la espera.

Mientras tanto, a mi jefa le resultó difícil concentrarse en otra cuestión y, por primera vez desde mi llegada a la agencia, no tuve un montón de documentos pendientes de mecanografiar. Leí originales en mi escritorio; respondí con evasivas las habituales llamadas para Salinger; estudié minuciosamente contratos como mi jefa me había enseñado, en busca de cláusulas y palabras imprecisas, una tarea tediosa pero que me encantaba, porque requería tanta concentración que podía perderme en ella. Cuando terminé, cuando no me quedó nada más que hacer, me dediqué a leer las cartas dirigidas a Salinger.

Hacía meses que esperaban en mi escritorio y el montón había ido creciendo y creciendo hasta que mi mesa empezó a parecerse a la de Hugh. La semana anterior, las había introducido en el cajón archivador de mi escritorio, antes prácticamente vacío. Todos los días metía más cartas en él y, cada una o dos semanas, llegaba un voluminoso montón cortesía de la editorial de Salinger, donde alguien parecido a mí supuestamente dedicaba horas, todas las semanas, a tachar la dirección de la editorial y escribir la nuestra.

Un día, mientras esperábamos recibir noticias de Salinger, abrí el cajón para introducir unas cuantas cartas más y me encontré con que estaba lleno hasta los topes. «De una en una —me dije—. No tienes que contestarlas todas hoy.» Inhalé hondo y cogí unas cuantas del montón. ¡Ah, allí estaba, el chico de Winston-Salem!

> Pienso mucho en Holden. Simplemente, aparece en mi mente y me lo imagino bailando con su querida Phoebe o haciendo el indio delante del espejo del lavabo, en Pencey. Cuando acude a mi mente, normalmente se me pone una sonrisa amplia y estúpida en la cara. Ya sabes, cuando pienso en lo divertido que es y todo eso. Pero luego, enseguida me deprimo un montón. Supongo que porque solo pienso en Holden cuando me siento muy emotivo. Yo puedo ponerme muy calladamente emotivo... Supongo que, a la mayoría de las personas les importa un rábano lo que piensas o sientes en general. ¡Y si notan que estás débil —¿por qué demonios mostrar emociones se considera una debilidad?—, acaban contigo, tío!

Introduje una hoja en la máquina de escribir y empecé a mecanografiar la carta modelo:

> Muchas gracias por su reciente carta a J. D. Salinger. Como quizá sepa, el señor Salinger no desea reci-

bir correo de sus lectores. Por consiguiente, no podemos remitirle su amable carta...

«¿Amable carta?» Me detuve y reflexioné. ¿No podía, al menos, actualizar la carta modelo? ¿Ofrecerle a aquel joven algo de esperanza? «Calladamente emotivo.» Saqué de un tirón la carta que estaba escribiendo y la eché a la papelera. Aparté a un lado la carta del joven y cogí otra que resultó una carta trágica de una mujer de Illinois cuya hija, una aspirante a escritora cuyo autor favorito era Salinger, había muerto de leucemia a los veintidós años. Ahora, su madre quería fundar una revista literaria en memoria de su hija y titularla «El Pez Plátano», en homenaje al cuento de Salinger favorito de su hija. ¿Le concedía el señor Salinger el permiso para hacerlo?

Esta carta tampoco era simple. Con ella en la mano, me dirigí al despacho de Hugh y le expliqué la situación.

—¿Podemos concederle el permiso? —le pregunté—. No parece una chiflada.

Sostuve la carta frente a él: el papel era blanco; la letra, Times New Roman.

—¿Crees que Salinger... daría su aprobación?

—Quién sabe —reflexionó Hugh, y exhaló un suspiro—. No podemos preguntárselo, si es eso lo que estás pensando.

Decepcionada, asentí.

—Y tampoco podemos concederle el permiso para que utilice el título del cuento.

—¿Entonces, simplemente, le mando la carta modelo?

Solo con pensar en esta posibilidad, el pecho se me encogió.

—Ajá —contestó Hugh asintiendo con la cabeza.

Cuando me iba, me llamó.

—Ya sabes que los títulos no pueden registrarse, ¿no?

Me detuve.

—¿A qué te refieres?

—La utilización de los títulos no está sometida al pago de derechos de reproducción —explicó—. Así que, si yo quiero escribir un libro y titularlo *El gran Gatsby*, puedo hacerlo siempre que no plagie ningún fragmento del auténtico *El gran Gatsby*.

No acababa de entender qué quería decirme.

—Por tanto, esa mujer puede titular la revista «El Pez Plátano» —continuó Hugh—. Es perfectamente legal. Los títulos no están sujetos a la Ley de Propiedad Intelectual, y las palabras tampoco.

—¡Oh! —exclamé—. ¡Gracias!

—Pero envíale la carta modelo, ¿de acuerdo? —me dijo Hugh con un tono exageradamente alto y sonriendo con picardía.

—¡Por supuesto!

Yo ya estaba a medio camino de mi escritorio.

Como quizá sepa —tecleé—, el señor Salinger nos ha pedido que no le remitamos su correspondencia, de modo que no podemos hacerle llegar su amable carta. En relación con su petición acerca de titular la revista «El Pez Plátano», no podemos concederle el permiso para hacerlo porque el señor Salinger no tiene ningún derecho sobre esa expresión. Los títulos no están sujetos a la Ley de Propiedad Intelectual. Las palabras no pagan derechos de reproducción. Es usted libre de hacer lo que desee.

Ahí debería haberme detenido, pero continué:

> Sentimos mucho la pérdida de su hija y esperamos que su proyecto le aporte algo de consuelo. Sin duda, una revista literaria es una forma digna de honrar la memoria de su hija. Le deseamos la mejor de las suertes.

Antes de echarme atrás, la firmé y la envié. Sabía que debía echar la carta original a la papelera, pero no tuve el valor de hacerlo. Me acordé del joven de Winston-Salem: «A la mayoría de las personas les importa un rábano lo que piensas o sientes.» Agarré la carta de *El pez plátano* y la guardé en mi cajón archivador, dentro de una carpeta de papel manila vacía, sin ningún propósito.

En enero, la agencia había organizado una gran fiesta para celebrar el retiro de una agente que se llamaba Claire Smith. El día que empecé a trabajar, Claire ya había vaciado su despacho, pero acudió un par de veces de visita antes de la fiesta. Su potente risa resonaba en los pasillos. Claire era una mujer menuda, enérgica y no muy mayor, de unos sesenta y pocos años. Me pregunté por qué se retiraba. No parecía el tipo de persona que fuera a mudarse a Florida para dedicarse al golf. Hugh, por supuesto, me dio la respuesta: Claire padecía cáncer. De pulmón. Avanzado. Cuando acudió a visitarnos, llevaba una especie de turbante en la cabeza, pero yo creía que era solo una cuestión de moda. Al fin y al cabo, la forma de vestir de mi jefa —anillos y collares enormes y ropa larga, suelta y vaporosa— estaba a un paso de los turbantes.

—Pero... esto... —empecé mientras me advertía a mí

misma que no continuara— cuando vino de visita estuvo fumando, ¿no?

—Sí, sigue fumando —confirmó Hugh con un suspiro—. En su opinión, ya no tiene sentido dejarlo.

Claire había sido una auténtica gran dama del mundo editorial, al viejo estilo, cuando los contratos se negociaban comiendo en un restaurante.

—Fue una agente importante —me explicó James con voz grave.

Y por lo visto, también era importante para mi jefa; era su consejera y su confidente. Mi jefa era una persona estoica, una teutónica oriunda de la región central de Estados Unidos que no creía en las demostraciones emocionales. Su consejo favorito era: «¡Pon más empeño!» Así que no me había dado cuenta de que estaba de duelo. Duelo por la agencia tal como era antes de que Claire se retirara y, en aquel momento, mayo, por la misma Claire.

En enero no se me había ocurrido preguntar qué ocurriría con los autores de Claire después de su retiro, pero conforme transcurrieron los meses, lo comprendí: los traspasaron a mi jefa. Y se estaban yendo. A montones. Prácticamente a diario, el teléfono de mi jefa sonaba, lo que significaba que Pam le había pasado alguna llamada, y esto implicaba que se trataba de un autor o un editor muy importante. Ella lo saludaba con júbilo. «¡Stuart, qué alegría oírte! ¿Cómo te va?» La puerta de su despacho enseguida se cerraba. Diez minutos más tarde, a veces mucho antes, volvía a abrirse bruscamente y mi jefa se asomaba llamando a Hugh a gritos. «¡Otra baja!», le anunciaba cuando él salía de su despacho.

Mi jefa tenía pocos autores personales: una escritora de temas de salud que vendía sus obras directamente a las revistas femeninas y luego nos enviaba los contratos para que los revisáramos; un escritor de temas medioambientales de cierta reputación que hacía lo mismo y había publicado unos cuantos libros; un escritor de culto con una narrativa extraña, híbrida y especulativa; y otro escritor al que yo consideraba el Otro Autor de mi jefa, porque era el único cuya fama se aproximaba, al menos mínimamente, a la de Salinger. Se trataba de un conocido poeta que impartía un prestigioso curso de posgrado sobre escritura creativa. También había publicado varias novelas que habían sido bien acogidas y poseían un gran valor literario; una de ellas, en la línea del absurdo, era una obra de culto muy bien considerada. Además, era el autor de una serie de novelas de suspense psicológico de gran calidad. «Puede escribir cualquier cosa», me comentó mi jefa en una ocasión con una admiración que raras veces había percibido en su voz.

—Las cosas están cambiando —me dijo una tarde mientras se distraía un rato junto a mi máquina de escribir; como siempre, con un cigarrillo en la mano.

Acababa de regresar de comer con una amiga en el InterContinental y eran casi las cuatro. Más tarde, pensé que quizás estaba un poco achispada. Todavía esperábamos noticias de Salinger acerca del asunto *Hapworth*.

—Antiguamente, las agencias literarias eran honestas. Los negocios constituían algo personal. Comías con un editor; le enseñabas un original que le podía gustar; él lo compraba y luego trabajaba con el autor durante años. ¡Durante toda la carrera del escritor!

Asentí y pensé en Maxwell Perkins y Thomas Wolfe.

—Hoy en día, la gente es inconstante. Vendes un libro a un editor y, en cuanto le das la espalda, la obra pasa por tres editores más antes de ver la luz.

Sacudió la cabeza con exasperación y un mechón de

cabello castaño ceniza cayó sobre su cara. Su pelo era bonito, suave y sin canas, aunque lo llevaba cortado de un modo extraño, casi como un casquete.

—Después, el editor alega que el libro no se ha vendido bien y no quiere comprar la siguiente novela del autor.

Asentí en señal de conformidad.

—Además, antes los agentes eran íntegros. Nada de propuestas simultáneas. —El rechazo que sentía hacia esta práctica hizo que arrugara la nariz—. Nada de subastas donde los editores pujan unos contra otros. ¡Eso es ordinario! Y no es nuestra forma de trabajar. Nosotros enviamos las obras a los editores de uno en uno. Hacemos encajar a los escritores con los editores. ¡Tenemos sentido ético!

Yo sabía que Max subastaba sus libros y también que mi jefa lo sabía, pero simplemente asentí. En realidad, no entendía del todo su objeción a las subastas. El objetivo, desde mi punto de vista, consistía en obtener la mayor cantidad de dinero posible para el autor. ¿Qué tenía esto de malo? Mi jefa respondió a mi pregunta sin que yo tuviera que formularla.

—Además, con las subastas no se consigue nada bueno. Dicen que son beneficiosas para los escritores, pero... —sacudió la mano con desdén— lo único que generan son esos anticipos hinchados que nunca se ven recompensados.

Se quitó las gafas y se presionó el puente de la nariz con sus delgados dedos índice y pulgar. Era la primera vez que la veía sin gafas. Se veía diez años más joven y, al no quedar empequeñecidos por las enormes gafas, sus claros ojos parecían el doble de grandes. Entonces vi que eran verdes, no azules. Hasta entonces, yo creía que tenía la misma edad que mi madre: más o menos sesenta y cinco, pero en aquel momento me pregunté si no sería más joven, mucho más joven, aunque metamorfoseada por la ropa de señora mayor: zapatos ortopédicos, vestidos holgados, anillos antiguos... ¿Constituía todo aquello una especie de disfraz? ¿Con qué fin?

—Mira, si le das dinero a un escritor, se lo gasta. Ellos son así. Si le das de entrada mucho dinero, se lo pulirá todo. Al principio es mejor darle poco. El suficiente para vivir, pero no tanto como para que se crea rico. El justo para que no tarde una eternidad en escribir un nuevo libro.

Para mi jefa, la agencia no era solo un negocio, sino una forma de vida, una cultura, una comunidad, un hogar. Era como una hermandad universitaria secreta o —aunque tardé un tiempo en darme cuenta de hasta qué punto era así— una religión, con sus prácticas específicas y sus dioses, a los que adoraba. Salinger era el primero y el más importante; Fitzgerald era una especie de semidiós; Dylan Thomas, Faulkner, Langston Hughes y Agatha Christie, deidades menores. Los agentes, claro, eran simples sacerdotes cuya función consistía en servir a los dioses. Y esto significaba que eran intercambiables; lo que a su vez significaba que mi jefa, según su propio punto de vista, estaba tan cualificada como Claire para representar a sus autores. Y, aún más importante, mi jefa creía que esos autores veían el mundo desde la misma perspectiva que ella: su lealtad era, en primer lugar, para la agencia, y Claire estaba en segundo término.

Hasta aquí llegaba la ignorancia de mi jefa respecto a los escritores vivos. Realmente le impactaba que, por encima de todo, fueran leales a ellos mismos y a su trabajo. Yo no podía darle lecciones de nada, solo tenía veinticuatro años, pero esto sí que podría habérselo enseñado.

Don estaba harto. Harto de realizar trabajos nimios, harto de tener poco o ningún dinero. Tomó la determinación de terminar la novela antes del verano y luego ponerla en manos de agentes. De modo que, cuando yo llegaba a casa después del trabajo, él no estaba en el gimnasio, sino en su escritorio, mirando fijamente la pantalla del ordenador y mordiéndose las uñas o escribiendo con frenesí, incapaz de parar ni para decirme hola. «No puedo dejarlo todo simplemente porque estés en casa —me explicaba irritado—. Estoy trabajando.» Yo lo comprendía y valoraba la libertad que esto me proporcionaba a mí también para trabajar y leer. Aunque, de algún modo, me dolía que no quisiera separarse de su novela para besarme y sentarse conmigo en el sofá para que le contara cómo me había ido el día.

Una tarde de mayo, cuando estaba a punto de salir de la agencia, sonó el teléfono.

—Reúnete conmigo en el L —me dijo Don—. Tengo que salir de esta casa. Podríamos trabajar allí un rato.

—¡Eso sería fantástico! —exclamé.

Una hora más tarde, atravesé el crujiente suelo de madera del bar y me reuní con Don, que estaba sentado a una de las pequeñas mesas redondas, inclinado sobre su ordenador portátil. El pelo le caía sobre la cara y un periódico descansaba sobre sus piernas.

—¡Buba! —me saludó. Se puso de pie y me abrazó—. ¡Estás colorada a causa de la lluvia!

Tomamos café y panecillos con crema de queso y pimientos asados: la especialidad culinaria del L. Don, como de costumbre, no separó la vista de la pantalla y, ocasionalmente, tecleó una o dos palabras. Yo intenté crear la estructura de un poema en un cuadernillo. De vez en cuando, él me tomaba la mano por encima de la mesita y me la apretaba. Sus manos no eran más grandes que las mías; eran igual de largas, pero más anchas, y siempre las tenía calientes, como los niños. Durante unos instantes, me acordé de las manos de mi novio de la universidad, que eran largas, elegantes y frías. Me encantaba verlo pasar las páginas de un libro, trocear una manzana y sentir sus manos en mi torso y mi cuello. Mi respiración se hizo más lenta a causa del deseo. «¡Para!», me ordené, y bebí un tonificante sorbo de café. Nunca me había imaginado cómo sería la vida con Don. No hubo tiempo para eso: entró en mi vida como un vendaval e hizo que me cuestionara todas las pequeñas cosas que, sin siquiera saberlo, daba por supuestas: que era importante pagar los impuestos, dormir ocho horas todas las noches y doblar los jerséis con una hoja de papel de seda dentro. Pero si me preguntaba qué era lo que me atraía de Don, la respuesta era esta: para él, el máximo placer consistía en pasar una velada en un bar trabajando en una novela. Los dos queríamos lo mismo. Y lo queríamos por encima de todo: vivir como escritores.

Minutos después, cuando ya casi había terminado mi poema, levanté la vista del cuaderno y vi que Don tenía la mirada absorta. Me volví y seguí su mirada hasta la barra, donde una mujer pedía un café. Williamsburg era un barrio pequeño y yo había visto a aquella mujer anteriormente. Era alta y delgada y de facciones llamativas: nariz grande y aguileña, ojos pequeños y hundidos, boca fina y curva. Su cabello era negro y lacio, pero con unos llamativos mechones rubios en las sienes. Parecía una modelo de una revista: fría y rigurosamente a la moda, de piernas largas y pantalones estrechos.

—¿La conoces? —le pregunté a Don.

—No, pero me gustaría. Mientras la miraba, he pensado en la cantidad de hombres feos que resultan sexys. Los hombres podemos ser objetivamente feos y, al mismo tiempo, sexys. Como Gérard Depardieu. Sin embargo, la mayoría de las mujeres feas son... bueno, eso, simplemente feas. —Se echó a reír, entrelazó los dedos de las manos detrás de su cabeza y se desperezó—. Pero hay unas cuantas que son diferentes.

—Como ella —declaré lentamente.

No me podía creer que Don, que teóricamente era mi novio, estuviera evaluando el atractivo de una mujer sentada detrás de mí. Pero así era.

—Sí, mírala. —Se inclinó hacia mí por encima de la mesa—. Tiene un cuerpazo increíble, y aunque su nariz es enorme, de algún modo hace que todavía resulte más atractiva.

—Mmm... —murmuré, e introduje rápidamente mi portátil en el bolso—. Me voy a casa.

Él me miró.

—Voy contigo.

—No, quédate. Por aquí hay muchas cosas interesantes —repuse mientras señalaba a mi alrededor—. Nos vemos luego.

Cuando Don llegó a casa, más o menos una hora más tarde, yo estaba leyendo en la cama, bien arrebujada con el edredón. Se sentó en el borde de la cama y me acarició el brazo.

—¿Sabes una cosa, Buba? A los hombres nos gusta mirar a las mujeres. Es algo que hacemos continuamente.

—¿De verdad? —repliqué sin separar los ojos del libro.

Estaba leyendo *Family Happiness*, de Laurie Colwin, en la que una encantadora madre de familia del Upper East Side descubre que el equilibrio de su familia depende de que conserve o corte una aventura amorosa que mantiene desde hace tiempo.

—Para serte sincero, aquella mujer no me atraía —me explicó Don—. Simplemente me pareció interesante que pudiera ser objetivamente tan poco atractiva y al mismo tiempo...

—Lo sé, lo sé. —No quería que volviera a repetírmelo—. Lo comprendo.

—No, no lo comprendes —replicó él en tono amable—. Piensas que la vida es un cuento de hadas y que cuando un hombre se enamora de una mujer no vuelve a mirar a ninguna otra. Pero eso no es así.

Suspiré, dejé el libro a un lado y me volví hacia él.

—Quizá tu novio budista de Oberlin creía que tú eras la única y la más importante de todas las mujeres —continuó—. O quizás había asistido a tantas clases sobre feminismo que temía mirar a un bombón y pensar que estaba muy buena; que esto lo convertiría en un hombre malo o algo parecido. —Su voz adquirió un tono duro—. Pero tengo noticias para ti: todos los tíos del mundo, cuando miran a una mujer, se preguntan si podrán irse a la cama con ella.

—Vale.

Aparté a un lado el edredón y fui al lavabo para lavarme los dientes.

—¡Forma parte de ser hombre! —gritó él. Oí el ruido sordo que produjeron sus botas al caer al suelo cuando se las quitó, primero una y después la otra—. Es inevitable, y cualquier tío que te diga lo contrario, miente. Incluido tu jodido novio de Oberlin.

¿Le gustaron a Salinger los libros de la editorial Orchises? ¿Su contenido? ¿Su diseño? No lo sabíamos. Lo único que sabíamos era que un día, dos semanas después de que se los enviáramos, descolgué el teléfono de mi escritorio y alguien gritó:

—¡¿Hola?! ¡¿Hola?!

A continuación pronunció el nombre de mi jefa. Enseguida reconocí el volumen y el tono de Salinger.

—¡¡Soy Joanna!! —grité.

Me pregunté si no debería haberme identificado como «Suzanne», para simplificar las cosas.

—¿Eres Suzanne? —me preguntó Salinger bajando la voz hasta lo que podía considerarse un volumen normal.

—Sí, señor Salinger —respondí con una sonrisa.

Podía ser Suzanne. ¿Por qué no?

—Bien, entonces permite que te pregunte algo.

—Sí, por supuesto.

Mi corazón se aceleró. Las advertencias de mi jefa respecto a Salinger consistían en no darle conversación. Sin embargo, no me había comunicado ninguna condición ni directriz para el caso de que fuera él quien me diera conversación. Supuse que ese tipo de situación no se había producido desde hacía años; décadas, incluso. El asunto *Hapworth* nos había propulsado a un nuevo territorio: el Salvaje Oeste del protocolo Salinger.

—¿Has visto los libros del editor de Virginia? —me preguntó.

Aunque su volumen era ligeramente más alto de lo necesario, me di cuenta de que su voz tenía la cualidad imprecisa de quienes han perdido el oído hace tiempo.

—Sí, los he visto —afirmé.

—¿Y qué opinas de ellos?

—Creo que son bonitos. —«¿Bonitos?» ¿De dónde había sacado esta palabra?—. Algunos me gustaron más que otros. Se refiere al diseño, ¿no?

—No; me refiero a los libros —replicó él con amabilidad.

—Ya. —Intenté clarificar mis ideas, en vano—. Algunos me gustaron más que otros —repetí—. Yo ya conocía los libros de Orchises. Publican mucha poesía y algunos de sus poetas son realmente buenos.

—¿Tú lees poesía?

Ahora sus palabras sonaron más definidas, más enfocadas. Mi corazón se aceleró más. Si mi jefa entraba en ese momento, se disgustaría mucho.

—Sí —contesté.

—¿Y escribes poesía?

—Así es.

Rogué que no me hiciera repetirlo, que no me pusiera en el aprieto de tener que pronunciar la palabra «poesía» en voz alta, porque mi jefa podía aparecer en cualquier momento.

—¡Vaya, eso es fantástico! —exclamó—. De verdad que me alegra oírlo.

Entonces yo no sabía, y no lo sabría durante meses y meses, hasta que por fin leyera *Seymour: una introducción*, que Salinger equiparaba la poesía a la espiritualidad. Para Salinger, la poesía representaba la comunión con Dios. Lo que sí sabía entonces era que, de algún modo, estaba traicionando a mi jefa; si no de palabra, sí en espíritu.

Justo entonces, vi con el rabillo del ojo que ella se acercaba a nuestra área procedente del departamento de Contabilidad.

—¿Quiere hablar con mi jefa? —le pregunté a Salinger—. Ahora llega a su despacho.

—Sí, gracias, Suzanne —contestó casi en voz baja—. Que tengas un buen día. Ha sido un placer hablar contigo.

—Es Jerry —le susurré a mi jefa, que en ese momento llegaba a mi escritorio.

—¡Oh! —exclamó ella, y entró en su despacho a toda prisa.

Empezaron los consabidos gritos seguidos por el consabido cierre de la puerta. Después de un rato de silencio, mi jefa salió sin prisa de su despacho, con una mirada aturdida y las mejillas encendidas.

—Bueno, quiere seguir adelante con el proyecto —anunció mientras encendía un cigarrillo.

Aunque sus palabras pretendían expresar resignación, a mí me pareció que estaba exaltada. A decir verdad, durante los últimos meses no se había producido mucha actividad, y ahora estaban ocurriendo cosas. Se trataba de un proyecto sencillo, pero era una gran noticia para el mundo, o lo sería si alguien se enteraba. Salinger, cómo no, había manifestado que no quería que se hiciera publicidad del libro: ninguna reseña en el *Publishers Weekly*, ningún artículo en el *Times* sobre el final de su aislamiento. Nada. No teníamos que contárselo a nadie, y Roger Lathbury tampoco, ni siquiera a su mujer. Podíamos hablar de ello en la oficina, pero con comedimiento y precaución; lo que significaba que Olivia no debía enterarse, y no podíamos mencionarlo en el mundo exterior.

Una hora más tarde, mi jefa me tendió una cinta para el dictáfono que me confirmó lo animada que estaba: «Estimado señor Lathbury —empezaba la carta—: Quizá quiera sentarse antes de continuar leyendo...»

La firmó con un gesto pomposo. Aquella tarde fui la última en salir de la oficina, lo que implicó que fui yo quien llevó el correo al buzón que había en la esquina de la calle Cuarenta y ocho. «Muy bien, Jerry, ahí va "nada"», pensé, y eché la carta en el buzón, donde cayó suavemente, sin producir siquiera un susurro. Exactamente, supuse, como él habría querido.

2

La librería del rincón

Una mañana, cuando mayo se aproximaba a su fin, mi jefa, como tantas otras veces, salió de su despacho y llamó a Hugh. Él acudió enseguida; alarmado, como yo, por el pánico que reflejó la voz de mi jefa.

—Judy acaba de llamar —le explicó ella con voz cansada—. Ha dicho que pasará por aquí. Necesito que prepares los informes de los derechos de autor y que me traigas todos sus libros y... —Agitó las manos con frustración—. En fin, todo lo que encuentres: artículos de periódicos... todo.

—De acuerdo —asintió Hugh.

—¿Judy? —susurré.

—Judy Blume —me aclaró él.

Me quedé boquiabierta.

—¿Judy Blume? —repetí.

—Sí —confirmó sin inmutarse—. La autora de libros infantiles. ¿Has oído hablar de ella?

—Sí, he oído hablar de ella —respondí mientras intentaba no echarme a reír.

—Era clienta de Claire y ahora la representará tu jefa. O Max, supongo.

Diligentemente, recopilé sendos ejemplares de *Cuentos de la nada en cuarto grado*, *Jugo de pecas*, *Blubber*, *Forever*... y de mi favorito, *Starring Sally J. Freedman as Herself*, y los apilé cuidadosamente en una esquina del escritorio de mi jefa. Y allí siguieron varios días. El martes, cuando le llevé la correspondencia, la vi escudriñar la portada de *Deenie*. El miércoles, la vi hojeando con cuidado las primeras páginas de *Forever*, como si temiera resquebrajar el lomo. Se trataba de la misma edición que yo tenía en mi estantería cuando era niña. En la cubierta había un relicario dorado grabado en relieve.

El jueves, aunque llegué al trabajo pronto, mi jefa ya estaba en su escritorio. Los libros habían desaparecido.

—¡Ah, bien, ya estás aquí! —exclamó mientras yo me quitaba el abrigo.

—¡Ya estoy aquí! —exclamé a mi vez con una alegría exagerada.

Confiaba en disponer de aquella media hora a solas en la oficina. Últimamente, llegaba cada día un poco antes para disfrutar del relajante silencio de la oficina. A veces, aprovechaba para ponerme al día en el trabajo. Otras, simplemente me sentaba al escritorio y leía mientras bebía mi café y comía un pegajoso bollo comprado en el mercado de estilo italiano de Grand Central. Otras aun, perfeccionaba mis poemas y los pasaba a máquina con la Selectric.

—¿Qué te parecería leer algo? —me preguntó mientras se acercaba a mi escritorio—. Se trata de un original. Y tendrías que leerlo deprisa. Esta misma noche.

—Me encantaría —declaré con calma y esforzándome por no sonreír. Hacía tiempo que esperaba aquel momento.

—¿Has oído hablar de Judy Blume? —me preguntó con el ceño fruncido.

¿Cómo podía ser que estuviera manteniendo aquella conversación otra vez?

—Sí —afirmé—. He oído hablar de ella.

—Bueno, pues esta es su última novela. En realidad, no sé qué hacer con ella.

—Muy bien.

Su comentario no me extrañó. Por lo que yo sabía, mi jefa no tenía hijos y, como les ocurría a cierto tipo de adultos, ella tampoco parecía haber sido nunca una niña; daba la impresión de que se había materializado en la tierra completamente formada, con un traje pantalón marrón y un cigarrillo en la mano.

—¿Puedes leerla esta noche?

Claro que podía.

Aquel día llegué a casa cuando se ponía el sol, con el abrigo bajo el brazo: los días eran más largos y menos fríos, aunque sin llegar a cálidos. Encima del radiador que había en el pasillo del edificio había una carta dirigida a mí. Al ver la letra clara y menuda de mi novio de la universidad y la tinta azul de la pluma que yo le había regalado un año atrás, me quedé sin aliento.

La introduje rápidamente en mi bolso —una bolsa de viaje de piel negra comprada en Londres—, donde estaba el original de Judy Blume, y deseé que mi corazón dejara de latir tan sonoramente. Ansié abrir el sobre enseguida, allí mismo, en el pasillo, y devorar su contenido, aunque sospechaba que no sería la carta más amable que hubiera recibido en mi vida. Pero, al mismo tiempo, no me sentía capaz de hacerlo; no con Don esperándome en el apartamento, encorvado sobre su ordenador portátil. No es que creyera que él pudiera sentir celos, pero no quería arriesgarme a sucumbir a la oleada de emoción que, seguramente, me embargaría nada más leer la primera línea.

Se suponía que, aquella noche, Don y yo asistiríamos a una fiesta. De hecho, se suponía que asistiríamos a una fiesta día sí y día también. Fiestas que se celebraban en los elegantes apartamentos de los padres de mis amigos de la universidad o en los destartalados apartamentos en los que vivían esos mismos amigos. Fiestas en áticos, como el enorme ático de Marc de la calle Catorce, quien también lo utilizaba como centro de operaciones de su negocio de contratista de obras, de modo que uno tenía que ir con cuidado de no emborracharse y desplomarse sobre una sierra circular; áticos diáfanos junto al río, con grandes ventanales desde los que se divisaba el perfil de los edificios de Manhattan; estudios abarrotados de cuadros a medio pintar; cocinas que habían sido rescatadas tras sesiones fotográficas; áticos en el distrito Dumbo, nuevos e impecables, y cuyos propietarios estaban encantados de que a sus fiestas acudieran artistas de verdad. Fiestas en casas de apartamentos del East Village, con suelos de linóleo medio desintegrados, y que, inevitablemente, acababan en el tejado, desde donde contemplábamos, por encima de los depósitos de agua, el barrio de Williamsburg en la otra orilla del río. Fiestas en el antiguo apartamento de Don y que organizaban Leigh y su nuevo compañero de piso; y en el apartamento de mi vieja amiga Robin, en el Riverside, donde su enorme perro lamía sin cesar los zapatos de todos los asistentes. Y fiestas en los reservados situados en la parte trasera de los restaurantes y cuya factura siempre era más elevada de lo que ninguno de nosotros nos podíamos permitir.

Una vez en el patio, vi que la luz de nuestro apartamento estaba encendida, lo que significaba que Don estaba en casa. Pero no estaba escribiendo, sino tumbado en el sofá, en calzoncillos y con una camiseta interior sin mangas. Estaba escuchando a Arlo Guthrie y leyendo el tercer volumen de *En busca del tiempo perdido*, cuyo título, según me informó, en un principio se tradujo al inglés por *Remembrance of Things Past*. A menudo, citaba frases o narraba pasajes de Proust, pero cuando le preguntaba si había leído los siete volúmenes completos —yo no conocía a nadie que lo hubiera hecho—, él respondía: «¡Esa pregunta es ridícula!» El fragmento que más le gustaba era aquel en que el narrador se pregunta por qué cuando más ama a Albertine es cuando ella está durmiendo.

La fiesta de aquella noche se celebraba en un ático del distrito financiero para festejar el lanzamiento de una revista. Ahora me horrorizaba asistir: cambiarme de ropa, renovar mis energías, volver a tomar el metro... Hasta que le dije a Don que no podía ir.

—Me han dado un original y tengo que leerlo esta noche —le expliqué mientras ponía agua a calentar para hervir pasta—. Esperan mi opinión para mañana.

La urgencia de la tarea y la perspectiva de quedarme sola en casa y en pijama me encantaba.

—Pues yo también me quedaré —declaró Don, y sacudió la cabeza—. Tengo que trabajar.

Había llegado a un punto en el que parecía que lo único que hacía era cambiar las comas de lugar. «Las frases hay que trabajarlas», comentaba de vez en cuando. Yo estaba de acuerdo, pero también opinaba, para mis adentros, que uno podía trabajarlas en exceso y, cuando me acordaba del relato que me había dejado leer, pensaba que, en aquel momento, quizás estaba agotando la microestructura de su pobre novela; que quizás había llegado el momento de darle algo de aire al libro.

—¡Oh, no, tú deberías ir!

Me quité el jersey y cogí mi viejo pijama de satén granate de los años sesenta. Me lo había comprado cuando iba al instituto, en Unique, un almacén enorme de ropa situado en Broadway y donde mis amigas y yo nos proveíamos de botas, pantalones militares, Levi's usados y descoloridos vestidos negros: los accesorios de una juventud alternativa. El almacén hacía tiempo que había cerrado.

Don volvió a negar con la cabeza.

—¿Puedes hervir pasta también para mí?

Recostada en la cama, o lo que cumplía funciones de cama en nuestro apartamento —un futón sin armazón—, y con un cuenco de espaguetis en la mano, quité la goma que sujetaba el original y estiré las piernas. Don estaba tumbado a mi lado y tomó la página del título de mi regazo.

—¿Judy Blume? —me preguntó con una sonrisa casi de suficiencia—. ¿Es clienta de la agencia?

Asentí.

—Es una buena narradora —comentó—. Sabe conectar con los niños. Me encantó *Quizá no lo haga*. Lo leí cuando tenía once años.

—¿Lo leíste? —No me sorprendió tanto que hubiera leído algo tan corriente como que lo reconociera.

—¡Por supuesto! Por mucho que cueste creerlo ahora que tengo un millón de años, yo también he sido un niño. —Sonrió—. Bueno, en serio, me encantó ese libro. Yo era como Tony, el héroe. Mis padres eran de la clase trabajadora, pero después nos mudamos a un barrio de clase media y no conseguí encajar. El libro también trata sobre las clases sociales.

Asentí mientras él seguía explayándose en su interpretación marxista de la novela de Judy Blume, pero volví la vista hacia las páginas que había empezado a leer en el metro, camino de casa. Durante los últimos cinco años, si no más, solo había leído literatura —literatura con mayúsculas, como le gustaba decir a mi madre—, del tipo que recomendaban los profesores universitarios y mis sofisticados amigos de la universidad; los que habían asistido a colegios privados en los que impartían seminarios centrados en *La tierra baldía* o las obras de Beckett. Y los que me recomendaba Don, por supuesto, a quien las lagunas de mi educación, lo poco que había leído de filosofía, teoría política y tratados sobre traducción, le divertían enormemente. «¡Eres tan burguesa! —me decía siempre que me veía releyendo *Persuasión*, *La edad de la inocencia* o *Cranford*—. Lo único que lees son esos libros sobre gente rica que se casa y tiene aventuras amorosas. Ahí fuera hay otro mundo, Buba.»

Tenía razón, pero yo deseaba que no la tuviera. Deseaba haberme criado en Nueva York, como mis padres, y no en los barrios residenciales de las afueras, que carecían de vida cultural. Deseaba haber elegido el francés en lugar del español cuando estudiaba séptimo. Deseaba haber leído más y más variedad. Me afligía pensar en todos aquellos años en los que devoraba todo lo que caía en mis manos: lo que llamaba mi atención en la biblioteca local o en las estanterías de mis padres. Sobre todo, aquellos éxitos de ventas de los años treinta y cuarenta cuyos títulos habían caído en el olvido; y las obras de los escritores de comedias que tanto gustaban a mi padre; y todas aquellas novelas de Agatha Christie y Stephen King. Toda aquella literatura barata. También había leído literatura de calidad; la mayoría por accidente más que por propia decisión: Flannery O'Connor; Shakespeare, cuyas obras completas había leído tanto en versión resumida como íntegra; las hermanas Brontë; Chéjov y algunos autores contemporáneos que había encontrado en el apartado de novedades de la biblioteca y que había elegido porque me gustaban los títulos o las cubiertas. Pero me apenaba pensar en todas las horas que había malgastado tumbada en la cama, en el sofá de la casa de mis padres, en el jardín o en el asiento trasero del coche, cuando nos íbamos de vacaciones; todas aquellas horas durante las que podría haber leído las obras completas de Dickens, en las que apenas había profundizado, o a Trollope, Dostoievski o Proust. La lista era interminable: todo lo que no había leído, todo lo que no sabía.

Mi vida consistía en un proyecto para ponerme al día. Por tanto, hacía mucho tiempo que no leía lo que Max denominaba «narrativa comercial». Dejé a un lado la hoja del título del original con una sensación de angustia. ¿Y si había dejado atrás la etapa Judy Blume?

Pero supongo que nadie deja atrás a Judy Blume. Cuando era niña, tenía la sensación de que sus libros trataban de mi propia experiencia, de la soledad y la confusión que experimenta un intruso. Entonces, ¿por qué me sorprendió que Vix, su nueva heroína, comiera en su escritorio, en una oficina del centro de Manhattan? Y no solo eso, sino que además comiera una ensalada de la tienda de la esquina?

Hacia el final de la novela, cuando Vix cuenta que lo único que lamenta es que Caitlin, su vieja amiga, no confiara en ella, no le explicara por qué había tomado las decisiones que había tomado, lloré silenciosamente. Era más de medianoche y Don estaba durmiendo, pero se despertó sobresaltado.

—¿Qué ocurre? ¿Qué te pasa, Buba?

Yo no encontraba la forma de explicárselo.

—No se trata de un libro para niños —le dije mientras las lágrimas resbalaban por mis mejillas. Él me miró desconcertado—. Mi jefa me dijo que no sabía qué hacer con él y creí que era porque no comprendía los libros infantiles o a los niños, pero no se trata de un libro infantil, sino de una novela para adultos.

—Está bien —dijo Don—. Creo que ahora necesitas dormir. —Bostezó ostentosamente—. Puedes explicárselo por la mañana.

Asentí, pero después de dejar a un lado el original y cerrar los ojos, mi mente volvió a darle vueltas. ¿Por qué Caitlin no lograba sincerarse con Vix? Porque sabía que Vix la juzgaría. Porque sabía que Vix se negaría a entenderla. Porque era más sencillo fingir que todo iba bien.

Por la mañana desperté más temprano de lo habitual y me vestí con esmero con un sobrio vestido de punto marrón y una chaqueta a juego que mi madre me había comprado. Cuanto más me parecía a una alumna con uniforme de los años sesenta, más en serio y relajadamente me trataba mi jefa, y yo quería que aquella mañana, cuando habláramos de la novela de Judy Blume, me tomara muy en serio.

Me apliqué un poco de base de maquillaje, me empolvé la nariz y me puse un poco de pintalabios; un gesto inútil, ya que cuando llegara a la oficina habría desaparecido. Luego volví a meter el original en mi bolso y salí del apartamento. La delgada puerta se cerró a mi espalda con un leve e inútil crujido.

Don había salido horas antes para dirigirse a su nuevo empleo, que consistía en regar las plantas de unos edificios de oficinas del distrito financiero. Marc se lo había conseguido a través de un autor. El sueldo era exageradamente alto teniendo en cuenta lo fácil que era el trabajo, pero tenía que salir de casa a las cuatro y media de la madrugada para que las plantas estuvieran regadas cuando los empleados del Deutsche Bank y Morgan Stanley llegaran a las oficinas.

En la avenida Bedford, otras personas como yo, hombres y mujeres jóvenes con ropa de oficina retro, se dirigían a sus trabajos en productoras cinematográficas, agencias de diseño gráfico y estudios de grabación. Convergían en las aceras, parpadeando somnolientos con sus gafas redondas de pasta o de montura alargada y sus bolsos en bandolera. El aire todavía era fresco, de hecho, extrañamente frío para mayo. Me estremecí bajo la fina chaqueta y el vello de las piernas se me erizó. Entré en la panadería polaca, mi favorita de las tres que había en aquella manzana, y pedí un café y un bollo danés. Fue entonces, cuando introduje la mano en el bolso para pagar, que me acordé de la carta de mi novio de la universidad, que estaba arrugada debajo del original. Una intensa añoranza me invadió de tal manera que el local, aunque levemente, empezó a tambalearse a mi alrededor.

«La leeré en el metro», pensé. Agarré el café y di un bocado al azucarado bollo. Pero los dos metros iban tan abarrotados de gente que tuve que viajar de pie, agarrada a una barra, mientras mi café se balanceaba peligrosamente. «La leeré cuando llegue a la oficina», pensé.

Pero había infravalorado el caso Judy: una vez más, mi jefa me estaba esperando. En esta ocasión, caminando de un lado a otro frente a mi escritorio, cigarrillo en mano.

—Bueno, ¿qué opinas? —me preguntó a modo de saludo.

—Me ha gustado.

Saqué el original del bolso, lo puse encima del escritorio y alisé las páginas. Disimuladamente, recorrí el interior de mi boca con la lengua mientras me preguntaba si tendría restos de pasas del bollo entre los dientes.

—¿De verdad? —me preguntó—. Pero ¿qué te ha parecido? No se trata de un libro para niños, ¿verdad?

—No, no es para niños —confirmé—. Es una novela para adultos. Sobre niños. O adolescentes. En parte. —No creí que me pondría nerviosa, pero lo estaba.

Mi jefa tamborileó impaciente con el dedo en mi escritorio.

—Lo que me preocupa es si se venderá. ¿Los adultos leerán un libro que trata sobre niños?

«No es un libro sobre niños...», quise protestar, pero algo en su tono —¿impaciencia, rencor, agotamiento?— me detuvo.

De repente comprendí que ella no estaba interesada en conocer mi opinión. Quizá se había dicho a sí misma que quería saberla, que mi opinión, como integrante de los devotos lectores de Judy Blume, podía ser valiosa. O quizá Max o Lucy le habían dicho que yo era una buena lectora, una lectora útil. Los dos habían aceptado nuevos autores a partir de mis lecturas. Pero mi jefa era diferente. Ella no quería la opinión de una joven de veinticuatro años. Solo pretendía que estuviera de acuerdo con ella. En eso consistía mi trabajo.

—Muchas grandes novelas tienen protagonistas niños —argumenté aun sabiendo que aquella estrategia no era la adecuada—. *Oliver Twist*...

—Esta novela no es *Oliver Twist* —me indicó ella con una sonrisa torcida—. Pero ¿tú la leerías?

Asentí con la cabeza. Estaba convencida de que no era la única.

—Muchas personas la leerían. La comprarían. Todas las que leían a Judy Blume durante la infancia.

Mi jefa me miró con perplejidad, pero —lo comprendí más tarde— no porque no entendiera el alcance de la fama de Judy, la forma en que sus libros habían removido la narrativa infantil, sino porque la relación de mi jefa con la literatura, con los libros, las historias y los escritores mismos era totalmente diferente de la mía. Ella nunca había amado los libros como yo había amado *Starring Sally J. Freedman as Herself* o *Deenie*. O como Don había amado *Quizá no lo haga*. En aquel momento, sentí una extraña punzada de afecto hacia él. Ella nunca se había pasado días enteros leyendo tumbada en la cama o noches enteras imaginando complicadas historias. Ella no había soñado con ser la protagonista de *Ana, la de Tejas Verdes* o *Jane Eyre* para poder tener amigas verdaderas, amigas que comprendieran sus espinosos sueños y deseos. ¿Cómo podía dedicar sus días, en realidad su vida, a hacer posible que los libros se publicaran y no amarlos como yo los amaba, como ellos necesitaban ser amados?

Contemplé sus ojos serenos e inteligentes. ¿Estaba equivocada? ¿Había seguido un razonamiento erróneo? ¿Había sido ella como yo y el tiempo y el mundo editorial la habían cambiado?

—Pues no sé si se venderá —me dijo.

Supongo que ahí estaba la respuesta: mi jefa era una mujer de negocios.

—Ella ya tiene un público propio —declaré con más determinación de la requerida—: Todas las personas que leyeron sus libros cuando eran niños. —Me detuve y dudé si continuar o no—. Pero también creo que las mujeres, en concreto, se sentirán atraídas por los personajes de su nueva novela. Se trata de un tipo de historia universal sobre la amistad entre mujeres.

Esto me sonó a algunas obras de mala calidad que pasaban por mi escritorio, pero era cierto. Mi jefa me miró y sonrió.

—Mmm... Es posible —admitió.

¿De verdad iba a decirle a Judy Blume que su novela no se vendería? ¿Aquella novela emocionante y sumamente amena que, sin duda, mucha, mucha gente compraría? ¿Sobre todo en aquel momento, en el que los autores salían de su despacho para no regresar?

—Bueno —declaró mientras encendía otro cigarrillo—. Ya te has divertido bastante.

«¿Divertido?», pensé mientras ella se dirigía a su despacho.

—Ya es hora de ponerse a trabajar. Tengo un montón de cartas para pasar a máquina. —Me tendió unas cuantas casetes y las cartas—. Hazlo durante la mañana.

Apenas había introducido la primera cinta en el reproductor, con una taza del café negro y amargo de la oficina sobre el escritorio, cuando el teléfono sonó. Eran poco más de las nueve y nadie llamaba tan temprano.

—¿Hola? —preguntó una voz nasal y nerviosa—. ¿Hola?

—Sí, hola —respondí con soltura.

Ahora me encantaba contestar el teléfono: la extraña sensación de dominio, el anonimato... Cuando hablaba por teléfono, podía ser cualquier persona. Podía ser, por ejemplo, Suzanne, la protagonista de una canción de Leonard Cohen. Cuando hablaba por teléfono, tenía todas las respuestas, aunque a menudo eran muy simples: «No. Definitivamente, no. Lo siento pero no.»

—¿Es usted...?

El interlocutor preguntó por mi jefa. Tuve la sospecha de que se trataba de una llamada para Salinger. Uno de los chalados.

—No; soy su asistente. ¿En qué puedo ayudarlo?

Se produjo una larga pausa y me quedé esperando la explosión. A veces, las personas que llamaban se enfurecían cuando se daban cuenta de que la recepcionista había pasado su llamada a un asistente. Insistían en que su asunto era demasiado importante para que lo tratara un simple subordinado; que yo, de ningún modo comprendería la complicada naturaleza de su petición.

—Bueno, llamo por... —Se interrumpió y carraspeó. Cuando volvió a hablar, su voz sonó más grave y menos titubeante—. Soy Roger Lathbury, de la editorial Orchises, y llamo en relación con el libro de J. D. Salinger. Yo...

Era evidente que la carta de mi jefa, con su énfasis en el secretismo, lo había asustado. Él no sabía hasta qué punto estaba enterada yo del proyecto y temía desbaratarlo incluso antes de que hubiera empezado. Desde luego tenía miedo, el tipo de miedo que padecen la mayoría de las personas cuando consiguen lo que han deseado largamente.

—Señor Lathbury —lo interrumpí—, mi jefa esperaba su llamada. Déjeme comprobar si está en su despacho.

Ella, desde luego, estaba en su despacho, pero yo había recibido instrucciones de decir esta frase a todos los que llamaban antes de pasarle la comunicación. Siempre debía comprobar y asegurarme de que ella quería hablar con aquella persona o, al menos, saber quién estaba al otro lado de la línea. Sin embargo, entre su escritorio y el mío no había ningún intercomunicador o, si lo había, yo no sabía cómo funcionaba, de modo que llamé suavemente a su puerta, que estaba entreabierta.

—¿Ss-sí? —dijo con voz irascible y sin volverse hacia mí.

—Roger Lathbury al teléfono.

Mi jefa dio un bote y me miró con expresión enfadada.

—¡Pues a qué esperas, pásamelo! Y cierra la puerta.

Los ojos se me llenaron de lágrimas. Me volví rápidamente, corrí los pocos pasos que me separaban de mi escritorio y presioné la tecla adecuada sin pronunciar ni una palabra.

Una hora más tarde, cuando estaba terminando de mecanografiar la última carta, vi que una delgada mujer morena que vestía unos tejanos estrechos y una ajustada camiseta blanca se dirigía con paso vacilante a mi escritorio desde el ala de contabilidad. Cuando iba a cruzar el umbral que comunicaba con mi zona de trabajo, algo llamó su atención. Retrocedió y se agachó frente a la oscura librería del rincón donde estaban los libros de Judy Blume. «¡Oh, no! —pensé mientras ella fruncía el ceño—. ¡No! No puede ser ella.» No se parecía en absoluto a cómo me imaginaba a Judy Blume. ¿Cómo me la había imaginado? ¿Más regordeta y sonriente? No estaba segura. Fuera como fuese, tenía que ser ella. Me sobrevino un impulso irresistible de proteger a mi jefa, a la agencia, y consideré la posibilidad de salir presurosa de detrás de mi escritorio para darle la bienvenida y explicarle que acabábamos de reformar la oficina —¡era verdad!— y que los libros estaban fuera de sitio; que estábamos reubicándolos.

Antes de que pudiera dar un paso, mi jefa exclamó:

—¡Judy!

Y salió de su despacho. Pam debía de haberla avisado. Judy, todavía con el ceño fruncido, se incorporó y permitió que mi jefa la alejara de la estrecha y oscura librería.

—¡Qué placer volver a verte!

Judy apenas realizó un leve saludo con la cabeza y la siguió al interior de su despacho.

Pocos minutos después, se fueron a comer envueltas

en un desalentador silencio y ni siquiera me miraron cuando pasaron por delante de mi escritorio. Judy lanzó una mirada sombría a la librería del rincón. Yo cogí las cartas recién mecanografiadas y las dejé en el escritorio de mi jefa para que las firmara. Luego me puse el abrigo y agarré mi bolso.

Cuando llegué a la esquina de la calle Cuarenta y nueve, decidí darme un capricho, algo que hacía ocasionalmente, y comer un plato de *gyoza* en el restaurante japonés que había en la planta baja de nuestro edificio. Siempre estaba atestado de trajeados hombres de negocios japoneses y yo solía ser la única mujer y, también, la única caucasiana, lo que me brindaba un agradable anonimato: estaba tan fuera de lugar que me volvía invisible. Sentada en un taburete alto de la barra, pedí mis *gyoza*: el plato más barato de la carta y el único que podía permitirme. Entonces volví a acordarme de la carta. Ahí estaba, al fondo de mi bolso, apretujada entre la sección cultural del periódico y el ejemplar de la semana anterior de *The New Yorker*, que tenía la intención de leer durante la comida. La saqué y, sin pensármelo dos veces, abrí el sobre con el pulgar. Contenía dos hojas del fino papel de correo aéreo, que era el preferido de mi novio de la universidad, cubiertas por ambos lados con su pulcra letra. Leí el encabezamiento: «Querida Jo:» Y solté un sollozo. En aquel momento de mi vida, nadie me llamaba Jo, solo mi familia y mis viejas amigas. Y mi novio de la universidad. ¡Cuánto lo echaba de menos! Echaba de menos todo en él, todo lo que significaba para mí. «Querida Jo:» «¡Oh, Dios mío! ¿Qué he hecho?», pensé. Al cabo de un momento llegaron mis *gyoza*, ligeramente chamuscados; la masa, amarillenta y aceitosa, brillaba. Volví a introducir la carta en el sobre y, aunque los *gyoza* estaban demasiado calientes, aparté uno de la prolija hilera y lo mordí. El jugo y el aceite calientes inundaron mi cavidad bucal y mis ojos volvieron a humedecerse. El paladar me escocería durante varios días, pero en aquel momento agradecí la sensación de ardor.

A la mañana siguiente, el teléfono de mi jefa sonó justo cuando ella acababa de llegar.

—¡Hola, Judy! —la oí exclamar con entusiasmo desmesurado.

La puerta del despacho se cerró. Cuando volvió a abrirse, mi jefa se quedó en el umbral y parpadeó con ojos tristes.

—¡Hugh! —llamó.

Él salió de su despacho y la miró expectante.

—Se ha acabado —anunció ella.

—¿Judy?

Ella asintió.

—¿Se va?

—Sí —confirmó mi jefa arqueando sus claras cejas—. Se va.

—No te preguntaré adónde —dijo Hugh.

—Eso es lo de menos.

Me pregunté qué le habría dicho mi jefa a Judy acerca de su novela, pero mantuve la cabeza baja y la mirada centrada en el contrato que tenía delante, porque mis pensamientos eran absolutamente desleales: si fuera Judy, yo también me habría ido.

3

La red

Una semana después, al final de la jornada laboral, Jenny acudió a la agencia. Había logrado convencerla de que aquel día se quedara en la ciudad y cenáramos juntas temprano, aunque me temía que mi pequeña victoria era pírrica, que ella había accedido solo por un sentimiento de culpabilidad o por obligación. La idea de conocer la agencia donde yo trabajaba no la había entusiasmado, aunque yo había estado en su oficina varias veces. Esto me preocupaba: a ella ya no le interesaban las áreas de mi vida de las que no formaba parte.

Aun así, lo estaba intentando, me pareció, de modo que acudió a la agencia arropada con su trenca, porque, aunque estábamos en junio, el tiempo parecía haberse estancado en marzo. A las cinco de la tarde, el cielo, que yo vislumbraba levemente desde mi escritorio a través de la ventana del despacho de Hugh, se había encapotado amenazadoramente, una lluvia gris había empezado a caer y el viento sacudía las persianas.

—¡Hola! —saludé mientras la abrazaba.

Pam, sentada tras el mostrador de recepción, apartó la vista de aquella inapropiada emotividad.

—¡Aquí estoy! —contestó Jenny sonriendo, aunque sus ojos reflejaban incomodidad.

—Ven —le dije, y le indiqué con un gesto que me siguiera por el pasillo central—. Tengo que coger mi abrigo. Y así verás dónde trabajo.

—De acuerdo —accedió ella con el tono que utilizaba con su madre—. Esto está muy oscuro —susurró—. ¿Intentan ahorrar en electricidad?

Yo me llevé el dedo a los labios como haría una bibliotecaria y le sonreí. Aparte del departamento de contabilidad, que contaba con luminosos fluorescentes, el resto de la agencia estaba iluminado con lámparas de pantalla, lo que significaba que el laberinto de despachos estaba casi en penumbra, a diferencia de las oficinas modernas, como aquella en que Jenny trabajaba, con sus tabiques acristalados y focos en el techo. Pero esto formaba parte de lo que me gustaba de la agencia: el brillo suave y acogedor que despedían las lámparas, el susurro de los pasos de mis compañeros en la moqueta, los sillones de piel y las librerías de madera oscura. Era como trabajar en un apartamento o una biblioteca privada.

—¡O en una funeraria! —añadió Jenny mientras cruzábamos la calle Cuarenta y nueve en dirección a su oficina—. O en un bar. No me puedo creer que tu jefa fume. ¡Y en su despacho!

De hecho, Jenny había sido la primera de mis amigas que había dejado el tabaco. Lo dejó durante el primer año de instituto: el efecto colateral de salir con un tío que ya iba a la universidad. En aquel momento, me impactó que dejara de fumar.

—¿No te resulta deprimente pasarte el día en esa oficina? ¡Todos parecen tan tristes! Va en serio que me recuerda una funeraria, con todas esas lámparas anticuadas y esa moqueta...

—Sí, un poco —corroboré.

Aunque no era verdad. En realidad me encantaban las lámparas y la moqueta; me encantaba que la oficina fuera silenciosa y poco iluminada.

—¿Quieres cenar en Williamsburg? Podríamos ir al Planet Thailand.

Había planeado llevarla a mi barrio para cenar o tomar un café y así poder enseñarle mi apartamento y las bonitas calles, a ver si así se enamoraba del lugar y se mudaba a vivir allí.

—No creo que me dé tiempo de ir hasta Brooklyn —replicó ella—. Tardaría una eternidad en llegar hasta el ferry desde allí.

—No está tan lejos...

Era verdad: mi casa estaba a solo una parada de metro de Manhattan, a veinte minutos de donde nos hallábamos en aquel momento.

—También podríamos cenar en el centro, ¿no? En el Grey Dog. O en la pizzería John. —Le encantaba aquella pizzería. Se agitó con incomodidad en sus merceditas y añadió—: Aunque yo preferiría cenar en algún lugar cerca de aquí. Dentro de una hora tengo que tomar el ferry.

—¿Aquí?

Estábamos en el West Side, en el límite del distrito de los teatros, rodeadas de restaurantes carísimos frecuentados por asistentes a congresos y turistas: restaurantes especializados en carne, cadenas de restaurantes italianos, ruidosos pubs irlandeses... Nadie que yo conociera comería por iniciativa propia en uno de aquellos restaurantes.

—Hay un restaurante al que mi jefe nos lleva de vez en cuando —declaró ella en tono más conciliador—. El nombre es horroroso, pero la comida es muy buena.

—¿Cómo se llama?

—¡Pasta Pasta! —respondió, y soltó una risita—. Entre signos de exclamación.

Luego, sentadas en un reservado comiendo macarrones, me sentí como una tonta: Jenny tenía razón, no teníamos por qué ir al centro. La comida era irrelevante. Hablamos de Tejas; de la última elección en la interminable lista de lugares donde podía celebrar su boda, porque sus padres habían desestimado el restaurante del embarcadero por considerarlo demasiado caro; y de la novela de Don, todavía inconclusa.

—¿Cómo está Brett? —le pregunté finalmente—. ¿Le han contestado ya todas las universidades?

Brett había empezado a recibir cartas de aceptación o de rechazo de las facultades de Derecho en marzo. Yo sabía que lo habían aceptado en dos de Nueva York: en la de Brooklyn y en Cardozo. Y también estaba en la lista de espera de otras.

Jenny asintió.

—Sí. Superó la lista de espera de Case Western y ha decidido inscribirse allí.

—¿Case Western? —El estómago me dio un vuelco—. ¿Por qué? ¡Si podía entrar en Cardozo!

—Bueno, él cree que Case Western es la mejor universidad para él. Su facultad de Derecho es excelente. Además, como sabes, Brett es del Medio Oeste, así que echa de menos esa zona. Por lo demás, en su opinión una facultad de Cleveland es menos intensa. Los estudiantes de Derecho de Nueva York tienen que ser sumamente competitivos.

Asentí.

—Tú te quedarás aquí hasta que él acabe, ¿no?

Jenny se echó a reír.

—No; me iré con él. —Abrió mucho los ojos—. ¡Ya estamos prometidos!

—¡Sí, claro! Lo había olvidado.

Tomé un bocado de pasta, que se estaba enfriando. «Pasta Pasta. Entre signos de exclamación», pensé. ¿Alguno de mis otros amigos consideraría que ese nombre era divertido?

—La verdad es que la perspectiva me emociona. Nunca he vivido fuera de Nueva York y Cleveland es una ciudad que está muy al día. Su museo de arte es fantástico. Y allí todo es baratísimo. Podremos tener una casa enorme por menos de lo que nos cuesta nuestro actual apartamento.

Yo había estudiado en la Universidad de Oberlin y conocía bien Cleveland, pero me limité a asentir mientras bebía el último sorbo de vino de la casa. Jenny no había pedido vino, lo que me hacía sentir como una borrachina. Todos mis conocidos, por norma, pedían vino para cenar. ¿Qué sentido tenía salir a cenar, incluso a un restaurante frío y de mala calidad del Midtown, si no pedías vino? Permanecimos en silencio durante unos minutos. Luego, Jenny sonrió en plan bobalicón; su vieja sonrisa, que ahora veía tan poco, y me propuso:

—¿Compartimos el tiramisú? Es horroroso pero aun así increíble.

—Sí, claro —contesté, y ella hizo una seña al camarero.

—¿Y qué ha pasado con Judy Blume? —me preguntó.

Aproximadamente una semana antes, le había contado que Judy acudiría a la agencia. La antigua Jenny se habría emocionado con la noticia y habría querido saberlo todo al respecto, pero la nueva Jenny había esperado al final de la cena para preguntar. Aunque no estaba segura de que le interesara de verdad, le expliqué lo ocurrido.

—¡No me extraña que se haya ido de la agencia! —exclamó.

—¿Por qué lo dices? ¿Porque mi jefa quizá le dijo que no estaba segura de que su novela se vendiera? ¿Porque guarda sus libros en la zona menos visible de la oficina? —Esbocé una sonrisa—. ¿O porque la agencia parece una funeraria?

—Por todo —contestó—. Sobre todo, porque tu agencia parece salida de una novela de Dickens. Cuando entras, es como si hubieras viajado en el tiempo unos cien años atrás. —Me miró con extrañeza—. Mientras la recorríamos, no sabía por qué me parecía tan rara, pero cuando llegamos a tu escritorio lo comprendí: ¡no hay ordenadores!

—Ya te dije que se mecanografía todo. En máquina de escribir.

—Ya —contestó ella. Sacudió la cabeza y unas ondas de cabello negro y brillante rebotaron en sus hombros—. Pero creía que se trataba de una rareza de tu jefa porque era una persona mayor. No pensé que no hubiera ningún ordenador. Estamos en 1996. ¿Cómo pueden hacer negocios? Todo el mundo utiliza el correo electrónico. ¿Cómo consiguen comunicarse con el mundo exterior? —Ladeó la cabeza—. Si yo fuera Judy Blume, no creo que pusiera mi carrera en manos de una agencia que se niega a admitir que estamos casi en el siglo veintiuno.

En marzo, James había reunido el valor para proponerle a mi jefa entrar en la era digital aunque fuera discretamente. Nada de llenar la oficina de ordenadores. Nada de conexiones en red. Solo algunos ordenadores de mesa para los asistentes, para que pudiéramos realizar nuestro trabajo más eficientemente. Quizás, incluso, sin internet.

—Preséntame una propuesta por escrito —concedió ella finalmente en abril—. Calcula un presupuesto.

Al final del día, James regresó y llamó a la puerta de su despacho.

—Aquí tienes —anunció, y le entregó unas hojas pulcramente mecanografiadas.

No fue hasta junio, una semana antes del incidente de Judy, que mi jefa me ordenó llamar a James.

—Pasa, pasa —le dijo cuando llegábamos a su despacho—. Tú no, solo James —añadió con un gesto con la cabeza, y cerró la puerta.

Media hora más tarde, salieron charlando amigablemente.

—¿Los venden en negro? —preguntó mi jefa.

—Es posible.

—Todos los ordenadores que he visto son de ese horrible color grisáceo —se quejó ella—. ¡Puaj! ¿Por qué los fabrican de ese color?

—Preguntaré si los fabrican en negro.

—Bueno, pero no te estoy dando carta blanca. —Mi jefa se detuvo delante de mi escritorio—. Aunque me has intrigado. Podría sernos útil en relación con Salinger.

—Así es —confirmó James.

¿Qué significaba aquello? ¿Se referían a las cartas de los seguidores? ¿Pensaban que un ordenador me ahorraría la labor de teclear la carta modelo una y otra vez? La mera idea me hizo sonreír. La verdad es que las cartas me pesaban: todos aquellos fans de Salinger que aguardaban una respuesta. Un ordenador sería de gran ayuda.

—Averigua si los fabrican en negro y luego hablaremos —concluyó mi jefa—. Y confírmame los precios.

—De acuerdo. —James se permitió una leve sonrisa. Me di cuenta de que intentaba decidir si decir lo que, finalmente, dijo a continuación—: Gracias.

—No me las des. No estoy diciendo que sí. Y aunque lo dijera, solo sería para los asuntos de Salinger. No quiero que estéis conectados todo el día a la red haciendo lo que la gente hace... sea lo que sea. —Agitó las manos como si quisiera mostrar la locura absoluta que constituía internet—. No quiero que los empleados —me miró y asintió con la cabeza hacia James en señal de complicidad— se pasen el día enviando correos a sus amigos en Zimbabue.

—No creo que eso suponga un problema —replicó James guiñándome un ojo.

Al día siguiente, Pam dejó sobre mi escritorio un grueso sobre con varios sellos de correos estampados en una esquina. Contenía la nueva novela del Otro Autor, su primera aventura literaria en diez años. En aquel momento, estaba de excedencia de sus clases como profesor y vivía con su mujer en Nueva Zelanda.

—Tengo un buen presentimiento respecto a esta novela —nos dijo mi jefa a Hugh y a mí mientras daba unos saltitos emocionados con el original apretado contra su pecho.

—Esto va a ser algo grande —me comentó a la mañana siguiente. Se había leído la novela entera en una noche—. Prepárate para una propuesta simultánea.

Asentí sin atreverme a decir nada. Las propuestas simultáneas no formaban parte de la forma de actuar de la agencia, pensé, pero actuar de una forma distinta solo podría ser beneficioso.

—Implicará mucho trabajo —anunció.

Quizás esta era la causa de su rechazo a la forma de trabajar de los agentes y editores actuales; el problema no consistía en que carecieran de escrúpulos, sino en que sus métodos implicaban mucho trabajo. Treinta años antes, ella habría vendido aquel manuscrito a través de una carta de una sola hoja y un apretón de manos.

Durante toda una semana, mi jefa se reunió con Max. Elaboraron y reelaboraron una lista de editores a quienes enviarían la novela. Muchos eran jóvenes y desconocidos, ajenos a su red de contactos. Me entregaron el manuscrito para que lo hiciera fotocopiar, porque realizar doce copias de un original de trescientas páginas sobrepasaba la capacidad de nuestra fotocopiadora. Mientras esperaba al mensajero, di una ojeada a las primeras páginas. Sinceramente, me alegré de que mi jefa no me pidiera que lo leyera. Yo tenía la impresión de que se trataba de una historia truculenta, sensacionalista y algo misógina; el tipo de novela de suspense truculento que se vendía en los aeropuertos. Las primeras páginas me demostraron que tenía razón. El narrador describía una escena macabra y sanguinolenta en un ático donde encontraba los cadáveres de tres mujeres dispuestos en una especie de representación. El estilo, indudablemente, era elegante y preciso, y el tono era contenido y, al mismo tiempo, arrebatador, casi magistral. No obstante, en aquellas páginas había algo... algo que iba más allá del espeluznante tema y que me revolvía el estómago.

Al final, mi jefa tuvo razón: la novela se vendió por una gran suma de dinero a un importante editor que la publicaría bajo un nuevo sello literario de su reputada editorial. Una novela literaria de misterio. Puro oro.

—¡Lo hemos conseguido! —anunció mi jefa al grupo reunido cerca de mi escritorio.

¿La había visto alguna vez en un estado de ánimo tan

exaltado? No estaba segura, pero me alegré, como supongo que debe de ocurrirles a todos los asistentes, al ver que estaba no solo contenta, sino también eufórica.

—Usted lo ha conseguido —la felicité con una sonrisa. Era verdad.

—Supongo que sí —declaró ella con un encogimiento de hombros.

De repente pensé que se trataba de una líder inusual, una directora a regañadientes. No le gustaba ser el centro de atención, le molestaba tenernos a todos a su entera disposición. Por eso entraba y salía de su despacho sin apenas dirigirme la palabra: no porque fuera altiva, sino por una cuestión de timidez, de discreción, de retraimiento.

—Esta tarde saldremos a tomar algo. Todos.

Y así fue que, a las cinco de la tarde, nos dirigimos en fila al austero restaurante decorado al estilo de los ochenta que había a la vuelta de la esquina. Nos sentamos en la barra, como pájaros en un cable, y tomamos una copa. De algún modo, fuera de la oficina no teníamos nada que decirnos; temíamos ser infieles a nuestras lealtades. Solo Carolyn y mi jefa se quedaron después de la primera ronda. Los demás nos pusimos los jerséis y las ligeras chaquetas y nos fuimos enseguida. Estábamos en junio, pero todavía hacía frío. La tormenta de nieve había marcado la pauta para el resto del año, aunque, en algún momento, el clima tendría que suavizarse.

La semana siguiente, un mensajero de mono marrón depositó unas cajas enormes en el ala de contabilidad, justo enfrente de la librería que contenía las obras de Judy. Desde mi escritorio, vi que James se encorvaba sobre una maraña de cables para conectar el voluminoso ordenador de mesa. Finalmente, era grisáceo. Camino del lavabo, me detuve junto a él.

—¿No los venden en negro? —pregunté.

—Sony fabrica uno en negro, pero es mucho más caro —respondió James con una sonrisa—. Tu jefa ha decidido que no vale la pena. Ella cree que los ordenadores no son más que una moda pasajera.

—Pues me aligerará el trabajo de teclear las cartas modelo —declaré mientras me acuclillaba a su lado—. Sobre todo las dirigidas a los seguidores de Salinger. ¡Vaya que sí!

Me pregunté qué pasaría con mi enorme máquina de escribir. Quizá me permitieran llevármela a casa. Con el tiempo, había llegado a quererla de una forma extraña que me recordaba el síndrome de Estocolmo. Me imaginaba que pasaba las tardes tecleando en ella, sentada al pupitre azul que había recuperado de la calle y con un montón de folios inmaculados a mi izquierda. Quizás escribiría una auténtica novela. Aquella a la que llevaba tiempo dándole vueltas en la cabeza, concibiéndola con nerviosismo mientras el zumbido y el runrún de la máquina de escribir me transportaba a un estado meditativo.

James se incorporó y se estiró.

—Pues creo que no va a ser posible —replicó. Lo miré con el ceño fruncido y él continuó—: Esto que ves es el ordenador. —Se secó la frente con el dorso de la mano—. ¡El ordenador!

Sin comprender lo que quería decir, miré alternativamente a James y el ordenador a medio instalar.

—Solo vamos a tener uno y lo compartiremos entre todos, de modo que seguiremos tecleando la correspondencia en las Selectrics.

—Pero... ¿por qué? —le pregunté con la esperanza de haberlo entendido mal. Lo miré fijamente mientras una sensación de alarma me invadía—. ¿Para qué lo utilizaremos?

—Para controlar las infracciones de los derechos de autor. Muchas personas disponen ya de páginas web personales, ¿sabes? Y cuelgan fragmentos de las obras de Salinger, Fitzgerald o Dylan Thomas. Tenemos que asegurarnos de que esos fragmentos cumplen con las especificaciones legales, que son: ochocientas palabras para la prosa y cinco versos para la poesía.

—¡Ah! —exclamé todavía atónita.

—Hugh también podrá utilizarlo para las labores de investigación, así no tendrá que ir tantas veces a la biblioteca.

Por lo que sabía, esta idea desagradaría a Hugh: a él le encantaba ir a la biblioteca.

—Creo que, en caso necesario, los demás también podremos utilizarlo, pero nunca para asuntos personales.

Pocos días después, mi jefa nos convocó a todos y nos condujo, mientras Lucy y Max se reían como colegiales, hasta el ordenador, que se veía nuevo e inmaculado, grisáceo y con la pantalla negra.

—Bueno, ya está —anunció. Nos miró uno a uno de forma significativa—. He aquí el ordenador de la agencia. —Señaló el teclado—. ¿Está en marcha? —le preguntó a James.

Él negó con la cabeza.

—Bien, no está en marcha —confirmó ella.

Olivia me miró y sonrió con complicidad.

—Lo hemos puesto aquí, en la zona central de la oficina y a plena vista para que nadie caiga en la tentación de utilizarlo para consultar su correo personal o... —Se interrumpió mientras buscaba en su mente otras actividades ilícitas que uno pudiera perpetrar—. O cualquier cosa. La gente pierde mucho tiempo con los ordenadores, pero esto no va a suceder aquí. Este ordenador es para realizar labores de investigación. —Hizo un leve gesto con la cabeza a Hugh y él se lo devolvió—. Y también para hacer un seguimiento de nuestros negocios. Si necesitáis usarlo para alguna cosa, pedídmelo, pero si paso por aquí y os veo utilizarlo sin mi permiso, deduciré que estáis haciendo algo que no deberíais. —Escudriñó nuestras caras y sacudió la cabeza con exasperación, como si fuéramos un puñado de niños traviesos a su cargo—. ¿De acuerdo?

—¡De acuerdo! —exclamó Max, y levantó el puño en el aire.

—¡Ya está bien, Max! —exclamó mi jefa con cierta tensión.

Aquello me resultaba extraño: Max conseguía prácticamente todos los contratos nuevos de la agencia. Acababa de cerrar un trato por unos dos millones de dólares. Pero mi jefa seguía considerándolo un *outsider*, un rebelde sin causa que no mostraba el debido respeto hacia el sistema administrativo de la agencia. Yo creo que no lo consideraba un miembro de la agencia como James y Hugh... o incluso como yo. Me había expresado discretamente ese reconocimiento al menos media docena de veces y, aunque me sentía halagada —en el fondo, como me decía siempre Don, yo no era más que una niña obediente—, si Max y mi jefa encarnaban mis dos futuros potenciales, mi elección era clara: prefería ser Max que mi jefa.

Ser Max no solo implicaba conseguir importantes contratos, sino también estar comprometido con la literatura contemporánea, y tan interesado en los pormenores de los estilos narrativos como lo estaba yo cuando estudiaba el posgrado; aunque de una manera diferente. Ser Max suponía estar en contacto diario con grandes escritores y editores que se sentían estrechamente unidos a las palabras, el lenguaje y las historias, lo que constituía una forma de estar conectado con el mundo, de intentar darle un sentido, en lugar de retirarse de él, de establecer un orden artificial en el caos de la vida y gestionar los asuntos de los escritores muertos en lugar de trabajar con los vivos.

Pero entonces otro pensamiento acudió a mi mente: ¿no quería yo, antes de empezar a trabajar en la agencia, formar parte del colectivo de escritores vivos?

Aquella noche, mientras me lavaba los dientes, Don me llamó desde el sofá.

—¡Ven aquí, Buba! Quiero enseñarte una cosa.

En mi interior, algo se tambaleó y se rompió en mil pedazos.

—¡Haz el favor de no llamarme más por ese nombre! ¡Ya no soy una niña! —le grité mientras volvía al salón.

Don abrió desmesuradamente sus grandes ojos y, por un segundo, creí que, de forma inaudita, se le llenaban de lágrimas.

—¿Sabes por qué te llamo así? —dijo.

Yo negué con la cabeza y entonces él me lo explicó.

En el pasado, Don había dado clases a un hombre llamado Masha con quien forjó una amistad. Masha emigró de Rusia a principios de los noventa y, aunque discrepaba en muchos aspectos del comunismo —no solo había experimentado esa doctrina en la práctica, sino que había sido perseguido por ella—, Don estaba encantado de haber encontrado a un soviético auténtico con quien podía hablar interminablemente sobre el comunismo, aunque esas charlas acabaran, la mayoría de las veces, en discusiones. Masha vivía con su mujer, quien también había sido alumna de

Don, en Washington Heights, en un apartamento amplio, oscuro y abarrotado de recuerdos de Rusia y de los juguetes de sus tres hijos. A la más pequeña la consideraban un milagro, porque, aunque tanto Masha como su mujer eran de tipología oscura —los dos tenían cabello negro con reflejos azulados, piel aceitunada y cejas gruesas—, por alguna jugarreta genética, su hija nació con la piel rosada, tirabuzones rubios y unos preciosos ojos azul grisáceo. Y con un carácter extraordinariamente risueño.

—Es una niña de luz —me contó Don—. Es tan dulce y lista que, haga lo que haga, te sientes impulsado a cogerla en brazos y abrazarla.

La niña se llamaba Anna o Natasha, pero todos la llamaban Buba.

—¿Por qué? —le pregunté.

Don se encogió de hombros y soltó una risa auténtica, no su risa distante y socarrona.

—Simplemente, es Buba. No existe otra palabra para definirla. No puedo explicarlo. Cuando la conozcas, lo entenderás. Es toda luz.

Se desperezó y bostezó. Estábamos sentados en la diminuta sala, en el sofá gris que habíamos recogido de la calle con la ayuda de Bart, un amigo de Don, un poeta altísimo que componía sus poemas a partir de versos de poetas famosos.

—Una tarde, justo después de conocerte, estaba en casa de Masha. Buba estaba sentada en su regazo y, de repente, la idea me vino a la cabeza: tú eres como Buba.

—¿Que yo soy...?

Yo no tenía tirabuzones rubios ni ojos grisáceos. Además, incluso de niña, a menudo me decían que parecía mayor: mi cara era larga y delgada, detestaba los juegos y prefería la compañía de los adultos a la de otros niños.

—Sí que lo eres —insistió con voz alegre—. Tu piel es sonrosada y despides luz. Vas por el mundo como si estuvieras llena de luz. Fue lo primero en que me fijé cuando te conocí.

—No es verdad —objeté con incomodidad—. Yo no tengo la piel sonrosada, sino más bien pálida.

—¿La verdad? La verdad no existe. No existe una única verdad. Esa idea es de colegialas. —Me miró fijamente, con los labios apretados en una línea fina, como si estuviera reprimiendo una emoción indefinida—. El mundo es subjetivo, experiencial.

Entonces su expresión se distendió, el brillo irónico reapareció en sus ojos y sacudió la cabeza con aire académico.

—Tienes que leer a Kant.

No exagero si digo que siempre me he considerado oscura y pesada: una niña regordeta y cargada de penas: las mías, las de mi familia, las de mi raza con su larga y desoladora historia... Pero en aquel momento algo cambió. ¿Era posible que Don tuviera razón y que el mundo me percibiera de una forma totalmente diferente a como yo me percibía? ¿Era posible que uno pudiera ser complicado, intelectual, receptivo a lo que sucedía en el mundo... que uno pudiera ser un artista y, al mismo tiempo, ser sonrosado y estar lleno de luz? ¿Era posible que uno pudiera ser todas esas cosas y también feliz?

A la mañana siguiente, el tiempo cambió. La fría humedad que había perdurado hasta bien entrado el verano, se esfumó de un día para otro. Al despertarme, vi que un haz de luz solar entraba por la ventana de la cocina. Saqué mi vestido favorito del fondo del armario: un vestido verde botella con un diseño de los años cuarenta, con cuello, botones delanteros y similar a los vestidos que Leigh amontonaba en el suelo de su apartamento. Estaba arrugado porque había estado apretujado por la gruesa ropa de invierno, pero igual me lo puse encima de una camiseta negra, y confié en que se alisaría durante el trayecto a la oficina. Después salí al aire puro y cálido de la mañana. Tomé la calle Bedford. Las higueras estaban en flor y las diminutas flores blancas adornaban sus delgadas ramas grises. De repente, en lugar de fea e industrial, la calle me pareció bonita y pintoresca. Los atractivos de Williamsburg no eran ni son visuales. Bedford, la avenida más importante de la zona norte, con sus pequeños escaparates y sus hileras de casas de obra vista podría ser la calle principal de, digamos, Milwaukee. Aquella no era la Nueva York de Woody Allen, la Nueva York de edificios altos y elegantes porteros, de grandes sueños y montajes hollywoodienses, pero era mi Nueva York. La mía. Y me encantaba.

La mayoría de las mañanas, tomaba la línea 6 en dirección a la calle Cincuenta y uno y bajaba en la esquina de la Cincuenta con Lex, a la sombra del Waldorf-Astoria, famoso por sus pasteles de boda. Yo sabía que mi jefa a veces comía en Bull and Bear, la cafetería del Waldorf, cuya entrada, selectiva y discreta, estaba en la parte trasera del hotel, que daba a la avenida Lexington, en la esquina sureste del edificio. Yo nunca había entrado allí, claro, pero por el simple hecho de pasar por delante todas las mañanas había memorizado su desvaída y elegante insignia. Por las noches, cuando regresaba al metro desde la oficina, veía su magnífica y mágicamente iluminada fachada, que me recordaba el castillo situado en la entrada de Disneylandia.

Aquella mañana, subí las escaleras de la estación del metro y una cálida brisa hizo ondear mi vestido. En Lex, me encontré con una curiosa vista: varios camiones de bomberos circulaban a gran velocidad por la avenida, con las sirenas apagadas, y la calle estaba inusualmente vacía de coches. Aquellos camiones, de un rojo que contrastaba con el azul del cielo, eran realmente bonitos y, como la agencia, parecían reliquias de otra era, de una era predigital, como salidos de los cuentos que mis padres me leían cuando era pequeña.

Como de costumbre, era temprano, así que me entretuve contemplando cómo se alejaban los camiones por la avenida. Levanté la mirada y allí estaba el Waldorf, imponente delante de mí. Sin pensármelo dos veces, crucé la calle Cincuenta en dirección sur y empujé las puertas traseras del hotel, que comunicaban, entonces lo descubrí, con un vestíbulo no especialmente ostentoso, incluso un poco decadente. A mi izquierda, estaba la cafetería Bull and Bear, a esa hora todavía cerrada; a mi derecha, el Peacock Alley, el otro restaurante del hotel. Delante de mí, una escalera mecánica conducía a alguna parte. Seguí adelante.

La escalera me llevó hasta un vestíbulo decorado con una moqueta estampada en tonos granate y dorado y unas plantas en macetas enormes. Me detuve un instante sin saber adónde ir. Si seguía caminando recto y atravesaba el arco que tenía enfrente, seguramente llegaría al ala oeste del edificio, donde estaba la entrada principal, la cual daba a Park Avenue. Podía salir por aquella entrada y recorrer la manzana que me separaba de la avenida Madison, donde estaba la agencia. Pero antes de atravesar el arco, un escaparate pequeño y poco iluminado llamó mi atención. Se trataba de una librería especializada en volúmenes antiguos. Contuve el aliento con placer. De niña, me había alojado en hoteles como aquel con mis padres: el King David, en Tel Aviv; The Breakers, en Palm Beach; el Brown's, en Denver. Antes de cenar, mi madre y yo curioseábamos en las tiendas de los vestíbulos y nos probábamos gafas de sol, colgantes y pañuelos. Lógicamente, en un hotel de la categoría del Waldorf y en Nueva York, la capital cultural del país, tenía que haber una librería.

Me acerqué para contemplar las obras expuestas: un ejemplar con una cubierta preciosa y de diseño elaborado de *Don Juan*; una edición mayor de lo normal de *Peter Pan* que, por lo que vi, contenía las ilustraciones originales; un ejemplar con tapas verde musgo de *Alicia en el país de las maravillas*. Y en el centro, en el sitio más destacado del escaparate, un libro de un rojo intenso, un libro cuya cubierta me resultaba tan familiar que casi no la vi. Hasta que la vi. Entonces di un brinco por lo extraño que me resultó verlo fuera de contexto. Se trataba, por supuesto, de una primera edición de *El guardián entre el centeno*, con una ilustración en la cubierta de un caballo de tiovivo, un animal encabritado a causa de la furia o el miedo. Hugh me había contado que un vecino de Salinger de cuando vivía en Westport, un pintor llamado Michael Mitchell, había dibujado aquel caballo especialmente para la cubierta del libro. Para la edición en rústica, el editor había elegido una imagen más explícita: Holden Caulfield tocado con una gorra de caza roja; una imagen que, no era de extrañar, Salinger detestó. Por solidaridad con Salinger, la agencia no conservaba ningún ejemplar de aquella infame edición.

No obstante, sí había conservado, y yo los veía desde mi escritorio, unos cuantos ejemplares de aquella primera edición con la ilustración del caballo encabritado. Yo había memorizado los lomos de los libros. Los veía en mis sueños. Pero aquel ejemplar era diferente en el sentido de que era más prístino: el rojo más brillante, el blanco más blanco. Y tenía una etiqueta con el precio: veinticinco mil dólares.

Más allá de la librería había un lavabo donde me lavé las manos con el agua que brotaba de unos pesados grifos dorados. Me las sequé con una toalla de papel tan gruesa y suave que podría haber sido de tela, me peiné el cabello y apliqué una capa de brillo en mis labios: unas vacaciones de cinco minutos de mis rutinarias sopas de fideos y de lavar los platos en la bañera. Durante unos instantes, me mimé: imaginé que mis padres me esperaban en el vestíbulo, que iríamos al Met y comeríamos a la luz de las claraboyas, entre las esculturas de Rodin, como hacíamos cuando era pequeña. Luego volví a colgarme el bolso del hombro y salí del lavabo. Pasé por delante de la librería, crucé el arco y entré en el vestíbulo superior del hotel, que estaba abarrotado de hombres de negocios. Hombres, todos eran hombres de pelo corto y con zapatos relucientes. Eran jóvenes, algunos tanto como yo, con la piel lustrosa y tersa, y sus sonrisas eran amplias y cálidas, muy diferentes de la tensa sonrisa burlona de Don. Me pregunté quiénes eran y qué hacían allí. ¿Era el dinero lo que les permitía sonreír de aquella manera? ¿El dinero y la seguridad?

Ya eran casi las nueve y media, de modo que descendí con rapidez la amplia y majestuosa escalera que tenía enfrente. Mis zapatos se hundieron en la gruesa alfombra. Llegué al vestíbulo inferior, donde encontré más hombres, registrándose o pagando la factura, poniéndose etiquetas identificativas, realizando llamadas desde los teléfonos del hotel, hablando con el conserje o el portero; hombres que reían en grupos de tres o cuatro o que estaban solos hojeando carpetas con tablas y gráficos. Cuando pasaba por su lado, se volvían, me miraban y sonreían o me saludaban con la cabeza, como si yo formara parte de su mundo: el reino de la riqueza y el privilegio.

—Buenos días, señorita —me saludó el portero tocándose el ala del sombrero—. ¿Le pido un taxi?

—No, gracias —le contesté con una voz que no era del todo mía—. ¡Hace un día tan bonito! Prefiero caminar. Solo voy a unas manzanas de aquí.

—Sí que hace un día bonito —confirmó él—. Espero que lo disfrute.

—Gracias —contesté con aquella voz extraña, la voz de aquella parte de mí que se alojaba en suites del Waldorf y tomaba taxis cuando hacía mal tiempo.

Atravesé la puerta que él mantuvo abierta para mí y salí a Park Avenue, donde un ejército de tulipanes había invadido la mediana. Se balanceaban en la cálida brisa y sus pesadas corolas se inclinaban hacia el sur.

Ahora que el sol brillaba en el cielo, la oscuridad de la agencia me resultaba ligeramente opresiva, quizás incluso depresiva. «¡Ya es primavera!», deseé gritarle a Lucy, que siempre iba vestida de negro, sobria y monjil; y a mi jefa, con sus trajes marrones y holgados; incluso a la moqueta gris verdosa que amortiguaba nuestros pasos; y a la madera oscura que cubría las paredes de las habitaciones con librerías. En invierno, la oscuridad me había servido de refugio acogedor, pero ahora contaba los minutos que faltaban para la hora de comer, cuando podía salir al exterior y sentir la calidez del sol en mis brazos desnudos.

—Bonito vestido —me dijo Lucy cuando pasé por su

despacho—. ¿Lo tenías desde hace tiempo y lo has recuperado?

Antes de que pudiera responderle, se levantó y se acercó a mí.

—Hace tiempo que quiero preguntarte... —empezó con una voz ligeramente menos ronca y sonora de lo habitual—. ¿Ya comes?

Yo la miré sin comprender a qué se refería.

—¿Que si como? —le pregunté.

—Bueno...

Entonces soltó una risa nerviosa y señaló mi vestido. De repente comprendí lo que quería decirme, o al menos una parte: el vestido me sobraba por todos lados.

—Se te ve un poco... —buscó la palabra adecuada— lánguida.

Podría haberme echado a llorar.

—Sé que puede resultar muy duro vivir con el sueldo de una asistente. —Volvió a reírse—. Si alguien lo sabe, esa soy yo.

—Sí que como —la tranquilicé con una sonrisa amplia—. Todos los días.

Pero ¿estaba comiendo realmente? Con las nuevas deudas, apenas me alcanzaba para vivir. Telefoneaba todos los días al banco para comprobar el saldo y, con frecuencia, estaba en descubierto. Y eso que presupuestaba cuidadosamente hasta el menor de mis gastos y controlaba mi talonario. Compraba comida un día a la semana, los sábados por la mañana, y, antes de llegar a la caja, sumaba el coste de la compra y devolvía a las estanterías los artículos que suponían un despilfarro, como las galletas o los cereales envasados. Mi presupuesto para la comida de mediodía ascendía a cinco dólares, lo que me daba para una triste ensalada griega en un restaurante de comida rápida que había en la esquina. Consistía en unas hojas mustias de lechuga, a veces incluso con los bordes oscuros; unas rodajas translúcidas de tomate de crecimiento forzado; otras de pepino pálido y algunos grumos de queso feta. Todo coronado con una aceituna, que era lo que hacía que el plato mereciera la pena.

Aquel día, sin embargo, hice algo que no había hecho hasta entonces: me dirigí con paso decidido a una tienda de comestibles especializada de la calle Cuarenta y nueve, que era donde los agentes compraban su comida. A mi alrededor, los «*masters* del universo» pedían ensaladas *frisé* mientras se codeaban con sus colegas femeninas: mujeres delgadas y bronceadas que adornaban sus delgadas muñecas con pulseras de Cartier. Los bocadillos estaban expuestos en bases plateadas. Después de mucho cavilar, elegí un bocadillo de pan delgado y embutido rosa. Cuando llegué a la caja, cogí un bollo de chocolate, pedí un café y entregué un billete nuevecito de veinte dólares. En aquel momento, mi cuenta no estaba en descubierto, pero, aun así, mientras introducía el escaso cambio en el monedero, mi corazón se aceleró. Me dirigí, con el bocadillo en la mano, hacia la Quinta Avenida mientras el sol calentaba mis hombros. Me senté, rodeada de turistas, en los escalones de la catedral de San Patricio y di un bocado, un sustancioso, aceitoso y sabroso bocado al exquisito bocadillo. Sin lugar a dudas, se trataba del más delicioso que había probado nunca. Me comí la mitad con el propósito de guardarme la otra mitad para el día siguiente, y a continuación devoré el resto.

Por la mañana, me puse un vestido primaveral que no había usado nunca. Se trataba de un regalo de mi madre; un vestido rojo y más corto que los demás de mi guardarropa. Mis pálidas rodillas asomaban por debajo del dobladillo. Del fondo del armario saqué unas elegantes sandalias de piel negra y tacón fino: otra aportación de mi madre. En el apartamento no teníamos espejo, de modo que no estaba segura de que el conjunto quedara bien, pero entre los tacones y lo corto que era el vestido, me sentí más fuerte y erguida, capaz de mantener la cabeza alineada con la columna vertebral, que era lo que siempre me indicaban mis profesores de interpretación. Yo caminaba siempre con la cabeza baja, los hombros caídos, encorvada.

Cuando salí de la estación del metro, crucé la calle Cincuenta y, sin titubear, abrí la puerta trasera del Waldorf. Subí las escaleras mecánicas y, al pasar por delante de la librería, miré de reojo el escaparate para asegurarme de que *El guardián* seguía allí. En el vestíbulo superior, volví a encontrar grupitos de banqueros, asesores y a saber qué. Recién afeitados y vestidos con trajes impecables, levantaron brevemente la vista de sus programas de conferencias e informes de ventas y me miraron sin demasiado interés. De repente, deseé ser uno de ellos, estar con ellos, sentirme como en casa en aquel mundo y tener una tarjeta en el monedero que me permitiera sentarme y pedir uno de aquellos cafés del Waldorf. Mi padre y yo, el recuerdo acudió a mi mente con súbita nitidez, habíamos pasado muchas horas en vestíbulos como aquel cuando yo era pequeña, y nos inventábamos historias acerca de las personas que pasaban por allí. Mi padre había crecido en una especie de pobreza forzada, porque sus progenitores eran comunistas y su madre, mi abuela, que vivía en Grand Street y a quien debía una visita, había sido una activista. Así que, de adulto, había disfrutado incluso de los lujos más insignificantes, pero sobre todo de los hoteles elegantes, esos emblemas de la ociosidad reprobable.

Seguí avanzando entre aquellos hombres trajeados, con la espina dorsal todavía perfectamente recta, y empecé a bajar las escaleras mientras sonreía a unos y otros. Entonces, miré hacia arriba, al elevado e intrincado techo. Las cenefas estaban pintadas con pan de oro y el diseño era tan elaborado y bonito que, por primera vez, comprendí el verdadero significado de la expresión «quedarse sin aliento». Porque, verdaderamente, me fui quedando sin aliento a medida que iba percibiendo los detalles de los diseños de hojas, vides y diamantes, la gran altura del techo y la inmensa cantidad de aire y espacio que había entre aquellas vides doradas y mi pequeño ser. Uno de los estrechos tacones de mis sandalias quedó atrapado en la gruesa alfombra. Durante un instante, pensé o más bien tuve la certeza, mientras el corazón se me aceleraba, de que iba a caer rodando por el pequeño tramo de escaleras, pero entonces apoyé la mano en la barandilla, recuperé el equilibrio y seguí bajando.

VERANO

1

El discurso promocional

Se reunirían en persona. Jerry y Roger Lathbury. Se trataba de una gran noticia. Jerry no se reunía con nadie. Jerry evitaba a las personas, incluso a las que conocía desde hacía décadas. Él y Lathbury se habían estado comunicando por correspondencia, evitando a mi jefa y a la agencia. «No estaría mal que me enviaras copias de vuestras cartas», oí que decía mi jefa. Pero Jerry no nos envió copias de las cartas. Y Roger tampoco. Mi jefa sacudió la cabeza y rio un poco, como solía hacer cuando estaba enfadada o ansiosa, y describió la situación como «totalmente inadmisible». Aquellas cartas le preocupaban. ¿Y si Jerry había aceptado alguna condición extraña o, de algún modo, se había colocado en una situación de riesgo? Lo cierto era que Roger parecía el hombre más encantador y genuino del mundo, pero ¿y si no lo era? ¿Y si estaba manipulando a Salinger para...? ¿Para qué? Mi jefa no lo sabía.

Y daba lo mismo, porque no podíamos hacer nada al respecto. En aquel momento, la situación trascendía el mundo de los negocios: Jerry y Roger se estaban haciendo amigos.

O, al menos, Jerry se estaba haciendo amigo de Roger. Este, sin embargo, estaba un poco ansioso; se sentía ligeramente apabullado por el entusiasmo de Jerry, lo que le impedía corresponderle en la misma medida. Cada vez telefoneaba más a menudo. Cada vez que recibía una carta de Salinger, llamaba. Cada vez que enviaba una carta a Salinger, llamaba. Le preocupaba cometer un error.

Con el paso del tiempo, fui yo quien acabé escuchando las preocupaciones y temores de Roger. Deduje que Pam había recibido instrucciones de pasarme sus llamadas a mí primero.

—He preparado algunas maquetas —me explicó un día a finales de junio—. Un par. Creo que comprendo lo que Jerry quiere en cuanto al diseño y, probablemente, los míos le gustarán. Aunque creo que uno le gustará más que el otro.

—¿Ah sí? —contesté intentando ocultar la preocupación que experimenté.

Todavía no habíamos concretado los detalles del contrato. Todavía no existía ningún contrato. Ni siquiera un borrador. Tuve la sensación de que diseñar un libro antes de que los contratos estuvieran firmados podía considerarse «totalmente inadmisible». Y también consideré que podía traer mala suerte.

—He vuelto a mecanografiar el libro para poder realizar las maquetas. Podría haberlo escaneado, pero pensé que a Salinger le gustaría más que lo mecanografiara.

—Mmm... —murmuré mientras me preguntaba si Salinger notaría la diferencia.

Era viernes y, claro, mi jefa estaba en su casa. Roger a menudo telefoneaba los viernes por la mañana y yo empezaba a creer que se trataba de una decisión consciente, que me utilizaba como sondeo de opinión. O como terapeuta. Era evidente que aquel proyecto le estaba produciendo una gran ansiedad. O quizás él era una persona habladora y ansiosa por naturaleza. Me lo había contado todo acerca de sus hijas, sus proyectos, su colección de reliquias literarias y la animosidad bienintencionada de su mujer hacia sus iniciativas editoriales.

—Y creo que ha constituido una buena idea porque, al mecanografiarlo, he descubierto algunas erratas.

El hecho de haber descubierto erratas en *The New Yorker* parecía producirle cierta satisfacción.

—¿En serio? —le pregunté sorprendida.

Los departamentos de edición y corrección de *The New Yorker* eran de una eficiencia legendaria. Yo creía que en aquella publicación no se producían errores.

—¡Oh, sí! —confirmó Roger—. Son erratas nimias, pero erratas al fin y al cabo. Y yo las he corregido. Salinger se fija mucho en los detalles y he deducido que querría que los corrigiera.

—Seguro que ha hecho usted bien —lo tranquilicé.

Silenciosamente, introduje una carta en la máquina de escribir, aunque, cuando estaba hablando por teléfono, no podía escribir a máquina, salvo si hablaba con Don, mi madre o Jenny, porque la Selectric hacía mucho ruido y cualquier otra persona se habría sentido molesta.

—También he ampliado bastante los márgenes para que el libro tenga más páginas. Si es muy delgado, no podré imprimir en horizontal el título en el lomo. Jerry quiere que se imprima en horizontal. Él odia los títulos verticales, de modo que he puesto márgenes muy anchos. Además, Salinger lo prefiere así. No le gusta que haya mucho texto en las páginas. Quiere que la historia respire.

—¿Títulos verticales? —Nunca había oído este término y me pregunté si Roger, o Salinger, se lo habían inventado. Sonaba a un álbum de Joy Division. O a una colección de poesía abstracta.

—¡Sí, sí!

Cuando estaba muy emocionado, a veces Roger hablaba como el Conejo Blanco. Me lo imaginé pequeño y rechoncho, con una raya pronunciada a un lado de la cabeza y el pelo peinado hacia el otro lado.

—Sí, títulos verticales. Es cuando el título está impreso de lado en el lomo del libro y tienes que ladear la cabeza para leerlo. La mayoría de los títulos están impresos así porque se requiere un lomo muy grueso para imprimirlo en horizontal. Mira, por ejemplo, los libros de Salinger. Todos los títulos están en horizontal.

Eché una ojeada a la estantería que tenía enfrente. Entorné los ojos y vi que tenía razón. Los títulos estaban impresos en horizontal. Todas las palabras estaban a lo ancho del lomo, unas debajo de otras.

El miércoles siguiente, Salinger fue en coche hasta Washington D. C. y se reunió con Roger en la National Gallery, un lugar público y ajetreado donde los haya. Pero, en contra de lo que Roger se temía, no fue acosado por sus seguidores ni perseguido por los fotógrafos. Comieron juntos, revisaron los diseños de Roger y, después, se separaron junto a la pequeña cascada que hay al lado de las escaleras que conducen al vestíbulo.

—Insistió en invitarme —me informó Roger.

El hecho de que él, Roger Lathbury, de Alexandria, Virginia, que de niño había leído *Nueve cuentos* en su dormitorio de la casa paterna de las afueras, acabara comiendo bocadillos con J. D. Salinger lo había dejado pasmado. Lo primero que hizo el jueves por la mañana fue, por supuesto, telefonear a la agencia para informarme de lo sucedido.

—El día del lanzamiento será el uno de enero —me anunció—. El día del cumpleaños de Jerry.

—¿El uno de enero próximo?

Editar y publicar un libro, normalmente, llevaba más de seis meses. ¿De verdad podría tener Roger el libro en la calle para fin de año?

—Sí, sí, claro. ¿Para qué esperar? Además, no hay tanto que hacer. Jerry ha elegido el diseño que yo esperaba que eligiera. Y hemos decidido que el título no figure en el encabezamiento de las páginas. Se trata de un relato epistolar, ya lo sabes. Es una carta, y si el título apareciera en todas las páginas entorpecería su lectura. Jerry está de acuerdo.

Por lo visto, los dos estaban de acuerdo en todo salvo en una cosa: Salinger no quería que se corrigieran los errores de imprenta. De hecho, le enfureció que Roger lo hubiera hecho sin consultárselo.

—No lo comprendo —se lamentó Roger—. Incluso parecía enfadado por mis correcciones. —Se interrumpió y pareció dudar sobre si mencionar siquiera la potencial catástrofe—. Por un instante creí que iba a decirme: «Olvidémonos de todo este asunto.» ¡Y todo porque corregí unas simples erratas! Pero está bien, volveré a ponerlas.

—¿Le ha explicado por qué?

Yo había tenido la sensación, aunque sin ningún fundamento real, de que Salinger reaccionaría de aquella manera. Sospechaba que, en lo que se refería a él, todo estaba relacionado con el control. Si Roger le hubiera preguntado si quería que corrigiera las erratas, seguramente habría respondido: «¡Pues claro, corrígelas!» Pero Roger lo había hecho sin consultárselo y Jerry se había enojado.

—Sí, bueno, más o menos. —Su voz se estaba apagando. La oleada de adrenalina por la comida con el célebre escritor se iba esfumando a medida que me explicaba la parte negativa—. Aunque no exactamente. Solo me dijo que quería que se publicara exactamente como había aparecido en *The New Yorker*. Prácticamente, fue como si me dijera que las erratas eran intencionadas. Aunque no lo dijo con esas palabras, me di cuenta de que...

Se calló y, durante unos segundos, me pregunté si había colgado o se había cortado la comunicación. Entonces él carraspeó.

—¿Se encuentra bien? —le pregunté.

Roger me caía bien. De verdad. Quería que las cosas le fueran bien. Que no estropeara aquel asunto. Que no corrigiera más erratas.

Una noche de principios de julio, durante una fiesta que se celebraba en el tejado de un edificio, me pasé horas hablando con dos jóvenes redactores de *The New Yorker*. Eran un poco mayores que yo y algo más jóvenes que Don. Iban vestidos como caricaturas de estudiantes de secundaria, como personajes de una película de Whit Stillman. En otras palabras, eran, exactamente, como yo habría imaginado a los redactores de *The New Yorker* si en algún momento se me hubiera ocurrido imaginarme a las personas que había detrás de aquella revista que tanto había influido en mi vida. Pero nunca se me ocurrió, y tampoco me imaginé nunca que llegaría a coincidir con ellos, y mucho menos que yo fuera el centro de su atención, como sucedió aquella noche.

Durante años había leído *The New Yorker* religiosamente. Y lo hice imitando el complicado y estructurado sistema de lectura que utilizaba mi padre, el cual suponía empezar con las críticas cinematográficas, seguir con las de teatro, luego pasar a la sección de crónicas de sociedad y acabar con los reportajes. No obstante, no comprendí la relevancia cultural de la revista hasta que fui a la universidad. Yo creía que se trataba de una revista para la gente que vivía en Nueva York o que, como mi padre, había nacido en Nueva York; o sea, para los neoyorquinos. También pensaba que constituía una especie de secreto, que se trataba de algo que solo leíamos mi padre y yo. En nuestra pequeña y conservadora ciudad, nadie la leía, ni siquiera leían el *Times*.

Los redactores de *The New Yorker* habían oído hablar de la agencia, por supuesto. Como las dos empresas se fundaron más o menos en la misma época, sus historias estaban entrelazadas. Así que hablamos de Fitzgerald, y yo respondí a las habituales preguntas acerca de Salinger: no, no lo conocía personalmente; sí, los periodistas seguían preguntando por él; no, no sabía si estaba trabajando en una nueva novela. También les expliqué algunos de los métodos y rituales de trabajo más arcaicos de la agencia. ¡El archivador de tarjetas! ¡Las máquinas de escribir! ¡Los vasos de «agua» de Carolyn! Y les hice reír. Y averigüé que incluso *The New Yorker*, con su aire clásico, estaba totalmente informatizada y carecía de dictáfonos. Ellos habían oído hablar de las rarezas de la agencia, como muchas otras personas del mundo editorial, y ansiaban saber más. Así que les hablé de las cartas para Salinger, claro: de la muchacha de Japón, con su papel y sobre con diseños de Hello Kitty; de los numerosos veteranos de guerra; y de la mujer cuya hija había fallecido. Y también les hablé de los chalados que enviaban cartas escritas seguramente con cabos de lápices y llenas de manchas y borrones de grafito. Y de los chicos que escribían utilizando el mismo vocabulario que Holden.

—«Jerry, viejo capullo, ¡jo, me pondría como loco si

encontraras un minuto para contestarme!» —exclamé imitando a aquellos seguidores de Salinger.

—No, ¿en serio? —me dijo uno de los redactores.

—Sí, en serio.

—¡Es increíble! —exclamó el otro mientras se enjugaba una lágrima de risa—. No sabía que Salinger fuera todavía tan popular. Aunque supongo que todos los adolescentes pasan por una etapa Salinger, ¿no?

—Desde luego —dije sorprendiéndome a mí misma—. Además, ya sabéis, sus historias perduran en el tiempo.

¿De dónde había sacado esa idea? Yo no había leído a Salinger cuando era una adolescente y de adulta tampoco. «Para ya», me ordené.

—Muchas de las cartas que recibimos son de coetáneos de Salinger que leyeron *El guardián* o alguno de sus relatos cuando se publicaron por primera vez y que al releerlos, han descubierto cosas que no percibieron entonces. Como la guerra. En última instancia, todas las historias giran alrededor de la guerra.

—Yo también debería releer sus obras —admitió uno de los redactores—. *Nueve cuentos* me encantó cuando lo leí en el instituto.

—A mí también —intervino el otro—. Y *El guardián* también me gustó mucho. Claro que ¿a quién no?

Finalmente, cuando el aire se volvió más fresco y la multitud empezó a disiparse, les formulé la pregunta que quería y, al mismo tiempo, temía:

—¿Cómo es trabajar en *The New Yorker*? —pregunté casi en un susurro.

Un golpe de viento sacudió mi cabello y mi falda. Yo ya había asistido a otras fiestas en tejados con Don, en edificios de cinco plantas del East Village desde donde se vislumbraba nuestro vecindario, que estaba al otro lado del río: la fábrica de azúcar Domino, las naves industriales abandonadas del South Side... En aquellos tejados, los zapatos se le quedaban a uno ligeramente pegados a la tela asfáltica. Pero el de aquella noche era de un edificio nuevo de oficinas y, además de estar ajardinado, disponía de bonitas sillas de terraza, maceteros rectangulares cuyas frondosas plantas se mecían al viento, y el suelo tenía un embaldosado gris. Un camarero se acercó para rellenar nuestras copas con vino blanco. Tomamos sendos sorbos mientras los jóvenes redactores consideraban qué respuesta darme. Uno era bajo y de piel oscura; su reluciente cabello caía sobre sus ojos y tenía una sonrisa pícara. El otro era alto, de pelo cobrizo y con pecas, y su mirada era extraordinariamente directa. De repente, se me ocurrió que los dos eran guapos. Como si se hubieran puesto de acuerdo, los dos se volvieron hacia mí, se encogieron de hombros y sonrieron. Me di cuenta de que no existía ninguna respuesta a mi pregunta.

Don merodeaba por allí. Creo que fue la primera vez que lo vi sentirse incómodo. Normalmente, al llegar a las fiestas, evaluaba la situación y desarrollaba su particular versión de demarcación del territorio masculino. Llevábamos juntos el tiempo suficiente para que pudiera predecir su comportamiento cuando llegábamos a cualquier reunión de más de, digamos, cinco personas. Primero saludaba a todos los hombres que conocía con sendos medios abrazos, el subsiguiente choque de palmas y el proverbial «¡Qué pasa, tío!». Después, conseguía una bebida alcohólica, a ser posible en un vaso de whisky y con cubitos de hielo, cubitos que agitaría durante las pausas de las conversaciones. Con la bebida en la mano, localizaba un lugar desde donde tener una visión general de la reunión y —a aquellas alturas, yo ya lo sabía— poder vigilar tanto la llegada de mujeres atractivas como evaluar el atractivo de las ya presentes.

No obstante, aquella noche se mostraba extrañamente contenido. La boda de Marc se aproximaba, Don no paraba de pensar en ella y estaba cada vez más ensimismado. Normalmente, se tomaba muy en serio el aseo personal antes de acudir a una fiesta: se duchaba, se afeitaba, se ponía las lentes de contacto... Pero aquella noche su oscura mandíbula evidenciaba que no se había afeitado y llevaba puestas sus gafas de montura metálica y redonda, que lo hacían parecer más joven. Además, era más bajo que el más bajo de los redactores. Don incluía a *The New Yorker* en su lista de frivolidades burguesas; aunque la leía, claro, y a veces con un interés que yo raras veces sentía.

—Pues los reportajes son muy buenos —me explicó cuando, unas semanas antes, le mencioné aquella contradicción—, aunque la narrativa de ficción es de pena. Realmente espantosa. ¡Y esa cursilada de los chismorreos de la ciudad! ¡Y la caricatura del tipo con sombrero de copa y monóculo! ¡Qué asco! ¿No te da náuseas?

Se rio socarronamente, me acercó a él y me abrazó. Como haría uno con una niña monísima.

—Claro, a ti no te da náuseas. A ti te encanta esa mierda. Esas gilipolleces tipo... —Impostó una voz aguda y cantarina—: «¡Oh, vamos a ir todos a tomar copas al Algonquin! ¡Ojalá puedas venir!»

Yo lo había oído expresar esas opiniones en todas las fiestas que se celebraban en los tejados del East Village y en los múltiples antros que consideraba auténticos y románticos: el Holiday Cocktail Lounge, el International y Tile Bar y el pub irlandés, en Driggs. En esos lugares, hablaba largo y tendido de la naturaleza corrupta e insulsa de la narrativa de ficción contemporánea.

Pero aquella noche se quedó literalmente a mi sombra, unos pasos detrás de mí, con los ojos muy abiertos y bebiendo a sorbos su combinado. Cuando nos fuimos —«Pásate por la oficina, te la enseñaré», me dijo el redactor alto dándome una tarjeta de visita— y mientras nos dirigíamos a la calle Cincuenta y tres con Lex para tomar la línea 6 a Union Square, mientras sentía el aire fresco en mis brazos desnudos, recordé algo que uno de los autores de Max me dijo en el lanzamiento de un libro: «Yo juzgo a una mujer por sus amigos.» En aquel momento, el comentario me pareció extraño y desagradable, pero aquella noche comprendí lo que quería decir: que una persona es tan buena como aquellas de las que se rodea. En realidad, todos los amigos de Don eran raros o estaban acomplejados de algún modo: Allison, Marc y Leigh se habían sentido presionados por su entorno privilegiado y el miedo al fracaso los paralizaba, y sus amigos de Providence no habían llegado a desarrollarse como adultos y estaban enfadados.

¿Por qué Don no confraternizaba con otros escritores? Escritores de éxito, escritores con obras publicadas o, simplemente, escritores ambiciosos o interesantes, tanto si habían publicado como si no. ¿Por qué no había discutido y bromeado con los redactores de *The New Yorker*? ¿Por qué no se había relacionado para crear algún tipo de vínculo con ellos? ¿Por qué no les había hablado de su novela? ¿O de Gramsci o Proust? La respuesta me produjo un escalofrío: Don no quería amigos que trabajaran en *The New Yorker*. No quería amigos que llevaran zapatos de cordones Brooks Brothers y las distintivas corbatas universitarias; amigos que tuvieran un seguro médico privado y se hubieran graduado en Harvard; amigos que acabaran de publicar su primera columna en la sección de cotilleos locales. Don se rodeaba de los infelices, los incapaces, los fracasados o los candidatos al fracaso, los tristes y los confusos. En ese territorio podía ser rey.

Pero ¿en qué lugar me dejaba a mí eso?

Al día siguiente, por la mañana, me centré directamente en las cartas. Encontré las habituales declaraciones de amor hacia Holden, las habituales experiencias de guerra, las habituales historias de desespero y salvación, las incontables cartas de Japón, Dinamarca y Holanda. Los japoneses amaban a Holden. Mecanografié unas cuantas respuestas con la carta modelo, y otras con la carta modelo modificada; guardé unas cuantas cartas trágicas para otro día y, luego, abrí un sobre escrito con una letra enérgica y juvenil. La carta en sí misma era casi un relato, ya que ocupaba más de tres páginas de papel de libreta emborronado con lápiz. La joven, según explicaba, cursaba el primer año de instituto y odiaba el colegio, en particular la clase de inglés, que sin duda suspendería. La profesora no estaba del todo mal, pero no entendía lo que significaba ser joven y les obligaba a leer unos libros estúpidos que no tenían nada que ver con sus vidas. El único libro que le gustó en todo el año fue *El guardián entre el centeno*. Tal como estaban las cosas, tendría que asistir a clases de recuperación durante el verano o repetir inglés el curso siguiente, lo que sería tan horroroso que no estaba segura de poder soportarlo. Además, su madre la mataría. El curso estaba llegando a su fin y ella le había preguntado a la profesora si podía hacer algo para subir la nota, aunque solo fuera para aprobar por los pelos. «Sí que hay algo que puedes hacer —le contestó la profesora—. Escribe una carta a J. D. Salinger y procura que sea lo bastante buena para que él te conteste. Si lo hace, te pondré un excelente.»

«Mmm...», pensé. Dejé la carta sobre el escritorio y contemplé, por millonésima vez, la pared donde estaban los libros de Salinger. Era la hora de comer y tenía un montón de cartas listas para ser enviadas. Las pasé por la máquina franqueadora, me puse la chaqueta e introduje la carta de la joven en el bolso. Mientras hacía cola para pedir una ensalada, volví a leerla. Aparte de algunos errores ortográficos y de tener una caligrafía descuidada, la joven no escribía del todo mal. Transmitía su historia vívidamente y con sinceridad, con pasión y detalle. Y también había que reconocer su audacia, su descaro y atrevimiento al escribir a J. D. Salinger y decirle: «Por favor, contésteme para que pueda conseguir un excelente.» En cierto modo, me caía bien. Salinger también había sido un estudiante horroroso. Quizás, a él, también le caería bien. Quizá, como decía el joven de Winston-Salem, se pondría como loco al leer su carta. «De verdad que necesito ese excelente —continué leyendo mientras sostenía el recipiente de plástico con lechuga acuosa—. Hará que mi nota media del instituto suba a aprobado. Mi madre está enfadada conmigo todo el tiempo. Sé que usted me entenderá.»

No obstante, había algo que me rechinaba. ¿Qué le contestaría Salinger? Cavilé sobre ello camino de la agencia, mientras cruzaba la calle Cuarenta y nueve y bajaba por la avenida Madison. A él lo habían expulsado de algún colegio. Lo sabía gracias a Hugh, a Roger y también a las cartas, porque muchas hacían referencia a sucesos acaecidos en la vida de Salinger. Las cartas podían contener mucha información. A Holden también lo habían expulsado de varios colegios. ¿Habría intentado, cualquiera de ellos, evitar la expulsión por medio de un truco como aquel? Yo no había leído *El guardián* y no podía estar segura de lo que haría Holden, pero sabía, e incluso tenía la certeza, de que Salinger nunca haría algo así. Él habría considerado que se merecía aquel fracaso.

Cuando llegué a mi escritorio, me comí una aceituna, me volví hacia la Selectric y tecleé la respuesta a la joven. Le contesté que ni Holden ni Salinger se preocuparían por las notas o el enfado de sus madres. Si quería ser como Holden, o como Salinger, debía aceptar el suspenso, un suspenso que, según había reconocido ella misma, se merecía. Intentar conseguir una nota que no había ganado por sí misma constituía la huida de los cobardes, el recurso de los hipócritas. «Si quieres un excelente o, al menos, un aprobado, solo hay una manera de conseguirlo: tienes que estudiar y hacer las tareas que te asignen. Esto quizás implique realizar trabajos y superar exámenes. Quizás implique suplicar a tu profesora que te dé otra oportunidad. Quizás implique disculparte o humillarte de alguna otra forma. Pero es la única manera. Un excelente conseguido con artimañas no vale nada.»

Mientras firmaba la carta con mi nombre, mi corazón se alegró. Había hecho lo correcto. Estaba convirtiéndome en una experta en el arte de «qué habría contestado Salinger». Pero, al mismo tiempo, había traspasado un límite. La frontera apenas visible entre el interés, la compasión o la pura empatía y la implicación excesiva. ¿Por qué no podía desentenderme de aquellas cartas?, me pregunté. ¿Por qué no podía, simplemente, contestarlas todas con la carta modelo? La respuesta era sencilla: me encantaban, eran emocionantes. Cuando las leía, sentada a solas en mi escritorio, por ejemplo un viernes por la mañana, sentía una especie de responsabilidad, una mezcla de enfado y afecto, desdén y empatía, indignación y admiración. Aquellas personas me escribían —bueno, a mí no, a Salinger, aunque yo era la encargada de responderles— acerca de sus frustraciones matrimoniales, la muerte de sus hijos, su aburrimiento y desesperación, sus canciones y poemas favoritos, los viajes que habían realizado al Gran Cañón y a Hawái, sobre sus muñecas favoritas... Me contaban —bueno, a Salinger— cosas que seguramente nunca le habían contado a nadie. ¿Podía yo contestarles a todos de la forma más formal e impersonal? ¿Podía abandonarlos sin más? ¿Podía dejar que creyeran que no le importaban a nadie, que nadie los escuchaba?

Aquel sábado, tenía previsto ir a casa de mis padres para celebrar el cumpleaños de mi abuela. Se reuniría toda la familia y desayunaríamos juntos: *bagels*, *bialys*, salmón y pez sable ahumados. Mi abuela cumplía aproximadamente noventa y seis años. Nadie sabía con exactitud qué edad tenía, ni siquiera ella misma. Nació en el Viejo Continente y no disponía de partida de nacimiento ni de ningún otro documento. Lo único que sabía era que llegó a Estados Unidos en 1906. Aproximadamente.

—Tengo un regalo para ti —me dijo Don mientras yo metía algo de ropa en un bolso.

Lo miré con recelo. Don no creía en los regalos y, aunque atribuía este principio a su ideología comunista, yo sospechaba que estaba más relacionado con su sentido de la pobreza y la tacañería. En las Navidades del año anterior, se negó a comprar regalos para sus padres y sus numerosos hermanos y hermanas. Mi cumpleaños había sido dos meses antes, ahora tenía veinticuatro años, y también se negó a celebrarlo conmigo. «Te lo pasarás mejor si sales con tus amigas», insistió. Mis amigas por supuesto que estuvieron encantadas de salir a cenar conmigo y, aunque no eché especialmente de menos a Don, la extrañeza de celebrar el propio cumpleaños sin la pareja, sin la persona con la que una vive, me enturbió la noche. Cuando regresé a casa, se lo expliqué a Don y él, por su parte, me explicó que los cumpleaños eran una gilipollez y, desde luego, algo burgués. «Fue Hallmark quien inventó los cumpleaños —me dijo—. No es más que otra manera de engatusar a las masas para que gasten más dinero y crean que el materialismo es la respuesta.»

Don se negó a ir conmigo a la casa de mis padres para celebrar el cumpleaños alegando que se oponía a esa tradición, pero, una vez más, sospeché que su postura ideológica no era más que una cortina de humo para ocultar su sentimiento de pobreza o tacañería, que, en realidad, lo que no quería era gastarse dinero en el billete del autobús, por no mencionar en un regalo para mi abuela. En el fondo, a mí ya me parecía bien ir sola a casa, aunque me sentía un poco preocupada por lo ocurrido la última vez que visité a mis padres. ¿Qué me transferirían esta vez? ¿Una factura del jardín de infancia? ¿El pago con efecto retroactivo de la niñera?

Aun así, ansiaba, quizá tontamente, disfrutar de las comodidades de la fresca y espaciosa casa de mis padres: el aire fresco que irradiaban las rejillas de ventilación de mi antiguo dormitorio; la blanda cama de mi infancia, con sus sábanas con ramitos de flores rosa bordados; el verde césped y los enormes y frondosos árboles que le proporcionaban sombra; y también ir con mi padre a comprar *bagels* el domingo por la mañana. Ansiaba que cuidaran de mí, aunque solo fuera un poco.

—¿Un regalo? —le pregunté a Don, extrañada.

—Sí, algo para que lleves —contestó él con una sonrisa—. Dame tu bolso.

Yo lo sostuve abierto y él introdujo en su interior un sobre grande y algo arrugado de papel manila.

—No lo abras hasta que llegues a casa de tus padres.

Yo lo abrí en el autobús. Contenía la novela de Don: «Compañero de viaje.» Me había dicho cómo se titulaba durante nuestra primera cita.

—Hace referencia al verdadero significado del libro —me explicó mientras agitaba el vino en su copa.

Asentí.

—Conoces esa expresión, ¿no? Compañero de viaje.

Yo no la conocía.

—¡Pero si tu abuela era comunista! —exclamó él—. ¿Y tú no sabes lo que es un compañero de viaje?

—Mi abuela dejó de hablar de política en los años cincuenta —repliqué—. Por razones obvias.

—¡Es igual! —Sacudió la cabeza con incredulidad—. Un compañero de viaje es un simpatizante del partido que no es miembro del mismo.

—¿La novela trata sobre el comunismo? ¿Sobre el partido? ¿El partido en la actualidad? —La idea me pareció original.

—No, no, eso sería muy aburrido. —Me miró y esbozó ese tipo de sonrisa amplia y dichosa que te hace sentir que todo es posible—. Pero sí trata sobre las clases sociales. Y también de cómo puedes formar parte de algo y, al mismo tiempo, estar fuera de ello. Mi héroe, bueno, es una especie de antihéroe, es un ciudadano corriente, aunque en realidad no forma parte de la sociedad. Y su novia, bueno, su exnovia, procede de una familia muy, muy rica. Ella intenta introducirlo en su mundo, pero no lo consigue. —Se le escapó una risita, aunque ya no sonreía—. Porque él es de clase trabajadora.

Aquella novia ficticia estaba inspirada en su amor de la

universidad, que se había criado en Beverly Hills o un lugar parecido; rodeada de lo que Don definía como riqueza majestuosa, pero que a mí me parecía simplemente la clase media alta de Los Ángeles. Ella rompió con él después de la universidad y Don nunca la perdonó del todo.

Cuando el autobús llegó a mi ciudad natal, ya había leído la mitad de la novela. Trataba de un joven de cabello negro y clase trabajadora que había estudiado humanidades en una universidad selecta de las afueras de Nueva York pero que, por razones que no se especificaban, ahora trabajaba como guarda jurado en un edificio de oficinas, donde pasaba la mayor parte del tiempo contemplando a las atractivas secretarias ir y venir de un lado a otro. Durante las cuarenta primeras páginas, el protagonista espía a una de esas mujeres masturbarse en su escritorio. Una noche, mientras zapea en la televisión, se pone a ver un programa pornográfico y se da cuenta de que la protagonista es su novia de la universidad, la joven sana y de familia adinerada de Los Ángeles de la que se ha separado por no haber logrado superar su diferencia de clases. Entonces, en la era pre-Google, intenta averiguar qué le sucedió a su exnovia.

O al menos eso es lo que entendí. Una vez más, la prosa era tan densa, tan intencionadamente abstrusa, que a veces ni siquiera comprendía lo que narraba. Pero su opacidad no se parecía a la de, digamos, David Foster Wallace, cuyos relatos yo estaba leyendo justo entonces. Pocas semanas antes, yo había acompañado a Max a una lectura que realizaba Wallace en el KGB. El local estaba tan abarrotado que tuve que quedarme de pie en uno de los pasillos. Wallace, sudoroso y con un pañuelo en la cabeza, me rozó cuando pasó por mi lado. La fuerza y energía de su lenguaje me dejaron atónita. Al día siguiente, cuando Max se fue a comer, le birlé la galerada de *La broma infinita* y la leí en mi escritorio. Tenía el pulso tan acelerado que apenas me acordé de comerme la ensalada. Volví a dejar la galerada en su sitio antes de que Max regresara y, aquella misma tarde, camino de casa, compré en la librería Strand por apenas unos dólares un ejemplar de segunda mano de *La niña del pelo raro*. Lo escondí de Don, porque él desdeñaba cualquier tipo de compra —«¿Por qué no sacas los libros prestados de la biblioteca?»—, del mismo modo que desdeñaba a los escritores que eran objeto de mucha atención. «¿Cómo puede ser bueno si su novela es un éxito de ventas?», me preguntó respecto a Wallace. Pero yo ahora sabía que Wallace era realmente bueno. Se trataba de un autor revolucionario, innovador. Las frases de Wallace vibraban con vida propia, proyectaban la historia hacia delante y sumergían progresivamente al lector en la psique de los personajes con un espíritu revelador, separando capas y más capas hasta llegar a lo esencial. Las frases parecían saltar fuera de las páginas, mientras que las de Don parecían hundirse en ellas. Más que revelar, oscurecían.

De todos modos, la novela de Don se respaldaba en la inteligencia y en el esbozo de una historia realmente buena. Don tenía que abrir esa historia, dejarla respirar, desenvolverse por sí misma.

Mientras los pasajeros bajaban del autobús, yo ya estaba editando la obra: recortar la parte inicial para llegar a la verdadera historia más rápidamente; simplificar buena parte de las frases; más exposición de los hechos y menos descripción para que la historia central resultara más clara, para que la opacidad no distrajera al lector de lo que está ocurriendo exactamente y así este pudiera sumirse en la historia y el ritmo del lenguaje; más escenas en presente y menos en retrospectiva.

—¡Jo! —gritó mi padre desde la acera con una sonrisa.

Vestía un polo Lacoste azul descolorido y unos pantalones azul marino que le colgaban de las caderas como a un viejo gánster. Su pelo cano se ahuecaba sobre su frente de un modo que mi madre detestaba. Todo el enfado que había albergado hacia él desapareció en un suspiro.

—Estás fantástica —me saludó—. Muy elegante.

Teniendo en cuenta que acababa de pasar dos horas en un autobús, su apreciación me pareció galante.

—Hola, papá —lo saludé.

Lo abracé e inhalé su fantástico olor: a Old Spice y jabón Ivory con rastros de Pepto-Bismol y del potente desinfectante de manos que utilizaba en la oficina. Entonces rompí a llorar.

—¡Eh! ¡Eh! —exclamó él, sorprendido, y me dio unas palmaditas en la espalda.

Por lo visto, siempre sorprendía a mi familia, como si fuera una extraterrestre. Si no me hubiera parecido asombrosamente a mi madre —en determinada ocasión, una amiga mía del instituto me confundió con ella en una fotografía de cuando mi madre tenía dieciocho años— habría sospechado que me habían adoptado.

—Para o conseguirás que yo también me eche a llorar. Y no es eso lo que quieres, ¿no? —me consoló mi padre—. Un hombre adulto llorando. ¡Qué horror!

Me apartó de él y observó mi cara.

—No, no es eso lo que quiero —confirmé con un nudo en la garganta.

—La abuela ya está en casa y ansiosa por verte. —Señaló el aparcamiento—. No la hagamos esperar.

Agarró el bolso que colgaba de mi hombro.

—Yo puedo llevarlo —dije.

—¡Tonterías! —replicó.

Tomamos el camino que conducía a la casa. Los frondosos árboles se inclinaban sobre el negro asfalto y mi padre silbaba una canción de Benny Goodman. De repente, el mundo pareció cambiar, como si se abriera por la mitad, y una idea acudió a mi mente: quizá yo estaba equivocada; quizá la novela de Don era genial; quizás era más brillante que *La broma infinita* y era, precisamente, su carácter inescrutable lo que la convertía en extraordinaria. Quizá, pensé, el problema residía en mí.

Aquella noche sonó el teléfono. Supuse que se trataba de mi tío Saul y lo descolgué en la cocina.

—¿Jo? —preguntó una voz grave: mi novio de la universidad.

—¡Oh, cie...! —exclamé—. ¿Cómo sabías que estaba aquí? ¿O no lo sabías?

—Llamé a tu apartamento y tu... esto, tu novio... Porque es tu novio, ¿no?

Me sonrojé y sentí que me derrumbaba.

—Bueno, es que se lo oí comentar a Joel —añadió él.

Joel era el antiguo novio de Celeste, a quien ella había dejado aproximadamente un año después de trasladarse a la ciudad, aunque seguían manteniendo una retorcida relación.

—Yo... yo... —empecé, pero tuve la sensación de que iba a ponerme a llorar otra vez.

—Ey, tranquila —dijo él casi en un susurro.

Incluso en los mejores momentos, siempre hablaba entre dientes. A mí me encantaba esa peculiaridad suya. Cuando hablaba con aquella voz baja y susurrante y encadenando las palabras, tenía la sensación de que solo hablaba para mí.

—Lo entiendo. Claro que sí. Aquí no había nada para ti. Querías ser tú misma, no solo mi novia.

Me quedé pasmada al comprender que era tal cual.

—¿Recibiste mi carta?

Incapaz de hablar, asentí con la cabeza.

—Sí —contesté finalmente.

Miré alrededor para ver si mis padres o mi abuela estaban cerca. Debían de estar arreglándose, en el otro extremo de la casa. Estiré del cable hasta el salón y me senté en el viejo sillón reclinable de mi madre.

—Solo quiero disculparme por... bueno, cuando la escribí estaba enfadado. Gran parte de lo que escribí no lo decía en serio. Lo escribí cabreado.

—No tienes por qué disculparte —le contesté. Ahí estaban, las lágrimas, calientes y atropelladas—. Por favor, no. No te disculpes. Me lo merezco. Es lógico que estés enfadado.

—La carta...

—No la he leído —le confesé antes de que continuara—. Hace un mes que la llevo en el bolso.

—¡No la has leído! —exclamó, y se echó a reír. Me encantaba su risa—. ¿Por qué no? —preguntó.

—Tenía miedo —respondí mientras un gran sollozo brotaba de mi garganta.

—Hacías bien en tenerlo. Se trata de una carta cabreada. —Se rio otra vez—. Por eso te llamo. Ya no estoy cabreado. Supongo que solo necesitaba escribir esa carta. Ya sabes que me hiciste mucho daño. Me heriste profundamente. Fue horroroso.

Aquello fue demasiado para mí.

—Yo no quería vivir en este apartamento solo. Es un apartamento asqueroso. Depresivo.

De repente, yo también me eché a reír, y tuve la sensación de que no me reía desde hacía meses. Meses y más meses.

—¡Sí que es asqueroso! Pero ¿por qué lo alquilaste? En realidad tú sabías que yo lo odiaría. ¡Con esa tarima! ¡Y tan oscuro!

—No sé por qué lo alquilé, Jo, no lo sé. —Se reía tanto que apenas podía hablar—. Está bien situado. Pensé que era una decisión práctica.

—Lo sé.

—Ahora escúchame. Lo que quiero que sepas es que ya no estoy enfadado. —Su voz se quebró e hizo una pausa—. Solo quiero que vuelvas a formar parte de mi vida. No tengas miedo de escribirme o de telefonearme. Hazlo, por favor: llámame, escríbeme. Te echo de menos. Tú eras mi mejor amiga.

Justo entonces, mi padre me llamó.

—¡Jo, ya casi estamos!

—Yo también te echo de menos —le dije a mi novio de la universidad con voz quebrada.

¡Me sentí tan aliviada al decirlo, al admitirlo! Aunque las consecuencias eran demasiado enormes para que pudiera preverlas.

A pesar de todo, mientras reclinaba la cabeza en el respaldo del sillón, además de aliviada, me sentí enfadada con él. ¿Por qué no me había recriminado que lo dejara? ¿Por qué no me había gritado? ¿Por qué no me había insultado?

—¿Jo? —susurró.

—Sigo aquí. Intentaré no tener miedo.

Pero lo tenía. Tenía miedo de no merecerlo. Miedo de lo que había hecho. Miedo de mí misma.

El lunes, llamé suavemente a la puerta del despacho de James. Estaba escribiendo a máquina con determinación, aunque sin los auriculares del dictáfono, lo que significaba que estaba escribiendo una carta o un informe de redacción propia. Últimamente, su volumen de trabajo había aumentado. Dos semanas antes, Olivia por fin se había ido. Aunque resultara difícil de creer, había aceptado un empleo como asistente de un editor famoso por su mal carácter y en una revista literaria ultraconservadora. A James le habían pasado una parte del trabajo de Max con el legado de Fitzgerald para aligerar su carga hasta que Max encontrara una asistente nueva adecuada. Ya había tenido una, pero se había ido en medio de un barullo de cafés derramados, chapuzas con las llamadas telefónicas y berrinches.

—¡Hola! —me saludó James con una sonrisa y sin separar los dedos del teclado—. ¿Qué me cuentas?

—No sé si te lo he comentado alguna vez... —empecé mientras cambiaba el peso de pierna con nerviosismo.

Llevaba un conjunto de jersey y chaqueta azules de punto que me había comprado mi madre el día anterior y unos pantalones crema de pernera ancha que me había comprado mi madre el otoño anterior. Tenía la sensación de parecer una jugadora de golf de los años veinte.

—Bueno, ¿sabías que Don es escritor?

—Lo sospechaba —contestó James, y sonrió.

—Lleva años trabajando en una novela. Una novela literaria de suspense.

—¡Vaya, fantástico! Suena muy bien.

James y Don habían coincidido en varias ocasiones y habían descubierto que, por una de esas curiosas coincidencias, James representaba a un primo de Don, un licenciado de Harvard que había escrito sus memorias de su paso por Wall Street en la década de 1980. La familia de Don no era tan de clase obrera como a él le gustaba creer.

—¿Ya tiene representante?

Negué con la cabeza.

—Acaba de terminarla —le expliqué—. Ahora pensaba empezar a visitar a algunos agentes.

—Me encantará echarle un vistazo. —Levantó los pies, calzados con zapatos de piel marrón, y los apoyó sobre el escritorio—. ¿Te va bien traerme el original mañana?

—Sí, claro.

Me sentí como si acabaran de quitarme un gran peso de encima. ¿Cómo podía haber sido tan fácil? Supongo que ya había superado la primera lección para ser agente: el discurso promocional.

2

Educación sentimental

Al día siguiente llegué al trabajo un poco tarde porque Don me entretuvo. Estaba nervioso, se empeñó en introducir pequeños cambios de última hora en la novela y tuvimos que imprimir y reimprimir varias páginas. La oficina estaba extrañamente silenciosa. Pam me saludó con una mirada significativa desde la recepción. Carolyn estaba en el despacho de James. Entré con la máxima discreción posible y dejé encima de su escritorio un sobre con el original de Don. «Gracias», murmuró él con una indiferencia que me puso nerviosa. Max y Lucy susurraban, medio encorvados junto a la máquina de café, pero se callaron cuando pasé por su lado. Me sorprendió que mi jefa todavía no estuviese en su despacho.

En ese momento llegó un mensajero con un grueso sobre acolchado. Contenía los contratos que estábamos esperando para el nuevo libro del Otro Autor. Lo abrí y empecé a leerlos por encima. Luego saqué un montón de cartas de Salinger del cajón del escritorio. Estaba leyendo una de una mujer de Sri Lanka cuya caligrafía era enorme e inclinada y considerando la posibilidad de tomarme una taza de café, cuando Lucy apareció con una taza entre las manos.

—¿Puedo hablar contigo un momento?

Señaló con la cabeza su despacho y un mechón de su cabello cayó sobre sus ojos.

—Claro.

Me levanté y la seguí.

—Siéntate —me pidió.

Lo hice en la butaca que había ante su escritorio. A Lucy le gustaba la decoración elegante y en negro: atemporal.

—¿Sabes quién es Daniel?

«¿Quién?», pensé, pero enseguida caí en la cuenta de que se refería al... fuera lo que fuese de mi jefa; la persona con quien o de quien siempre hablaba por teléfono. No era su marido y tampoco parecía su hermano. La verdad es que nunca oí que le dispensara ningún tratamiento o calificativo de ningún tipo. A menudo, en la misma conversación surgía una tal Helen cuyo papel en la vida de mi jefa también desconocía.

—Sí, creo que sí —contesté.

—Bueno...

Lucy suspiró y encendió un cigarrillo. Luego, para mi sorpresa, se le humedecieron los ojos y se sonrojó. Un leve sollozo escapó de sus labios y escondió la cara entre las manos.

—Lo siento —se disculpó.

—Lucy...

¡Normalmente era tan enérgica y alegre, tan fuerte y práctica! Cogió un pañuelo, se enjugó los ojos y sorbió por la nariz.

—Daniel... —empezó con voz ronca—. Daniel murió ayer por la noche.

—¡Oh! —exclamé—. ¡Oh, no! ¿Mi jefa está bien?

Lucy sacudió la cabeza. No, mi jefa no estaba bien.

—Sabía que estaba enfermo —dije. De repente, todo pareció cobrar sentido: todas aquellas llamadas, la falta de concentración de mi jefa—. Bueno, en realidad no lo sabía, pero la oía hablar de recetas médicas. Y solía irse a...

Algo en la actitud de Lucy hizo que me interrumpiera.

—No sabemos cuánto tiempo tardará en volver tu jefa. —Aplastó el cigarrillo con mano temblorosa y, acto seguido, sacó otro del paquete que tenía en el escritorio y lo introdujo en la boquilla, como un personaje del cine negro—. Espero que puedas tener las cosas controladas. ¿Hay algún asunto urgente? ¿Algo que deba hacerse hoy y que no puedas hacerlo sola?

Negué con la cabeza. Estaba el asunto de los contratos, pero podían esperar.

—¿Y el tema *Hapworth*? —preguntó, y se rio un poco. El tema *Hapworth* parecía constituir una fuente constante de diversión para todo el personal de la oficina.

—Va bien. —Me acordé del apagado tono de Roger al final de nuestra última conversación. ¿En realidad iba bien? No estaba segura.

—Estupendo. Entonces, simplemente cúbrele las espaldas a tu jefa, ¿de acuerdo? Si alguien llama y pregunta por ella, di que está en una reunión o que ha salido.

Asentí con la cabeza. Yo era su asistente. En eso consistía mi trabajo, en cubrirle las espaldas.

Más tarde, aquel mismo día, telefoneó Jerry. En la oficina todavía se respiraba tensión y reinaba el silencio. Carolyn se había ido para acompañar a mi jefa.

—¡¡Joanne!! —gritó Jerry.

De algún modo, había averiguado cómo me llamaba. Más o menos. ¿Roger lo habría corregido? O quizá Pam.

—¿Cómo va la poesía? —me preguntó.

Me sonrojé brevemente.

—Bien —contesté—, bien.

—¿Escribes todos los días? ¿Nada más despertarte? —me preguntó sin levantar la voz.

Volví a sonrojarme. De repente, comprendí el nerviosismo que experimentaba Roger. No era fácil ser el centro de la atención de una persona famosa.

—Así es. —En general, era cierto.

—Bien hecho. Tengo una pregunta para ti.

«¡Oh, no! —pensé—. Otra vez no.»

—¿Conoces a ese tal Roger Lathbury?

—No, no lo conozco personalmente. Pero he hablado con él por teléfono muchas veces.

—Sí, bueno, yo lo conocí la semana pasada. No sé si lo sabías. Y creo que es un buen tipo. Me enseñó algunos diseños para el libro. Uno era espantoso, pero el otro era bueno. Muy bueno.

—Mmm... —murmuré, como solía hacer con Roger.

—Me siento inclinado a continuar con el proyecto y permitirle publicar el libro. El libro *Hapworth*. Supongo que has oído hablar del proyecto.

—Sí.

—¿Y qué opinas de Roger Lathbury?

¡Ah, ahí estaba la pregunta! ¿Cómo contestarla?

—Parece una buena persona. Alguien en quien se puede confiar. —Realmente lo creía.

—Lo mismo pienso yo —contestó Salinger, aunque pronunció las palabras más alargadas y distorsionadas de lo habitual y tardé un segundo en entenderlas—. Pero creo que tu jefa no opina lo mismo.

—Bueno, su trabajo consiste en velar por usted —respondí con cautela.

—Es verdad.

Estornudó de una forma casi violenta, sorbió por la nariz y, cuando volvió a hablar, su voz había aumentado de volumen. ¿Acaso perdía y recuperaba el oído ocasionalmente?

—¿Tu jefa está en la oficina? Me gustaría hablar con ella.

—Me temo que ha salido. ¿Quiere que le diga que lo llame? —No sabía a ciencia cierta cuándo podría devolver llamadas, pero las palabras salieron casi automáticamente de mis labios.

—Sí, sí, de acuerdo, pero no hay prisa.

¿De dónde habían surgido los rumores sobre su talante tiránico? Conmigo siempre era amable y paciente. Mucho más que la mayoría de las personas que telefoneaban a la agencia. De hecho, más que la mayoría de sus seguidores.

Nada más colgar, Hugh salió de su despacho.

—¿Era Jerry? —me preguntó.

Asentí con la cabeza.

—¿Le has dicho que tu jefa ha salido?

Volví a asentir.

Él apretó los labios.

—¿Quieres que vayamos por un bocadillo?

En el exterior hacía uno de esos deprimentes días de verano neoyorquinos en que el sol se oculta detrás de una neblina gris y el aire está cargado de humedad. Los dos empezamos a sudar.

En la esquina de la Cuarenta y nueve y Park, Hugh se

detuvo y se volvió hacia mí. Sus pálidos ojos me miraron distantes y con cautela.

—Daniel se ha suicidado —me explicó.

—¡Oh! —exclamé. Inhalé hondo—. ¡Oh, Dios mío!

—Tenía... —Hugh también inhaló hondo— problemas psicológicos. Era bipolar. Tu jefa cuidaba de él. Se preocupaba por él. Ha realizado una gran labor.

Estábamos parados ante un semáforo en la esquina con Park Avenue. En la mediana, los tulipanes seguían mostrando sus brillantes colores y teníamos el Waldorf justo enfrente.

—Creo que cuidarlo no fue nada fácil para ella. Aunque nunca lo admitió. Y también está cuidando a Dorothy. Aunque no de la misma manera. —Soltó su característico suspiro—. Dorothy tiene cuidadores a tiempo completo, pero tu jefa los supervisa.

—Daniel era su... —No estaba segura de cómo preguntárselo, pero Hugh lo solucionó por mí.

—Amante —dijo con cierta incomodidad—. Él era su amante. Llevaban juntos, ¡uf!, veinte años.

«¡Su amante! —pensé mientras mi mente se aceleraba—. ¡Veinte años!» ¿Había cuidado de él durante todo ese tiempo? ¿Primero se enamoró de él y luego descubrió su problema, sus dificultades? ¿La enfermedad surgió o se desarrolló más tarde, cuando sus vidas ya estaban entrelazadas? ¿O ella lo supo desde el principio y aceptó a Daniel tal y como era? «Su amante», pensé otra vez. ¿Por qué no se casaron? ¿Por la enfermedad de él?

Cruzamos Park Avenue. Tenía que esforzarme un poco para seguir el paso de Hugh. Resultaba extraño estar ahí fuera, en el mundo, con él. Yo lo consideraba un ser propio de la agencia; como el mago de Oz, atrincherado en su extraño castillo. Estaba casado y tenía dos hijastras. Yo había conocido a su mujer, que era guapa y agradable y tenía el cabello largo y canoso. Aun así, me resultaba imposible imaginármelo, por ejemplo, cenando con ella en su piso en Brooklyn Heights o yendo al cine o a cualquier otro lugar que no fuera la agencia.

—¿Cómo está mi jefa? —le pregunté finalmente, aunque la pregunta me pareció superficial.

—No he hablado con ella. Carolyn dice que parece llevarlo bien. Que aguanta el tipo. —Se llevó una mano a la frente, que brillaba de sudor, y compuso una mueca—. Pero no sé cuánto tiempo aguantará. Es una situación muy dolorosa.

Cuando llegamos a la Tercera Avenida, me condujo hasta una cafetería antigua y estrecha. Era tan pequeña y estaba tan poco señalada que nunca la habría encontrado por mí misma.

—¿Qué tal? —saludó Hugh al hombre de la barra.

Un voluminoso aparato de aire acondicionado traqueteaba encima de la ventana y enviaba ráfagas de aire frío. Sentí un escalofrío y noté que mi sudor se secaba.

—Para mí un bocadillo de ensalada con huevo y pan integral y... —se volvió hacia mí— y ella lo que quiera.

Luego regresamos a la oficina. Hugh llevaba una bolsa de papel marrón con nuestros bocadillos. Por el camino, le pregunté por qué no se habían casado.

Su mandíbula se puso tensa y un músculo le tembló.

—Bueno, es que no podían —declaró, y suspiró levemente—. Está Helen.

—¿Quién es Helen?

—¿Helen? —repitió él. En cierto modo, pareció sorprenderle que yo no lo supiera—. Es la mujer de Daniel. Bueno, era su mujer.

Me detuve de golpe.

—¿Su mujer? Pero si yo oí... Bueno, me refiero a que mi jefa hablaba a menudo con ella por teléfono, o hablaba de ella. Por lo que oí, parecía que fueran amigas.

Para mi sorpresa, Hugh sonrió.

—Claro que eran amigas. Bueno, lo son. Se trata de una situación peculiar.

Lo miré inquisitivamente.

—Daniel vivía con Helen unos días a la semana y el resto con tu jefa. Lo cuidaban entre las dos. Bueno, supongo que lo compartían.

—Vaya —grazné.

Me quedé atónita. Mi jefa, con su aspecto de monja, con sus túnicas y sus trajes pantalón, con su devoción hacia la agencia y su actitud de institutriz, ¡había compartido su amante con la mujer de él! No me extrañaba que no tuviera fuerzas para buscar nuevos autores.

—Él... lo hizo en el apartamento de tu jefa. Mientras ella estaba allí. —Hugh se había puesto rojo por el esfuerzo que le suponía hablar de aquella cuestión.

—¿Qué? —le pregunté—. ¿A qué te refieres?

Habíamos reemprendido la marcha y nos acercábamos de nuevo a Park Avenue. «¡Qué agradable sería entrar en un restaurante a comer! ¡Que alguien nos sirviera la comida! ¡Y una bebida!», pensé.

—Se pegó un tiro en la cabeza.

Hugh asintió como si fuera un niño dolido, y me di cuenta de que estaba conteniendo las lágrimas. Había trabajado con mi jefa durante veinte años.

—Tu jefa estaba en la otra habitación. Según tengo entendido, él estaba en el dormitorio y ella en el salón, pero no estoy seguro. Quizá fue al revés...

«¡Oh, Dios mío!» Habíamos llegado a nuestro edificio, pero no soporté la idea de entrar. No soportaba pensar en mi jefa allá en su apartamento, a veinte manzanas en dirección norte, donde, la noche anterior, su amante de las últimas dos décadas se había descerrajado un tiro en la cabeza. ¿Cómo se supera eso? ¿Cómo se puede seguir viviendo?

—Así que, como comprenderás, tu jefa quizá tarde un poco en volver —dijo Hugh.

En efecto, tardó en volver. Los días fueron transcurriendo. Días durante los que yo repetía, una y otra vez, que mi jefa había salido. Pero nunca especificaba si estaría fuera un rato o el resto del día. Mi jefa no recibía llamadas de muchas personas, pero esas pocas la llamaban una y otra vez: Salinger, afable y conversador; Roger, nervioso y hablador, más conforme pasaban los días; el Otro Autor, en ocasiones tranquilo y encantador y, en otras, impaciente y de malhumor. Normalmente, su voz sonaba rara y con ruido de fondo debido a la mala conexión. «Enviadme los contratos tan pronto como los tengáis preparados —me pidió—. E ingresadme el anticipo en mi cuenta. Ya tenéis todos los datos necesarios.»

Los días se convirtieron en una semana y luego en dos. Una mañana, durante la segunda semana, mi jefa llegó a la agencia enfundada en un voluminoso impermeable y oculta tras unas gafas oscuras. Calzaba unas deportivas de lona blancas, como de niño, lo que me sorprendió y me resultó enternecedor. Recorrió en silencio el pasillo, entró en su despacho, cogió algo y volvió a salir sin hablar con nadie. Por lo visto, y como era de esperar, había puesto en venta su apartamento.

Pocos días después, el editor de la nueva novela del Otro Autor llamó para interesarse por los contratos, pues todavía no se los habíamos enviado.

—¿Qué debo hacer? —le pregunté a Hugh—. ¿Llamo a mi jefa?

Hugh negó con la cabeza.

—Has estado revisando contratos desde que llegaste y tu jefa confía en ti. Simplemente, estudia el contrato y negocia con la editorial. Todo saldrá bien.

Hice caso a Hugh y, nerviosa, revisé las cláusulas mil veces. De hecho, la agencia había tenido pocos contactos con aquella editorial y no disponíamos de ningún contrato reciente con ella al que pudiera remitirme como modelo. Consulté todos los acuerdos que encontré; comparé cláusulas sobre derechos de autor, sobre publicaciones por entregas, sobre reimpresiones y derechos de ediciones electrónicas... sobre todos los temas imaginables. También estudié el memorándum del acuerdo, claro, para comprobar qué derechos habíamos acordado vender a la editorial y cuáles conservaríamos para gestionar nosotros mismos. Al final, después de dos días de intenso trabajo, de comprobar y volver a comprobarlo todo, redacté el tipo de carta larga y densa que mi jefa me dictaba con frecuencia. Últimamente, ella las redactaba basándose en mi trabajo preliminar. Había que realizar muchos cambios en aquel contrato antes de que el autor pudiera firmarlo. El editor no estaba familiarizado con las normas de la agencia, las normas de otra época.

Ausente mi jefa, la agencia estaba extrañamente silenciosa. No me había dado cuenta de cuánta vida, cuánta energía aportaba al día a día. Ahora todos llegaban un poco más tarde, se entretenían durante la comida y se quedaban en casa los viernes, día de jornada intensiva. Los viernes de mayo a septiembre, la agencia cerraba antes: una tradición de la industria editorial, la cual, al menos en sus orígenes, era un negocio de caballeros.

Sin los dictados de mi jefa, mis días se convirtieron en asombrosamente libres y asombrosamente agradables. De nuevo pude ponerme al día con las autorizaciones y los archivos, y luego volví a las cartas de Salinger. La del chico de Winston-Salem seguía en la cima del montón, pendiente de contestar, y llevaba allí varios meses. «Envíale simplemente la carta modelo», me dije mientras abría la carta una vez más.

> Pienso mucho en Holden. Simplemente, aparece en mi mente y me lo imagino bailando con su querida Phoebe o haciendo el indio delante del espejo del lavabo, en Pencey. Cuando acude a mi mente, normalmente se me pone una amplia y estúpida sonrisa en la cara. Ya sabes, cuando pienso en lo divertido que es y todo eso. Pero enseguida me deprimo un montón. Supongo que porque solo pienso en Holden cuando me siento muy emotivo. Yo puedo ponerme muy calladamente emotivo...

Sí, había escrito «calladamente emotivo». Deduje que se trataba de una errata; una errata acertada y encantadora. Supuse que Salinger la habría valorado positivamente, ya que él también hacía erratas; erratas que, por lo visto, aparecían reproducidas en *The New Yorker*.

> Pero no te preocupes. He aprendido que, por muy hipócrita que esto sea, uno no puede ir por ahí revelando las emociones a todo el mundo. Supongo que a la mayoría de las personas les importa un pimiento lo que uno piensa y siente en general. Y si perciben una

debilidad —¿por qué demonios mostrar una emoción se considera una debilidad?—, vaya si la toman contigo. Se plantan delante de tu cara y se parten de risa porque estás sintiendo algo.

«¡Cielos!» Exhalé un suspiro digno de Hugh. ¿Qué podía contestarle a aquel joven? «Querido joven de Winston-Salem: Yo también puedo ponerme calladamente emotiva, pero tienes razón, uno no puede ir por ahí revelando sus emociones al mundo. He intentado seguir tu consejo y creo que lo estoy consiguiendo: el amante de mi jefa se suicidó y todos actuamos como si no hubiera pasado nada; dejé que el hombre que amo se fuera solo a California y él finge que no está enfadado conmigo mientras yo finjo que no estoy perdida sin él; no tengo suficiente dinero para pagar mis facturas, pero finjo que puedo salir a cenar y hacer todas las cosas que los neoyorquinos suelen hacer. De modo que todos somos unos genios en el arte de no revelar nuestras emociones, ¿sabes? Pero si no puedes revelarlas, ¿cómo puedes seguir viviendo? ¿Qué haces con ellas? Porque, verás, yo me echo a llorar en los momentos más inesperados. Aconséjame, por favor. Atentamente, Joanna Rakoff.»

No, no le enviaría una carta modelo al joven de Winston-Salem. Doblé su carta y la aparté a un lado.

Reuní fuerzas y cogí otra carta del montón. Estaba escrita con la letra enlazada y temblorosa de los ancianos. El autor vivía en Nebraska. Se trataba de una sobre la guerra.

Como usted, yo serví en las fuerzas armadas durante la Segunda Guerra Mundial. Perdí a muchos amigos. Algunos incluso murieron entre mis brazos. Afortunadamente, una mujer maravillosa me esperaba en casa.

De no ser así, no sé qué habría sido de mí cuando regresé. Por suerte, pude continuar con mi vida, dirigir mi negocio y criar a mis hijos. Ahora que estoy retirado, pienso a menudo en la guerra. Leí *El guardián entre el centeno* en aquella época, después de volver a casa, y ya entonces me encantó. Holden Caulfield parecía reflejar a la perfección la rabia y el aislamiento que yo sentía. Creo que me ayudó a salvarme. La semana pasada, volví a leerlo y me emocionó tanto que me eché a llorar.

Como siempre, me entretuve demasiado: la leí y la releí mientras intentaba formular una respuesta adecuada. Se recibían muchas cartas sobre la guerra, pero algunas, como aquella, eran tan emotivas, tan auténticas que me resultaba difícil responderlas simplemente con la carta modelo. Con aquel hombre encontré un término medio: le expliqué, con tanta amabilidad como pude, que Salinger nos había pedido que no le enviáramos el correo de sus seguidores, así que, por desgracia, no podía reenviarle su carta. Pero le dije que, en otras circunstancias, probablemente Salinger se habría alegrado mucho de leer su carta y, en particular, de saber que *El guardián* había jugado aunque fuera un pequeño papel en su recuperación del drama de la guerra. A continuación, le escribí que, como él sabía, Salinger también había sufrido mucho durante la guerra y había sostenido a amigos en sus brazos mientras exhalaban su último aliento.

Rápidamente, como si me quitara una tirita, escribí su nombre y su dirección en un sobre, doblé mi carta, la introduje en el sobre y cogí otra del montón. «No —pensé—, no puedes ir por ahí revelando tus emociones al mundo.»

Don me dijo que no estaba nervioso por conocer la opinión de James sobre su novela. Me dijo que no esperaba con ansiedad oír su veredicto. «James no es el único agente del mundo —adujo riéndose, como hacía casi siempre que hablábamos de algo que fuera, aunque solo levemente, serio—. Si la rechaza es que no era para él y encontraré a alguien más.»

A pesar de todo, por las noches revisaba la novela una y otra vez, realizando una mueca al leer esta o aquella palabra, como si un adjetivo inexacto pudiera determinar el éxito o el fracaso de la obra. En aquella época, Don entrenaba un par de noches a la semana y, cuando llegaba a casa cargando con la bolsa de su equipo, estaba totalmente exhausto. Ni siquiera golpear un enorme saco de vinilo o pelear contra un fibroso puertorriqueño lo calmaba. La boda de Marc también le preocupaba. Hasta entonces, había constituido una abstracción o una simple idea, en lugar de un hecho real que ocurriría en algún momento del continuo espacio-tiempo. Don no sería el padrino —ese papel lo representaría el hermano de Marc—, pero Marc le había pedido que leyera un poema. Don escudriñaba las distintas antologías que teníamos en el apartamento en busca de algo que resultara apropiado.

—¿Qué tipo de poema lees cuando tu amigo se casa con alguien totalmente aburrido y la persona equivocada para él? —me preguntó mientras se reía.

—No lo sé, pero yo podría utilizarlo para la boda de Jenny.

Por lo que sabía, Jenny quería que fuera una de sus damas de honor, junto con sus dos mejores amigas de la universidad.

Un sábado por la noche, mientras el cielo se nublaba amenazadoramente, Don, en silencio y con desgana, y yo nos vestimos, tomamos la línea L y bajamos al cabo de unas cuantas paradas para asistir a una fiesta en el piso de Marc, en la calle Catorce. Se trataba de una especie de macrofiesta prematrimonial, pero era agosto y estábamos en Nueva York, por lo que había muy poca gente en la ciudad. En el piso había unos cuantos hombres del mismo estilo que Marc: musculosos, vestidos con ropa Carhartt y botas Red Wing, como si fueran de la clase obrera; además, era una ropa totalmente inadecuada para el tiempo que hacía. Bebían cerveza directamente de los botellines y se saludaban con un tenso gesto de la cabeza.

Marc estaba apoyado en la encimera de la cocina y hablaba con Allison, a quien yo no esperaba ver allí. Sus padres tenían una segunda residencia en el balneario Vineyard y ella solía pasar los fines de semana allí, aunque tampoco le faltaban invitaciones para ir a Sag Harbor, Woodstock u otros lugares de Connecticut, donde sus amigas del instituto, que habían asistido a elegantes colegios privados y cuyas vidas estaban financiadas por fondos que nadie sabía de dónde procedían, tenían una casa. Últimamente, Allison se había hecho tan amiga mía como lo era de Don o incluso más. Quedábamos para cenar o tomar café; holgazaneábamos en el sofá de su diminuto estudio; acudíamos a la barata peluquería rusa que había en su calle para que nos pintaran las uñas de granate oscuro. Luego contemplábamos con satisfacción nuestras manos, que creaban un sofisticado contraste con nuestros tejanos, camisetas y gastadas botas.

—¡Qué bien que hayas venido! —exclamé, y la abracé.

Me alegré de verdad. Últimamente, mi vida se había quedado reducida a Don y el trabajo. ¿Dónde estaban mis amigos? Conforme Don se hacía más presente, ellos se iban distanciando de mí. Antes de trasladarme a Nueva York, parecía que todo el mundo estaba allí: representaban el papel de cucarachas en obras de teatro experimental, realizaban películas deprimentes en Columbia, trabajaban en galerías de arte o enseñaban danza a los niños pobres de Brownsville o a los niños ricos de Saint Ann. Cuando regresé a la ciudad, celebramos fiestas y cenas y quedamos para tomar café o ir de compras entre alegres gritos de «¡Has vuelto!». Pero ahora todo el mundo parecía muy ocupado y absorto en su rutina diaria. Además, yo me había dejado absorber por Don.

—No podía perderme la fiesta prematrimonial —declaró Allison haciendo girar sus oscuros ojos.

Según Don, hacía mucho tiempo que Allison estaba enamorada de Marc, desde la universidad, y en aquel momento me pregunté si sería verdad. Aunque ella nunca me lo había comentado. La verdad es que evitaba hablar de la boda y de Lisa. Como Don, consideraba que Lisa carecía de encantos o que, al menos, estos no podían compararse con los de Marc, pero contemplaba estas desigualdades con indiferencia. Sin embargo, aquel día se la veía nerviosa, tensa e irritable, como a Don. De repente, deseé haberme quedado en casa.

—¿Estás listo para el gran día? —le preguntó Don a Marc dándole unas palmaditas en la espalda.

Intentaba mostrarse animado, cordial, lo que hacía que pareciera un actor amateur en una representación de *Our Town*.

—No lo sé —contestó Marc con una sonrisa.

Cuando sonreía, parecía irradiar auténticas ondas de buen rollo y felicidad. Pensé que esta era la diferencia entre Marc y Don: Marc se sentía a gusto en el mundo; estaba satisfecho con su vida; no quería ni necesitaba nada más que lo que tenía. Don, por su parte, quería tenerlo todo y a todos. Don quería, quería y quería.

—Supongo que será mejor que esté listo, ¿no?

—¿Cuándo es la boda? —pregunté.

Allison arqueó una ceja y me miró. La sonrisa de Marc perdió luminosidad y me lanzó una mirada extraña. Después miró a Don, cuya cara se había vuelto inexpresiva.

—¿Es el fin de semana del Día de la Hispanidad o me lo estoy inventando?

Marc había dejado de sonreír y miraba a Don con enojo. Bebió un sorbo de cerveza y me contestó:

—Es el próximo fin de semana. El fin de semana que viene. En Fisher Island. Tenéis que tomar el ferry. Tenéis que...

Levantó las manos en el aire y la cerveza se agitó en la botella. Volvió a sonreír, pero en esta ocasión de una forma alocada, sin calidez.

—Has hecho la reserva para el ferry, ¿no, Don? Se supone que tienes que estar allí el viernes para el ensayo de la cena.

«¿El próximo fin de semana?», pensé. ¿Cómo era posible que no me hubiera enterado? ¿Que no conociera los detalles? ¿Que no supiera nada? Se trataba de la boda del mejor amigo de mi novio. En Fisher Island. Ni siquiera estaba segura de dónde estaba ese lugar. Yo creía que la boda se celebraría en Hartford, en casa de los padres de Marc. Creía que tomaríamos el tren y nos alojaríamos en la casa de los padres de Don. ¿Qué me había hecho llegar a esa conclusión? «El próximo fin de semana.»

Empecé a repasar mentalmente el contenido de mi armario —influencia de mi madre— y me pregunté qué me pondría no solo el día de la boda, sino también para el ensayo de la cena.

—Sí, sí, claro —decía Don en aquel momento—. Ya hablaremos de eso más tarde.

¿Dónde nos alojaríamos? ¿En un hotel? ¿Había hecho Don la reserva o dormiríamos en casa de algún amigo? ¿O de algún familiar suyo?

Justo entonces llegó Olivia. La había invitado yo, en parte para tener alguien con quien hablar. Venía acompañada por un hombre esbelto, con gafas, pantalones caqui y un polo. Y se notaba que se sentía muy incómodo.

—Este es Chris —me lo presentó.

Por teléfono, me había contado que tenía un novio nuevo y que este realizaba algún tipo de trabajo en un banco; algo relacionado con ordenadores y algoritmos. Su anterior novio era pintor, como ella. Se trataba de un hombre alto, atlético y de una apostura tan clásica que resultaba casi cómico, justo lo contrario que Chris.

—Encantada de conocerte —lo saludé.

Alargué el brazo para estrecharle la mano. Por lo visto, se habían conocido en una cita a ciegas.

La puerta del dormitorio de Marc se abrió y apareció Lisa, su prometida, vestida con unos tejanos anchos y una camiseta gris, el cabello recogido en una coleta. De repente, se me ocurrió que debía de vivir allí, que probablemente llevaba viviendo allí todo aquel tiempo: desde que yo conocía a Don; desde que habíamos empezado a asistir a todas aquellas fiestas; desde que, ocasionalmente y camino de algún otro lugar, nos deteníamos en su casa para tomar algo con ellos, pero que Don se había negado a reconocerlo. Él se refería a su casa como «el piso de Marc». Y yo también. Siempre. «El piso de Marc.» ¿Cuánto tiempo llevaban saliendo Marc y Lisa? Probablemente, años. «El piso de Marc.» Desde el otro extremo de la habitación, vi que Don saludaba a Lisa con una sonrisa forzada.

—¿Cómo te va el nuevo trabajo? —le pregunté a Olivia.

—Lo he dejado —me respondió, y se encogió de hombros—. Era horrible. La verdad es que soy demasiado mayor para que me griten.

—A partir de ahora se va a centrar en la pintura —explicó Chris con una sonrisa tensa—. Estamos transformando la habitación de invitados en un estudio para ella. La luz no es muy buena, pero es bastante grande.

Olivia volvió a encogerse de hombros.

—De hecho, tenemos noticias —intervino Olivia.

Llevaba unos tejanos claros, que era la ropa más convencional que le había visto nunca, y unas sandalias con tacón de cuña. Chris la miró y sus ojos parpadearon detrás de los cristales de las gafas, como si no estuviera seguro de estar implicado en las noticias.

—Vamos a casarnos.

—¡Vaya! —exclamé—. ¡Es estupendo!

Como si quisiera quitarle importancia a lo que acababa de contarme, Olivia hizo una mueca, se encogió una vez más de hombros, se llevó la cerveza a los labios y bebió un trago largo. Un fino anillo de compromiso destelló en su mano izquierda. Yo no creía que fuera del tipo de persona que lleva anillo de compromiso, del mismo modo que no creía que Jenny lo fuera, aunque quizá todas las personas somos de ese tipo, pensé.

—Muy bonito —declaró Allison, que se había unido a nosotros—. Por lo visto todo el mundo se va a casar, ¿no?

—Sí, todo el mundo se va a casar —contesté. Pero me lo cuestioné interiormente.

—Así es —corroboró Olivia—. De hecho, mi hermana también se va a casar.

—¡Vaya! —exclamó Allison con un brillo extraño en sus oscuros ojos—. Quizá deberíais celebrar una boda doble. Como en *La tribu de los Brady*.

—¿Qué os parece si tomamos una copa? Creo que hay vino en la nevera —sugerí.

Allison sacudió la cabeza.

—Solo tienen cerveza. Lisa no bebe, así que Marc, como es un tío, solo ha comprado cerveza.

Aunque nunca me había parado a pensar en ello y aunque siempre había considerado que Allison y yo teníamos la misma edad, de repente me di cuenta de que debía de tener la misma edad que Don. No; la misma que Marc: treinta y tres. Era dos años mayor que Don. ¿Cómo no me había dado cuenta antes? ¿Cómo podía haber sido tan inconsciente? Claro, por eso todas las personas de su entorno estaban a punto de casarse. Por otro lado, ella parecía muy satisfecha con su organizada y productiva vida: su pequeño apartamento, su pequeño estudio, su fantástico trabajo...

—Creo que me voy —comentó.

—Nos iremos contigo —declaré—. Podemos ir a tomar una copa. Una copa de verdad.

Ella sonrió con aire abatido.

—Me encantaría, querida, pero esta noche no estoy de humor para las gilipolleces de Don. Ya he tenido bastante por hoy.

Me quedé boquiabierta. Extrañamente, me sentí como si me hubieran abofeteado.

—Además, tú tienes amigos aquí. —Señaló a Olivia y Chris, con quienes yo no tenía ningunas ganas de estar—. Ya quedaremos, ¿de acuerdo? Podemos desayunar juntas mañana.

Asentí sin decir palabra.

La fiesta no llegó a animarse en ningún momento. Ni siquiera habían dado las once cuando Don y yo nos fuimos. Bajo una intensa lluvia, nos dirigimos al restaurante Mee Noodle, en la Primera Avenida, donde tomamos empanadillas chinas y unos fideos *dan dan*. Mientras comíamos, me esforcé en no comentar nada acerca de la boda confiando en que Don sacaría a relucir el tema. No obstante, cuando luego cruzábamos la calle para coger el metro que nos llevaría de regreso a Brooklyn, algo en mi interior se desató.

—¿Les pido a mis padres que nos dejen el coche? —le pregunté.

—No lo sé. —Sacudió la cabeza con impaciencia—. Quizás haya que reservar una plaza para el coche en el ferry y puede que ya sea demasiado tarde.

—¿Quieres que lo compruebe?

Ya estábamos bajando las escaleras del metro con una riada de personas semejantes a nosotros: chicas con vestidos de tirantes al estilo de los años cincuenta y chicos con tejanos y botas camperas que no encajaban con el clima.

—Ahora no puedo pensar en eso —contestó Don con brusquedad, casi gritando.

Una chica que llevaba el cabello teñido de un brillante tono rojizo se volvió a mirarlo y él le lanzó una mirada iracunda.

—¿Podemos hablar de ello en otro momento?

Asentí en silencio. Cuando llegamos al andén, me senté en un banco y saqué del bolso una novela de uno de los autores de Max. Trataba sobre el amor obsesivo y no correspondido de un joven hacia una mujer mucho mayor que él. Ya la estaba acabando y me invadía esa sensación de pérdida que le sobreviene a uno cuando se acerca al final de una gran novela. Pronto tendría que abandonar a aquellos personajes, pero, de momento, seguí leyendo mientras intentaba ignorar la presencia tensa y malhumorada de Don y su pierna, que no paraba de balancearse de arriba abajo a mi lado.

Una vez en casa, me desnudé y me puse el camisón en silencio. A continuación, me cepillé los dientes, también en silencio, y me metí en la cama con el libro.

—¡Oye! —exclamó Don desde la otra habitación—. Quiero ir a la boda de Marc solo.

Dejé el libro a un lado.

—¿Solo? —le pregunté, como si no estuviera familiarizada con aquella palabra—. ¿No quieres que vaya contigo? —Enseguida pensé en la carta, en los hombros bronceados, en Maria—. ¿Por qué?

—Por muchas razones —contestó él restándole importancia a mi pregunta, como si se tratara de algo ridículo y fuera de lugar—. Demasiadas para hablar de ellas. No tengo ganas de explicártelas todas.

—¿No tienes ganas de explicármelas? —Lo miré fijamente y con incredulidad.

—Es tarde y estoy cansado. Ahora no tengo ganas de hablar de ello. —Se desperezó mientras estiraba, primero un brazo y después el otro, por encima de la cabeza—. Además, no tengo por qué darte explicaciones. —Soltó una de sus risitas socarronas—. Marc es mi amigo, y si quiero ir a su boda solo no es asunto tuyo, ¿comprendes?

Noté, con exasperación, que los ojos se me llenaban de lágrimas. Aquella boda no me importaba. En realidad, no conocía tanto ni tan bien a Marc, y a Lisa todavía menos. Pero Don sí que me importaba, o creía que me importaba. Y él no solo no quería que lo acompañara a la boda de su mejor amigo; no solo no quería compartir conmigo la felicidad, fuera del tipo que fuera, o la catarsis que quizá le produjera aquel evento, sino que ni siquiera se sentía obligado a explicarme las razones que lo empujaban a querer ir solo.

—¡No, no lo comprendo! —exclamé—. ¡Y sí que es

asunto mío! Esta noche me has puesto en evidencia, y eso lo convierte en asunto mío. Además, todos los asistentes a la boda se preguntarán por qué no he ido. Y eso también lo convierte en asunto mío. Y encima vivimos juntos, y eso también lo convierte en asunto mío.

Don dejó a un lado su actitud distante y me sonrió con gesto paciente y conciliador, como si yo fuera una niña que tenía una pataleta.

—Vamos, Buba, no te pongas así. No es para tanto. He hecho que sonara peor de lo que es. Si no quería hablar de ello es porque sabía que pasaría esto. Lo que ocurre es que... ya sabes, estarán todos esos tíos... Topher, Will y los demás. Y mis colegas de Hartford. Y Marc se casa... Es como el fin de una etapa. Simplemente quiero pasar un rato con ellos. Yo y mis colegas.

—¿De verdad?

Aquella explicación no me parecía tan complicada como para tener que aplazarla hasta otro día. No sabía si creérmelo o no, pero estaba demasiado enfadada como para tranquilizarme.

—¿En serio que solo quieres pasar un rato con tus colegas? ¿Seguro que todo esto no está relacionado con alguna mujer que vaya a asistir a la boda? Veamos... —Estaba a punto de saltar a un precipicio—. Las posibilidades son infinitas. Quizá se trate de una de tus miles de exnovias cuyo retrato, liguero o lo que sea guardas en la caja que hay debajo de la librería. O quizá tenga que ver con alguna joven de la que te enamoraste en el instituto. O quizás esperas conocer a alguna mujer que esté deseando que le arranquen las bragas y a la que puedas escribirle cartas la semana que viene contándole lo mucho que añoras sus hombros bronceados.

Ahora fue él quien me miró fijamente y con incredulidad. Luego vi que su mirada herida se transformaba en una máscara distante y divertida.

—¡Vaya, Buba, no sé qué decir!

—¡No me llames Buba! —le grité—. No soy una niña.

—Te llamo Buba porque te quiero —replicó él.

—Me quieres. —Hablé despacio, como a cámara lenta. Don nunca me había dicho que me quería. Por lo visto, para él el amor no era más que otro invento burgués. ¿Había esperado yo, en algún momento, que él me amara?—. Me quieres pero no quieres que te acompañe a la boda de Marc.

—Exacto —dijo él—. Exacto.

El lunes, mi jefa se quedó en la oficina más o menos una hora. Estaba más pálida de lo habitual, pero se la veía muy serena. Como siempre, pasó por delante de mi mesa sin dirigirme la palabra, se sentó a su escritorio sin hacer apenas ruido y empezó a grabar en el dictáfono. La normalidad de su forma de actuar debería haberme reconfortado, pero me produjo el efecto contrario y los ojos se me humedecieron. Me dirigí a la otra sección de la oficina.

Cuando pasaba por delante de la máquina de café, James me llamó:

—¡Eh! Estoy leyendo la novela de Don y me gusta.

Me quedé de una pieza.

—¿De verdad?

Experimenté una oleada de alivio y sorpresa mezclada con algo más: esa extraña sensación que le produce a uno conseguir un excelente en un examen para el que no se ha preparado lo suficiente.

—Sí —confirmó él, y se sirvió un poco de leche en el café—. Bueno, ciertamente es densa. —Asentí—. Pero me gusta. —Se llevó la taza a los labios y bebió un sorbo con cautela—. Al menos de momento. Llevo leído, más o menos, un tercio. Voy por la parte en que él ve a su antigua novia en... en la película. —James se ruborizó—. Y entonces se acuerda de cuando la conoció. Y de todos los jerséis que llevaba al instituto. Miles de jerséis. —Rio—. Me acuerdo de que, cuando entraba en el dormitorio de las chicas en la universidad, pensaba: «¿Cómo pueden tener tantos jerséis?»

Antes de que pudiera rehusar, James me había servido un café.

—Sí, a las mujeres nos encantan los jerséis —corroboré.

—En fin, ya hablaremos cuando la haya acabado.

Se encogió de hombros y me tendió el envase de la leche.

Cuando regresé a mi escritorio, oí el revelador crujido de la silla de mi jefa. Se acercó a mí lentamente y con la mirada perdida.

—Toma, aquí tienes un dictado —declaró con voz suave y somnolienta, aunque intentaba sonar animada.

Me levanté y cogí la cinta.

—Estupendo —dije—. Enseguida la mecanografío.

—Puede esperar a mañana.

Una de sus manos, con sus dedos largos y delgados, estaba levemente apoyada en mi escritorio, pero su mirada estaba perdida en la pared de enfrente, en la estantería de los libros de Salinger. Entonces se volvió poco a poco hacia mí.

—Hiciste un magnífico trabajo con los contratos. —Se refería al Otro Autor—. No era una tarea fácil.

Aquella tarde, cuando se fue, con los ojos vidriosos y la frente húmeda y agotada por la breve incursión en el mundo, los contratos llegaron a vuelta de correo y volví a revisarlos. La editorial había aceptado la mayoría de los cambios, pero no había eliminado la cláusula de los derechos de explotación del formato electrónico que, conforme a la política de la agencia, yo había solicitado. Esta cláusula había empezado a aparecer en los contratos justo cuando entré a trabajar en la agencia y consternaba mucho a mi jefa y a los otros agentes, porque concedía a las editoriales los derechos de explotación sobre todas las ediciones digitales de la obra en cuestión, incluidos los discos compactos y otras «formas no mencionadas expresamente o de futura aparición». Muchos contratos habían sido retenidos aquel año mientras la agencia discutía con las editoriales acerca de aquellos derechos. Esto había atormentado a Max en particular, porque casi todos sus autores estaban vivos y necesitaban desesperadamente el dinero que recibirían cuando firmaran el contrato. Pero mi jefa, que era quien establecía las normas de la agencia, no permitía que se firmara ningún contrato hasta que aquella cláusula imprecisa y perniciosa fuera eliminada. En algunos contratos se hacía referencia a algo denominado «libro electrónico». Cuando mi jefa leyó por primera vez aquel término, gritó: «¡No sé lo que es un libro electrónico, pero me niego a ceder los derechos sobre él!»

Deseé solucionar aquella cuestión sin molestarla, de modo que escribí una nota, «Eliminar cláusula 3.I.a», y la sujeté con un clip a los contratos. Mientras tecleaba la dirección de la editorial en el sobre, Hugh se acercó, tomó los contratos y leyó la nota.

—Esto puede retrasar bastante el proceso —dijo medio afirmándolo, medio preguntándolo.

Me encogí de hombros.

—Creo que él necesita urgente el dinero —prosiguió Hugh.

—¿De verdad?

De algún modo, aquella noticia me desanimó. Por lo que tenía entendido, la carrera del Otro Autor estaba afianzada. No era un escritor famoso, pero sí respetado, consolidado. ¿Cuando Don tuviera sesenta años todavía sería pobre?

—Pero da clases, ¿no? De... —dije, y nombré el prestigioso curso de posgrado.

Hugh sacudió la cabeza.

—¿No te enteraste? Sucedió la primavera pasada y salió en todos los periódicos.

—En aquella época yo vivía en Londres.

—Ya veo. —Inhaló hondo y suspiró. La segunda acción canceló la primera—. Se vio envuelto en una especie de... —agitó las manos como si quisiera evocar la palabra adecuada— de escándalo. Aunque lo que ocurrió no está del todo claro.

Lo miré con expectación.

—Una estudiante lo acusó de acoso sexual.

—¿Qué?

Me acordé de las conversaciones telefónicas que había mantenido con él. En ellas se había mostrado amable, escueto, a veces impaciente, pero nada había sugerido que se tratara de un acosador sexual. Claro que, ¿qué tipo de voz, a través del teléfono, indica una tendencia al acoso sexual? ¿Una respiración profunda?

—Lo tienen a prueba durante un par de años —me explicó Hugh con voz tensa—. Sin sueldo.

Aquella tarde, me senté ante el ordenador y consulté el correo electrónico de la agencia. Me habían encomendado esta tarea. Después, tenía que imprimir y entregar a cada agente los correos que les hubieran enviado. Luego mi jefa me dictaba las respuestas de sus correos, yo las escribía a máquina, se las entregaba para que las revisara y volvía a teclearlas en el ordenador. A veces, cuando terminaba todo aquel proceso, consultaba a escondidas mi correo personal, pero aquel día entré directamente en la página que el *New York Times* había inaugurado pocos meses antes. La información llegaba con lentitud, poco clara y toscamente organizada. Además, me resultaba difícil mirar la pantalla el tiempo suficiente para leer un artículo entero, pero la página me resultó realmente útil: tecleé el nombre del Otro Autor y su historia se desplegó ante mis ojos. Los detalles no eran tan horrorosos como me temía. Por lo visto, durante una fiesta en la facultad había tocado los pechos de una estudiante; algunos testigos alegaban que simplemente se los había mirado, y otros afirmaban que la agresión consistió en un comentario lascivo acerca de los pechos en cuestión. Fuera lo que fuese, estábamos en la era de lo políticamente correcto y un tribunal universitario, ante el que muchos estudiantes testificaron en su contra, castigó severamente al Otro Autor. Los estudiantes declararon que era sexista y misógino, que hacía comentarios groseros en las clases y que, en general, no los ayudaba en sus redacciones. Además, sus críticas eran tan duras y poco constructivas que los alumnos no sabían cómo avanzar e incluso se planteaban si continuar escribiendo.

La extraña euforia que había sentido hacia su novela fue reemplazada por una sensación de inquietud. Don habría considerado que mi reacción, juzgar a un artista por sus actos en lugar de su obra, era infantil. ¿Cuántos grandes escritores habían dejado mucho que desear como seres humanos? ¿Habría yo rechazado a Philip Roth si se hubiera dedicado a seducir mujeres casadas? ¿O a Hemingway? ¿O a Mailer? Por otro lado, ¿por qué era siempre la conducta de los hombres la que teníamos que disculpar a riesgo de ser consideradas mojigatas o excesivamente críticas? Don alegaría que se trataba de la prerrogativa de los artistas, de él; una prerrogativa biológica.

Me di cuenta de que la novela del Otro Autor se desarrollaba en una ciudad pequeña no muy distinta a aquella en que el autor vivía desde hacía muchos años, la ciudad donde daba las clases de posgrado. En la novela, un asesino en serie mataba y extraía cruelmente las vísceras de las jóvenes víctimas. ¿Era una coincidencia que un hombre que acababa de ser denunciado por una joven en una ciudad provinciana y aislada empezara a trabajar en una novela en que las jóvenes de una ciudad provinciana y aislada eran asesinadas antes de llegar a ser mujeres?

De repente, me sentí físicamente mal: sedienta, con náuseas y escalofríos. El aire acondicionado funcionaba a toda potencia y me estremecí al sentir el aire frío. Miré alrededor para comprobar si alguien había reparado en que llevaba mucho rato en el ordenador, pero la oficina estaba vacía. Estábamos en agosto. Me desperecé y me dirigí a la cocina mientras consideraba la posibilidad de tomarme un Advil.

Mientras caminaba, pasé por delante de la enclenque librería que contenía las obras del Otro Autor. Todas eran, como había comentado mi jefa en mayo, menores que su última novela. El tipo de novelas que pueden describirse como silenciosas, en el sentido de que trataban sobre las vidas de personas corrientes; en el sentido de que habían obtenido buenas críticas, pero no así un gran volumen de ventas como las novelas sobre asesinos en serie. Me pregunté si el Otro Autor, privado de su sueldo regular, había tomado la decisión calculada y consciente de escribir una novela que tuviera una gran aceptación.

Y me pregunté si esta decisión era mejor o peor que la de escribir una novela como venganza. Aunque quizás ambas decisiones no eran mutuamente excluyentes.

Aquella noche, camino del metro, caí en que Don también había asesinado en su novela a una joven que le había hecho daño.

3

Tres días de lluvia

Un tormentoso jueves por la noche, Don, con el petate colgado de su hombro, se fue a la boda. «Adiós», me dijo, y me dio un frío beso. Llevaba puesta mi chaqueta azul impermeable. Solía utilizar mi ropa sin pedirme permiso: los tejanos, las camisetas, el jersey marinero, las botas camperas... Pero aquel día le ofrecí la chaqueta impermeable para demostrarle que no estaba enfadada. Él parecía nervioso, tenso, extrañamente agotado por el esfuerzo de preparar su equipaje. Le preocupaba no tener ningún traje para la boda y, durante unos instantes, me pregunté si se arrepentía de haberme desinvitado. Claro que, en realidad, nunca me había invitado. Yo simplemente había deducido que estaba invitada. En cualquier caso, me negué a ayudarlo a preparar sus cosas.

—¿Crees que puedo ponerme esto para la ceremonia? —me preguntó mientras sostenía una camisa arrugada.

—No lo sé —murmuré sin levantar la vista del original que estaba leyendo.

Lo había tomado al azar del montón de originales no solicitados que recibía la agencia. Corrían muchos rumores de que grandes escritores habían surgido de originales no solicitados, pero los resultados en cuanto al interés demostrado por las editoriales con que trabajaba la agencia sugerían lo contrario. Todas las semanas, yo leía y filtraba cartas de aspirantes a escritor impresas en hojas decoradas con diseños de nubes o gatitos; cartas escritas con tipos de letra como Zapf Dingbats o Lucida Calligraphy; cartas que relataban sueños o interpretaban cartas astrológicas; cartas que proponían libros como «Ayurveda para jerbos» o «El Tao del parapente»; cartas de escritores en ciernes de novelas policíacas o de misterio, con logos que ellos mismos se inventaban y que representaban pistolas, dagas o sangre que goteaba de las letras de sus nombres; cartas de erotómanos que utilizaban continuamente la palabra «humedad»; cartas de escritores autobiográficos que contaban atrocidades. La carta de la escritora cuya novela estaba leyendo me había llamado la atención por su simplicidad. Times New Roman en papel simple y blanco. Había publicado algunos relatos en revistas de poca tirada pero respetadas. Ningún posgrado, solo una licenciatura en Barnard. Ya llevaba leída la mitad de la historia, que trataba de una niña cuyo padre alcohólico, en lugar de enviarla al colegio, la arrastraba con él a los bares, y era buena. Muy buena. Sin pretensiones, de tono elegíaco y lenguaje preciso. Buena.

—Qué, ¿me haces caso o no? —insistió Don con enojo.

Levanté la vista y me encogí de hombros.

—¡Vamos, Buba, tú eres buena en estas cosas! —me instó—. Dime qué puedo ponerme. No tengo ningún traje, así que ¿qué me pongo?, ¿unos pantalones y una camisa?, ¿y una corbata?

Me rendí.

—No puedes ponerte una corbata si no llevas chaqueta. Parecerías un vendedor de biblias.

Este argumento era de mi madre. Yo nunca había visto a un vendedor de biblias.

—¡Mierda! —exclamó Don, y lanzó lo que parecía una guayabera al interior de la mochila.

Cuando llegó al patio, se detuvo, se volvió hacia mí, frunció los labios y me lanzó un beso. Yo levanté la mano para despedirme, pero ya era demasiado tarde: me había vuelto la espalda otra vez.

De noche y sola en el apartamento, sentí miedo. Las sombras de los árboles del patio se movían oscuras por los suelos pintados de rojo y los ruidos de los apartamentos de arriba y abajo no hacían más que reforzar mi sentimiento de soledad. Estaba sola en una gran ciudad, en un apartamento cuya puerta era tan endeble que hasta yo podría haber abierto de una patada.

Sin embargo, por la mañana sentí una curiosa ligereza. Don no estaba y no tenía la obligación de despertarlo, de hablar con él, de ajustar mis planes a los de él. Me entretuve en casa más de lo habitual. Disfruté del café intenso que preparé en mi pequeña cafetera: siempre me sentía egoísta cuando Don estaba en casa porque la cafetera solo alcanzaba para un café. Me puse un vestido de cuadros escoceses que sabía que Don odiaba; un vestido largo, suelto y cómodo.

En Williamsburg todo se desarrollaba como siempre: jóvenes que se dirigían a las oficinas con sus vestidos románticos y sus grandes gafas empañadas por la lluvia... Pero cuando llegué al centro, de repente se hizo patente que estábamos en agosto. Las calles estaban vacías. Me di el capricho de pedir un café en la elegante cafetería donde, hasta entonces, solo había comprado aquel suculento bocadillo. Estaba vacía. Los camareros estaban de pie, con los brazos cruzados sobre sus blancas y planchadas camisas y tamborileaban el suelo con el pie en señal de aburrimiento. La agencia también estaba vacía. Todos los agentes estaban en sus casas de campo, en Rhinebeck o North Fork, o en sus apartamentos, con el aire acondicionado encendido, aprovechando aquellos días para leer. El contable estaba de vacaciones, igual que uno de los dos administrativos. Olivia ya no trabajaba en la agencia y Max y Lucy todavía no habían conseguido otro asistente. Incluso Hugh estaba de vacaciones. Sin él, la oficina se veía desangelada, espectral. Daba la impresión de que el otro administrativo, Pam y yo éramos los únicos habitantes del mundo.

Al estar sola, me costaba estarme quieta. Mientras el café se enfriaba sobre mi mesa, tomé los documentos pendientes de archivar de la semana y fui colocando los contratos, las fichas y la correspondencia en sus respectivas carpetas y archivadores, lo que me llevó veinte minutos. Tenía que revisar varios contratos, rellenar algunas solicitudes de autorizaciones y, desde luego, hojear los inacabables originales no solicitados y leer las cartas para Salinger. Eran las diez y media y disponía de tres horas, hasta la una y media, que era cuando la agencia cerraba. Bebí un sorbo del tibio café, abrí el cajón de las cartas y saqué una pila al azar. Un hombre de los Países Bajos a quien le encantaba *El guardián entre el centeno* —a juzgar por las cartas, Salinger tenía una cantidad ingente de seguidores holandeses— había viajado a Nueva York a principios de año y había seguido los pasos de Holden por la ciudad. A pesar de que realizó el viaje en invierno, había visto patos en Central Park. ¿Salinger era consciente de que ahora los patos se quedaban en Central Park durante todo el invierno?

Una muchacha que vivía en un internado y que acababa de leer *Franny y Zooey* había discutido con sus amigas acerca de si Franny estaba o no embarazada. Ella decía que sí, pero algunas de sus amigas opinaban lo contrario. ¿Podía Salinger resolver aquel dilema?

Saqué el papel con membrete de la agencia y mecanografié una carta modelo para el holandés. Incontables seguidores aludían a los patos de Central Park. De niña, yo había dado de comer a aquellos patos con mi padre. En ocasiones, bien entrado el invierno. Recordaba haber estado a la orilla de un estanque en algún lugar del East Side, cerca del Met, tapada con el abrigo de estilo tirolés que usaba a la edad de seis años, mientras troceaba un pan con las manos heladas. ¿Podía aquel hombre estar en lo cierto? ¿Los patos se quedaban en Central Park todo el invierno?

Mientras contestaba a la joven del internado, no pude evitar añadir unas líneas para explicarle que Salinger prefería que sus historias se sostuvieran por ellas mismas, sin explicaciones ni comentarios del autor. «Incluso aunque pudiera reenviarle su carta que, como le he indicado, no me está permitido, es poco probable que él respondiera a su pregunta. Si las historias del señor Salinger contienen ambigüedades, es a propósito. Como podrá imaginarse, ya le han preguntado a menudo si Franny está o no embarazada —yo lo sabía por las cartas que me llegaban y las que recibía Hugh, aunque ignoraba qué le había pasado a Franny—, pero, como le he dicho, el señor Salinger deja en manos del lector la decisión de si Franny está embarazada o no. En la literatura, como en la vida, a veces no hay respuestas correctas.» Una parte de mí deseaba continuar y aconsejarle que tenía que ser más firme en sus convicciones, resolver las discusiones por ella misma sin buscar el respaldo de otras voces; que el hecho de que hubiera escrito a Salinger, aun sabiendo que seguramente no le contestaría, demostraba iniciativa y coraje y que debía apoyarse en esas cualidades que sin duda poseía. El mundo fuera del colegio Choate, Exeter o Deerfield era más complicado de lo que parecía y debía tener las ideas muy claras para salir adelante. Otra parte de mí creía que si fuera Salinger quien escribiera aquella carta, posiblemente le diría lo mismo. O le sugeriría que, en lugar de *Franny y Zooey* leyera poesía. Pero no escribí nada de todo esto. Ya había dicho lo suficiente. «Con mis mejores deseos, Joanna Rakoff», tecleé.

Me resultaba extraño escribir mi nombre una y otra vez al final de aquellas cartas, porque, en cierto sentido, la persona que redactaba las cartas no era yo en absoluto. Del mismo modo que tampoco era yo quien contestaba al teléfono, la que tranquilizaba a Roger o la que les explicaba a los productores, con voz sofisticada, que lo sentía muchísimo pero que el señor Salinger no permitía que se realizaran adaptaciones teatrales o cinematográficas de sus obras. Quizá se trataba de una versión de mí: yo en el papel de asistente de una agencia literaria.

Entonces una idea acudió a mi mente: la persona que hablaba con nerviosismo con Salinger sobre poesía era mi yo verdadero. A pesar de que él todavía no supiera cómo me llamaba.

A las doce y media, el administrativo apagó la lámpara de su escritorio y se marchó. Pocos minutos más tarde, pasé por la zona de recepción camino del lavabo y vi que Pam también se había ido.

Nueva York en agosto.

Cuando regresaba a mi escritorio, los teléfonos empezaron a sonar. Esto era lo que ocurría cuando Pam se iba: los teléfonos de toda la oficina sonaban. Corrí a mi escritorio y descolgué el auricular con la respiración entrecortada. Una voz ronca gritó el nombre de mi jefa seguido de un «por favor». Era como si hubiera invocado su presencia.

—¡Jerry! —grité—. ¡Soy Joanne!

—¡Joanne! —repitió él con voz ligeramente más baja. De todos modos, yo me había acostumbrado a sus gritos y ya no me sonaban tan fuertes—. ¿Ahora te han colocado como telefonista?

—Pam ha tenido que irse antes.

—Está bien, pero no te quedes encasillada en esa tarea o no conseguirás salir adelante. Recuerda que eres una poetisa.

—Hoy mi jefa no ha venido —dije para no ponerme a hablar con nerviosismo.

—Últimamente está mucho fuera. ¿Todo va bien?

Era la primera persona que se daba cuenta de que mi jefa no había acudido a la oficina durante la mayor parte del verano.

—Sí, todo bien —contesté—. Es solo que ha recibido muchos originales y tiene que leerlos.

—Bien, bien.

Percibí un ruido similar al de una interferencia, como si Jerry estuviera frotando su mejilla contra el micrófono.

—¿Puedo ayudarlo en algo? —Yo tenía prohibido ayudar a Salinger en nada.

—No, no. Solo quería preguntarle algunas cosas sobre el asunto *Hapworth*, pero puedo esperar.

—De acuerdo. Yo estaré aquí hasta la una y media, por si necesita alguna cosa.

—Muy bien. Cuídate.

Cuando colgué, mi mirada se posó en la estantería que contenía sus libros. Leí los títulos impresos horizontalmente. Era casi la una y media. No había nadie en la oficina y mi teléfono había sonado solo una vez en todo el día. Me levanté y tomé un ejemplar en rústica de cada uno de los libros: *El guardián entre el centeno*, *Nueve cuentos*, *Franny y Zooey*, *Levantad, carpinteros, la viga maestra* y *Seymour: una introducción*. Durante ocho meses, había visto tantas veces aquellos títulos que estaban grabados en mi cerebro. A veces, cuando caminaba por Bedford o Madison, aparecían en mi cabeza sin más, como un mantra. «*Seymour: una introducción*», pensaba, por ejemplo. Otras veces surgían cuando estaba a punto de conciliar el sueño; flotaban en el interior de mis párpados con sus letras y colores característicos: granate, mostaza, negro sobre turquesa o blanco crema.

Los metí en mi bolso. Me lo colgué del hombro y salí de la oficina.

Pensé en ir al MoMA, al cine o al Met, cosas que me encantaba hacer sola y que ahora me sentía obligada a hacer con Don, pero las colas de los museos debían de ser largas y en los cines debían de poner los éxitos de taquilla veraniegos. Consideré la posibilidad de llamar o pasar a visitar a alguna amiga, pero ¿quiénes eran mis amigas? ¿Dónde estaban mis amigas?

De modo que hice lo que realmente quería hacer, lo que sabía que haría desde el principio: me fui a casa a leer. Primero leí *Franny y Zooey*, porque quería averiguar si estaba de acuerdo con la estudiante o no, o porque sabía que a mi padre le encantaba aquel libro y se identificaba con Zooey, que era actor, como lo había sido mi padre. Después leí *Levantad, carpinteros, la viga maestra* y *Seymour: una introducción*. A continuación, *Nueve cuentos* y, finalmente, el domingo por la mañana, mientras fuera llovía y yo bebía una segunda taza de café de mi cafetera exprés, *El guardián entre el centeno*. Leí, leí y leí. No paré de leer ni para contestar al teléfono: Allison se había retirado de la fiesta para interesarse por mí. Solo dejé de leer ocasionalmente para tomar un melocotón, un trozo de queso o un vaso de agua. Me llevé los libros al lavabo como hizo Zooey con su texto y, el lunes, el Día del Trabajo, como no quedaba comida en el apartamento, me llevé *El guardián* al restaurante de comida mediterránea de la esquina y seguí leyendo mientras tomaba huevos con salsa *harissa*. Luego regresé a casa y lo terminé mientras las lágrimas resbalaban por mis mejillas.

Salinger no era cursi. Sus obras no eran nostálgicas. No consistían en cuentos de hadas sobre niños genio que se pateaban las calles de la vieja Nueva York.

Salinger no se parecía en nada a lo que yo había imaginado. En nada.

Salinger era brutal. Brutal, divertido y preciso. Me encantaba. Todo lo que había escrito me encantaba.

OTOÑO

¿Has leído a Salinger? Lo más probable es que sí. ¿Te acuerdas de cuando conociste a Holden Caulfield? ¿Te acuerdas de cómo se te cortó la respiración cuando te diste cuenta de que tenías delante una novela, una voz, un personaje, una forma de contar una historia, una visión del mundo totalmente diferente de las que conocías hasta entonces? Quizás eras un adolescente rebosante de rabia y frustración, convencido de que nadie comprendía las complejidades de tu alma. Y entonces apareció Holden, un canal para todas aquellas emociones inapropiadas. Quizá, como el joven de Winston-Salem, pensabas en Holden cuando la realidad te sobrepasaba y él te tranquilizaba y te hacía sonreír. O quizá, como la joven que, condenada a morir, leía tumbada en el sofá mientras las células cancerígenas se multiplicaban en su sangre, te enamoraste de la precisión, de las infinitas pinceladas sutiles y de la indiscutible naturalidad de los primeros cuentos de Salinger: «Un día perfecto para el pez plátano», «El tío Wiggily en Connecticut» o «Justo antes de la guerra con los esquimales». Todos ellos divertidísimos, enternecedores y plagados de un simbolismo brillante y pulsante.

O quizás a ti, como a mí, te encantaron todas sus obras.

Me encantó Holden, con su rabia alimentada por el dolor. Me encantó el pobre Seymour, que susurraba relatos taoístas a su hermana pequeña. Me encantó Bessie Glass, que vestida con un kimono y con los bolsillos llenos de herramientas se paseaba, preocupada, por el apartamento. Y me encantó Esmé, por supuesto. ¿A quién no? Y especialmente me encantó o incluso me enamoré un poco de Buddy Glass, el segundo hijo, que es el narrador de algunos de los relatos de la familia Glass y cuya vida se ve cada vez más consumida por el dolor.

Pero yo diría que, por encima de todos, me gustó el personaje de Franny y su historia. ¿Te acuerdas de ese cuento?, ¿de su perfección?, ¿de su contención? Permíteme que te lo recuerde: Un atractivo joven llamado Lane Coutell espera en la plataforma del tren, en Princeton, la llegada de su novia —Franny, por supuesto—, que acude para asistir con él al partido del fin de semana. En el bolsillo guarda la carta que ella le envió la semana anterior. La ha leído tantas veces que prácticamente la ha memorizado. Cuando ella baja del tren, a Lane lo invade una oleada de emoción que no puede considerarse exactamente amor, porque él es demasiado limitado como persona para sentir amor, al menos en aquella época, a la edad de veintiún años, pero sí que podría definirse como una mezcla de afecto y sentido de la propiedad mezclado con algo de orgullo. Orgullo, claro, por haber pescado a una chica tan guapa, brillante y original como Franny. A pesar de todo, cuando ella le pregunta: «¿Has recibido mi carta?», él finge indiferencia. «¿Qué carta?» Lane es muy, muy joven.

Esa carta, escrita con el nerviosismo típico de una jovencita, es una declaración de amor hacia Lane, aunque cualquier lector, salvo Lane, sospecha que tanta insistencia no hace más que reforzar lo contrario. Cuando Franny y Lane se disponen a comer, ella siente que no puede adaptarse a los planes de él, y tampoco logra fingir interés por el trabajo que Lane ha escrito acerca de Flaubert. Y, aunque no lo expresa de este modo, tiene la clara sensación de que el mundo está lleno de pedantes, gente con grandes egos, por utilizar el término que ella utiliza, y no puede seguir fingiendo lo contrario. Ya no puede seguir disimulando y pretender que sus profesores son unos genios, que cualquiera que publica sus obras en una revista de corta tirada es un poeta, que los actores malos son en realidad buenos. En pocas palabras, ya no puede seguir participando en el mundo con su red de mentiras sociales. Ha abandonado la obra teatral en la que representaba un papel protagonista. Ha dejado de leer las obras que tiene que leer en la universidad. Ya no puede más. Ha terminado con todo salvo con un librito que lee de forma obsesiva, *El peregrino ruso*, en el que un humilde campesino ruso recorre el país con el fin de averiguar cómo rezar. La respuesta, que Franny adopta para sí misma, es la Oración de Jesús, un simple mantra que, siguiendo las instrucciones del peregrino, ella repite continuamente para sincronizarlo con los latidos de su corazón. Si has leído el cuento ya sabrás que no se trata de un relato sobre el cristianismo. La repetición de la Oración de Jesús por parte de Franny tiene menos que ver con Jesús que con su deseo de trascender su problemático ego y detener los pensamientos y deseos superficiales que la dominan. Ella reza para encontrar una forma de vivir en un mundo que la pone enferma, para ser su auténtico ser, para no ser la persona que el mundo le está diciendo que tiene que ser: la chica que debe ocultar su inteligencia en las cartas que escribe a Lane, que debe transigir para poder vivir.

Quizá tú, como yo, cuando leíste el cuento por primera vez, te identificaste tanto con Franny Glass que te preguntaste si Salinger, mediante alguna extraña técnica futurista, se había introducido en tu cerebro. O quizá tú, como yo, sollozaste de alivio y agradecimiento al saber que no eras la única que experimentaba aquel agotamiento, aquella desesperación y frustración hacia todo y hacia todos, incluida tú misma: por tu incapacidad de mostrarte mínimamente amable con tu bienintencionado padre o por tu inexplicable decisión de hacer trizas el corazón del hombre que más te quería en el mundo. No eras la única, había alguien más que intentaba averiguar cómo vivir en el mundo.

Entonces comprendí las distintas preguntas y los personajes y lugares que los seguidores de Salinger mencionaban en sus cartas. Los patos de Central Park. Seymour Glass cuando besa el pie de Sybil. Phoebe. La gorra roja de caza. Comprendí todos los «¡qué fastidio!», «¡maldita sea!», «farsantes» y «cretinos». Y el efecto que me produjo fue como cuando uno encuentra las piezas que faltan en un rompecabezas que está, desde hace meses, a medio terminar encima de la mesa. De repente, la imagen total era clara.

Supongo que no hace falta comentar que entonces comprendí por qué le escribían sus lectores, y que, además de escribirle, confiaran en él de una forma imperiosa y entregada, con empatía y compasión. Porque la experiencia de leer una historia de Salinger tiene menos que ver con leer una historia y más con que Salinger en persona te susurre sus cuentos al oído. El mundo que crea es a la vez palpablemente real y sumamente magnificado, como si caminara por el mundo con las terminaciones nerviosas a flor de piel. Leer a Salinger es sumergirse en un acto de tal intimidad que, a veces, te hace sentir incómodo. Con Salinger, los personajes no le dan vueltas y más vueltas al hecho de suicidarse, sino que cogen una pistola y se pegan un tiro. Durante todo el fin de semana, mientras leía sus libros, de vez en cuando tenía que dejarlos a un lado y respirar hondo. Salinger nos presenta a sus personajes en toda su desnudez; nos desvela sus pensamientos más íntimos y sus acciones más reveladoras. Casi es demasiado. Casi.

Y es por esta razón, claro, que sus lectores sienten una necesidad imperiosa de escribirle; de decirle «aquí es donde metiste el dedo en la llaga», o «aquí es donde lo bordaste».

Pero también comprendí, y lo comprendí de verdad, por qué ya no quería seguir recibiendo aquellas cartas. Me acordé, por enésima vez, del joven de Winston-Salem: «No puedes ir por ahí revelando tus emociones al mundo.» No, pero podías revelárselas a J. D. Salinger. Suponías que él las entendería. Y quizá fuera así, quizá las entendió, porque, según me contó Hugh, durante años contestó las cartas de sus seguidores. Pero el peaje emocional fue demasiado grande. En cierto sentido, ya empezaba a serlo para mí también.

Don regresó a casa el lunes. Rebosante de energía. Feliz y descansado. Sonrió al verme.

—¿Cómo estás? —me preguntó, y se sentó a mi lado, en el borde de la cama.

Yo acababa de terminar *El guardián entre el centeno* y la cabeza me daba vueltas.

—Cuéntame todo lo que Buba ha hecho.

Cuando hablé, mi voz sonó ronca, como si acabara de despertarme. Apenas había pronunciado unas pocas palabras durante todo el fin de semana; solo para pedir el café y los huevos. En el exterior, el cielo estaba gris, totalmente incoloro.

—Nada —contesté.

—¿No has ido al cine? Sé que te encanta ir al cine.

Sonrió, como si quisiera engatusarme para que hablara. «Te conozco.» Pero una extraña apatía, una extraña vacuidad se había apoderado de mí. Contemplé el cielo, que se estaba oscureciendo, preparándose para llover. Durante la ausencia de Don, en realidad me había olvidado de él. No me había preguntado qué estaba haciendo en la boda o en la playa, si estaba encantado de poder mirar a las jóvenes invitadas sin miedo a mi censura o si se había despertado aquella mañana con una rubia tumbada a su lado. En realidad, no había pensado en él en absoluto.

El martes, mi jefa regresó a la agencia en plena forma, o al menos en vías de conseguirlo. Había vendido su apartamento y estaba buscando uno nuevo. El primero de la lista tenía un salón en el nivel inferior y bonitas vistas al East River. Llevó los planos a la oficina y los extendió para que expresáramos nuestra opinión. Todos estábamos de acuerdo: el salón del nivel inferior resultaba encantador y elegante, como salido de una película de Carole Lombard.

Mi jefa había pasado los días anteriores a su regreso en un balneario y nos pidió a todos que le tocáramos los codos. Según nos contó, se los habían exfoliado por primera vez en su vida. «¡Tócame los codos! —exclamaba cuando alguien le preguntaba por su escapada—. ¡Tócamelos!» Yo lo hice y me acordé de Seymour Glass, quien en su diario habla de las huellas que los demás dejan en sus manos. La humanidad de los demás deja una marca en su carne. «Tengo cicatrices en las manos por tocar a ciertas personas.» Seymour Glass, que de algún modo es demasiado sensible, demasiado emotivo para este mundo, «calladamente emotivo». Seymour Glass, quien se pega un tiro en la cabeza con una pistola mientras su mujer está tumbada en la cama a su lado.

Una mañana de septiembre, James se acercó a mi escritorio con su habitual taza de café en la mano.

—Bueno, he vuelto a leer la novela de Don y me gustaría ocuparme de ella. Me gustaría representar a Don —me dijo mirándome fijamente e intentando no sonreír.

—¿De verdad? —Me levanté para quedar a la misma altura que él y me di cuenta de que mientras oía la noticia había contenido la respiración—. ¡Es fantástico!

—Hoy mismo lo llamaré y se lo diré. Lanzaremos su novela al mercado. —Arqueó las cejas y se permitió sonreír.

—¿No quieres que haga correcciones? —le pregunté cuidando de ocultar el pánico creciente que estaba experimentando. ¿Lanzar al mercado la novela tal cual estaba? Nunca se vendería. Estaba segura.

—Sí, he pensado en ello —contestó, y bebió un sorbo de café—. Pero creo que a los editores les encantará el estilo o lo aborrecerán —sonrió—. Se podrían realizar algunos cambios, pero también puedo sacarla al mercado, encontrar un editor a quien le guste el estilo de Don y que luego sea él quien lo dirija en los cambios. Con las correcciones se pueden tomar muchas direcciones y no quiero encaminarlo en la equivocada. Quiero que alguien se enamore de su forma de escribir.

Asentí.

—¿Por qué? —me preguntó, y su sonrisa se volvió un poco perversa—. ¿Por qué crees que la novela necesita correcciones?

—¡Yo no he dicho eso!

—Vamos —me animó él mientras se reía.

Oí que la silla de mi jefa crujía.

—¿Qué ocurre ahí? —preguntó.

—He decidido representar al novio de Joanna —respondió James.

Desde que instalaron el ordenador, James había desarrollado una admirable capacidad de bromear con mi jefa. O quizás ella había desarrollado la capacidad de bromear con él, porque ya no era solo el agente más joven de la agencia, sometido al dictáfono y las tareas de archivo, sino que ahora era el Experto del Ordenador, el hombre que conectaba la agencia con la era digital.

—¿En serio? —preguntó ella.

Oí el inconfundible chasquido de su encendedor.

—En serio. Ha escrito una novela interesante.

James me miró mientras esperaba la cortante respuesta de mi jefa, pero no se produjo.

—Joanna cree que la novela requiere trabajo antes de salir al mercado.

—Probablemente tenga razón —declaró mi jefa, y se rio.

Un segundo después, un hilo de humo salió por la puerta entreabierta de su despacho, como el rastro de la lámpara del genio.

El drama *Hapworth* se trasladó del interior del libro —el interlineado, los márgenes, el encabezado— al exterior. Roger se había tropezado con un problema técnico: a pesar del generoso interlineado y la amplitud de los márgenes, el libro no era lo bastante ancho para que el título o el nombre de Salinger pudieran imprimirse horizontalmente en el lomo. «Las letras se juntan —me dijo con voz preocupada—. Se ven borrosas. Queda fatal.»

Salinger estaba disgustado, desde luego, pero comprendía que Roger no podía hacer nada al respecto. Decidió tomar cartas en el asunto personalmente y realizó un diseño propio para el lomo del libro. Todo un día de octubre se perdió en un aluvión de faxes: Jerry envió sus diseños a mi jefa; ella los examinó y los envió a Roger, quien realizó algunos cambios y volvió a enviarlos a la agencia. Y así una y otra vez. Mi jefa envió personalmente los faxes: se trasladó numerosas veces de su escritorio al fax y del fax a su escritorio. La máquina estaba al otro lado del departamento de contabilidad, enfrente del ordenador, al lado de la máquina de café, la fotocopiadora y el microondas: los distintos recordatorios de que estábamos en 1996 y no en 1956.

Hacia el final del día, las partes implicadas encontraron una solución, o algo parecido. Roger accedió a utilizar el último diseño de Salinger, el cual era algo inusual. Su nombre figuraría impreso en diagonal en el lomo. El acuerdo no fue fácil de alcanzar. «Ríndete, Roger», le aconsejó mi jefa finalmente. Al menos eso nos contó a Hugh y a mí.

—¿De verdad le dijiste eso? —le preguntó Hugh entre risas.

—Por supuesto —corroboró ella—. Si no, la situación se habría prolongado indefinidamente. Todo esto es ridículo. Si Roger quiere que el libro esté en las librerías para Año Nuevo, el lomo es lo de menos. La gente comprará el libro simplemente porque es de Salinger.

La fecha de lanzamiento seguía siendo el 1 de enero, aunque a mí me parecía muy improbable que estuviera listo a tiempo, y Hugh opinaba lo mismo. Ni siquiera habíamos terminado de preparar los contratos.

—Es cierto —dijo Hugh—, pero se trata de la editorial de Roger y comprendo que quiera que el libro tenga buen aspecto.

—¡Y lo tendrá! —confirmó mi jefa, y le tendió la propuesta de Salinger.

Él la observó con los ojos entornados.

—¡Vaya! —exclamó—. ¿De verdad se puede hacer esto técnicamente? ¿Imprimir en diagonal?

—Roger ha encargado un ejemplar de muestra, así que pronto lo sabremos —declaró mi jefa.

Y esbozó una sonrisa que, con el tiempo, comprendí que era maliciosa.

Algunas veces, a mediodía, pasaba por delante del Rockefeller Center y observaba la antigua oficina de Jenny. En esas ocasiones, una oleada de tristeza me invadía. Jenny ya no trabajaba allí, ya no enviaba correos electrónicos a sus amigos para quedar para comer. Ahora vivía en Pittsburgh. Aunque cuando trabajábamos en la misma zona apenas nos veíamos, ya que su vida, su mundo se había distanciado mucho del mío, me reconfortaba saber que estaba allí, a pocas manzanas en dirección oeste. Supongo que albergaba la esperanza de que las cosas cambiaran, de que volvieran a ser como antes.

Jenny y Brett no habían alquilado una casa, sino un apartamento cerca de la universidad. Por lo visto, las viviendas en Pittsburgh no eran tan baratas como creían. Jenny había encontrado un trabajo como educadora a tiempo parcial en el Museo de las Ciencias. Esto significaba que era una de esas personas dulces, alegres y de actitud docente que acompañaban a los niños al Centro de la Naturaleza o comoquiera que lo llamaran en Pittsburgh. Allí podrían observar hormigueros, tocar los huesos de los dinosaurios y quién sabe qué más: todas las cosas que hacíamos de niñas en el Museo de Historia Natural. Le comenté por teléfono que era el trabajo perfecto para ella, y me sentí aliviada al poder decirle aquella simple verdad.

Sin embargo, cuando colgué me acordé de Holden, por supuesto. Como el muchacho de Winston-Salem, yo también había empezado a pensar mucho en Holden. A Holden también le encantaba el Museo de Historia Natural: los indios, el ciervo que bebía en un estanque artificial y los pájaros que migraban hacia el sur en formación de V. «Pero lo que más me gustaba de aquel museo —decía Holden— era que todo estaba siempre en el mismo sitio. Nada cambiaba.» Los indios, el ciervo, los pájaros volando... todo seguía siempre igual. «Lo único que cambiaba era uno mismo.»

Un día, mi jefa me tendió una historia escrita por uno de sus autores. Yo no había oído hablar de él hasta entonces. Me enteré de que era mayor y que, mucho tiempo atrás, había publicado varias novelas muy elogiadas, pero hacía tiempo que estaban descatalogadas y su nombre se había perdido en los anales de la historia. A mí, ciertamente, no me sonaba de nada. Más tarde, busqué sus novelas en las librerías de la agencia, pero no encontré ninguna.

—¿Por qué no la envías a las editoriales? —me preguntó mi jefa.

—¿En mi nombre? —le pregunté con cautela, convencida de que me diría que no. Ni siquiera estaba segura de querer que me contestara afirmativamente.

—Sí. Por supuesto.

La historia era buena; buena pero «silenciosa». Este término formaba parte de la jerga de la agencia, que también utilizaba el término «osadas» para referirse a las obras que contenían escenas de sexo explícito, como las de algunos autores de Max. Aquella novela era silenciosa en el sentido de que no había una trama concreta. Claro que lo mismo podía decirse de muchas novelas, incluidas las de Salinger. Se trataba, más bien, de acompañar al protagonista durante una visita que realiza a otro personaje.

Yo sabía que, en aquella época y aquel momento, la novela del autor de mi jefa no era una gran candidata a aparecer en las revistas de renombre. Pero, a veces, lo menos probable ocurría. A veces, *The New Yorker* publicaba relatos traducidos del urdu o escritos por completo sin la letra «e». Y a veces también publicaba historias sencillamente silenciosas. Yo sabía que la revista tenía un director de ficción nuevo y, seguramente, debía de estar renovando la lista de escritores. Mecanografié una carta de presentación, la grapé a la historia y la lancé al mundo.

Aquella tarde, James sacaría al mercado la novela de Don. James era, por supuesto, un hombre de la agencia, de modo que no la presentaría a subasta, sino que la enviaría a los editores de uno en uno. «Si se tratara de un libro importante —me explicó—, sí que organizaría una subasta.» Quizá James tenía razón: lo único que necesitábamos era que una sola persona apreciara la peculiar grandeza de la forma de escribir de Don y que, al mismo tiempo, lo orientara sobre cómo podía soltarse, liberarse, ser más ligero y la historia más estructurada y estilizada. Solo se necesitaba una persona.

No obstante, me pregunté si celebrar una subasta no sugeriría a los editores que se trataba de una novela importante; si una subasta no convertiría la novela de Don en una novela importante.

«No —pensé mientras contemplaba a Izzy salir de las oficinas con el original en la mano y un voluminoso impermeable sobre su delgado cuerpo—, no, eso depende de Don.»

Me había acostumbrado al silencio que reinaba en nuestra sección cuando mi jefa no estaba y a programar mi jornada laboral, de modo que, durante los días siguientes a su regreso, tuve que esforzarme para no verla como una intrusa, un estorbo en mi tranquila y pacífica jornada. Sobre todo cuando empezaron los gritos. Desde su regreso, todos nos habíamos acercado a ella con tacto y delicadeza, así que me quedé impactada cuando, una tarde, oí que le levantaba la voz a Max. La puerta de su despacho estaba cerrada, de modo que no supe por qué le gritaba, pero sí que lo consideraba «inaceptable» y «una gilipollez». Me quedé paralizada en la silla, incapaz siquiera de escribir a máquina.

Me salvó el teléfono, a través del cual me llegó una voz que tenía un agradable acento inglés.

—¿Eres Joanne? —preguntó.

—Sí, soy yo.

Mi interlocutora me explicó que era la asistente del nuevo editor de ficción de *The New Yorker*, y que me llamaba en relación a la historia que les había enviado. Mi corazón empezó a acelerarse. Yo esperaba una nota, que era la forma en que normalmente recibíamos los rechazos. ¿Acaso iban a publicarla? ¿Era posible?

—Me temo que vamos a rechazarla —me informó ella, y soltó lo que me pareció un enorme bostezo—. Lo siento, estoy bajo los efectos del *jet lag*. Todavía no me he acostumbrado al cambio horario. Llevo siglos aquí, pero sigo despertándome temprano y me duermo a las seis de la tarde.

Los gritos del despacho de mi jefa habían cesado y Max salió como una exhalación. «¡Está bien!», exclamó. Sacudió la cabeza con exasperación y se alejó sin mirarme. Mi jefa suspiró y salió detrás de él con actitud circunspecta. Seguramente, se dirigía a hablar con Carolyn.

—Bueno, la razón de que te llame es que la historia realmente nos ha gustado. Si el autor tiene otras, envíanoslas. Y te agradeceremos que sigas en contacto con nosotros. Envíanos más obras. —Volvió a bostezar, pero esta vez más discretamente—. Has estado cerca.

Su comentario me alegró más de lo que debería. Había estado cerca. Había apuntado alto y casi lo había conseguido.

Don también estuvo a punto de conseguirlo. Más o menos. Pocos días después, James se acercó con actitud despreocupada a mi escritorio y me tendió una carta.

—El primer rechazo —me anunció con una sonrisa amplia—. Y se trata de un rechazo fantástico.

Yo llevaba trabajando en la agencia el tiempo suficiente para comprender que había rechazos y rechazos. Estaba, por ejemplo, el: «No es para nosotros», o «los personajes no me han resultado cercanos», o «la historia, en el mejor de los casos, me ha parecido muy poco creíble», o simplemente «me temo que la historia es muy similar a la de una novela que vamos a publicar el próximo otoño» o «demasiado similar a un escritor que ya es autor nuestro». Y también, «el estilo me ha encantado, pero la historia no me ha parecido sólida», o «esta novela me ha emocionado mucho», o «me encantaría recibir la próxima novela de este escritor», que era, en esencia, el contenido de la carta que James sostenía en la mano.

«Estaba equivocada», pensé mientras James se dirigía a la fotocopiadora para sacar una copia de la carta para Don.

Camino de casa y bajo los efectos del frío viento, pensé que, al fin y al cabo, el editor la había rechazado. Un buen rechazo no dejaba de ser un rechazo, de modo que quizá no estaba tan equivocada en mi evaluación.

A continuación, pensé que habría preferido estar equivocada. Aunque no estaba segura.

Reflexioné acerca de lo que me había dicho la asistente del editor de *The New Yorker*: me había pedido que le enviara más historias, y tuve la sensación de que debíamos enviarle algo inmediatamente. Me acordé de la autora que había extraído del montón de propuestas editoriales, de la encantadora novela acerca de la muchacha y su padre alcohólico. Había estado esperando el momento adecuado para hablarle a mi jefa de aquella autora potencial.

Al final del día, llamé suavemente a la puerta de su despacho.

—Normalmente, envío una copia de la carta modelo a las propuestas editoriales, pero este verano encontré una que me pareció interesante, de modo que... esto... le pedí que me enviara la novela —le expliqué con torpeza—. Se trata de una novela corta.

De repente, me di cuenta de que había quebrantado varias normas. Para empezar, tendría que haberle enseñado la carta de la propuesta a mi jefa y pedirle permiso para ponerme en contacto con la autora. Tuve la impresión de que toda la sangre de mi cuerpo se concentraba en mi cara.

—No sé si le gustará. Se trata de una novela silenciosa, más centrada en los personajes que en la trama. De corto alcance. Pero creo que es buena y que se vendería bien.

Mi jefa sonrió.

—Ya sabes que antes de pedirle que te la enviara deberías haber hablado conmigo —me reprendió—. Cuando te pones en contacto con un autor, estás representando a la agencia.

«Lo comprendo...», iba a disculparme, pero antes ella tendió la mano hacia mí.

—Enséñamela —pidió.

Aquel viernes, el correo incluía un montón de cartas para Salinger reenviadas por Little, Brown y unas cuantas dirigidas a mí: los seguidores de Salinger, que me contestaban. Abrí una que estaba pulcramente escrita con una máquina de escribir antigua y, por razones que no logré dilucidar, sonreí con placer. «Querida señorita Rakoff —empezaba—, si es que se llama así de verdad. —Mi sonrisa desapareció—. Su nombre es tan ridículo que apuesto a que es falso. No sé quién es usted, pero supongo que utiliza un pseudónimo para protegerse. —Solté una carcajada tan estridente que distraje a Hugh de cualquier nimiedad que estuviera haciendo y se agitó en la silla—. Bueno, sea quien sea, le escribo para indicarle que no tiene ningún derecho a retener mi carta, o la de cualquier otra persona, y no enviársela a J. D. Salinger. Yo no le escribí a usted, sino a él. Si cree que puede quedarse con mi carta, está equivocada. Haga el favor de enviársela inmediatamente a J. D. Salinger.»

Ya no me acordaba del nombre de aquella persona, lo que probablemente significaba que le había enviado una carta modelo, aunque tampoco estaba segura. A aquellas alturas había contestado, ¡cielos!, cientos, quizá mil cartas de lectores de Salinger.

Abrí la siguiente carta, que estaba escrita con una letra vivaz e infantil; se trataba de la chica que esperaba conseguir un excelente con la respuesta de Salinger. ¿Qué esperaba yo? ¿Una manifestación de gratitud por mis duras pero útiles palabras? Lo que encontré fueron dos páginas llenas de improperios escritos en un ataque de ira. «¿Quién eres tú para juzgarme? No sabes nada de mí. Seguro que eres una vieja y reseca bruja que ni siquiera recuerda lo que es ser joven. Igual que todos mis profesores. Yo no te he pedido consejo. NO TE ESCRIBÍ A TI. Escribí a J. D. Salinger. Tienes celos porque ya no eres joven y por eso quieres castigar a las chicas como yo. O tienes celos de Salinger porque él es famoso y tú solo eres una más del montón.» Su carta contenía una incontestable verdad: yo era solo alguien del montón.

Alguien que empezaba a comprender por qué Hugh me había pasado la carta modelo: para salvarme de mí misma.

—Me he puesto en contacto con imprentas más importantes —me contó Roger un día de octubre.

Percibí en su voz una leve arrogancia que no había detectado antes. Por lo visto, la magnitud del proyecto lo estaba afectando. Hasta entonces, había sido un editor de libros menores, libros no detectados por el radar, libros de los que se habían vendido cientos en lugar de miles de ejemplares. Pero ahora se había dado cuenta de que iba a publicar una obra de Salinger. ¡Salinger! Y de sus libros se vendían millones de ejemplares. En junio, Roger había planeado una tirada inicial de diez mil; una cantidad superior a la de cualquier otro libro de su catálogo. Aun así, se trataba de una cifra modesta. Mi jefa lo había convencido de que, como decía Hugh, los coleccionistas comprarían los diez mil ejemplares incluso antes de que llegaran a las librerías.

—Si imprimo una tirada mayor, me encontraré con otro problema —me explicó—. ¿Dónde almaceno los libros? Normalmente los guardo en el garaje de mi suegro...

—Espere, ¿qué dice? —le pregunté muerta de risa.

La situación había cruzado la frontera de lo absurdo: Salinger trabajaba con una editorial que almacenaba los libros en un garaje particular.

—Sí, bueno, también los guardo en mi garaje, pero se llena enseguida... —Hizo una pausa y luego prosiguió—: De modo que si realizara una tirada inicial de, pongamos, treinta, cuarenta o cincuenta mil ejemplares, tendría que alquilar un almacén. Esto es lo siguiente que figura en mi lista.

Por su tono parecía preocupado, agotado, como si aquellas decisiones le provocaran insomnio. Una tirada inicial mayor significaba para él un mayor desembolso de dinero, y Roger era profesor en una universidad estatal. ¿Podía hacer frente a aquellos gastos?

Pero las imprentas más grandes, las que podían manejar las tiradas requeridas por las obras de Salinger, presentaban otro problema.

—Su encuadernación parece barata —me explicó Roger contrariado—. Queda perfecta, lo que no encaja con una auténtica encuadernación cosida. En lugar de coser el libro, lo pegan. Sé que a Jerry no le gustará. Recuerdo los contratiempos que surgieron hace años a raíz de la publicación de *Para Esmé*.

Por lo visto, a Jerry le había horrorizado la calidad de la edición inglesa en rústica de *Nueve cuentos*, que en el Reino Unido se tradujo como *Para Esmé, con amor y sordidez, y otros cuentos*. Le horrorizó tanto que montó un gran escándalo y rompió con su editor de toda la vida y viejo amigo. Roger podía soltar este tipo de anécdotas salingerianas continuamente. En mi mente, con cada llamada telefónica se acercaba un poco más al territorio ocupado por los fans.

—No quiero que ocurra nada parecido a eso. Es demasiado peligroso. Simplemente, tengo que tomar una decisión —me confió.

—¿Por qué cree usted que Jerry respondió a su propuesta? —le pregunté de sopetón.

—Bueno, utilicé una máquina de escribir... —empezó Roger.

—Lo recuerdo —lo interrumpí con tanta amabilidad como me fue posible.

—Sé que eso le gustó. Pero... —Hizo una breve pausa y lo oí respirar con pesadez. Estaba ligeramente resfriado—. Supongo... —Otra pausa—. Bueno, no le conté cuánto me gustaban sus historias. No le dije: «¡Oh, *El guardián entre el centeno* es mi novela favorita!» ni nada parecido. Mi instinto o lo que sea me indicó que no lo adulara, que no le dijera que era un genio o... —aquí adoptó un tono de voz estentóreo y profesional— un escritor norteamericano importante ni nada por el estilo. Bueno, supongo que por esta razón vive en Cornish, ¿no?

Asentí con la cabeza, olvidando por un instante que estaba hablando por teléfono.

—Allí no está rodeado de personas que le dicen que es un genio, así que puede ser él mismo.

—Sí —corroboré.

¡Qué suerte que supiera con exactitud quién era realmente!, pensé.

Harper's también rechazó el cuento. Yo sabía que lo haría, porque el director era partidario de los escritores irónicos, los jóvenes, los osados. Con *The Atlantic* ocurrió otro tanto. Entonces empecé a pensar en las revistas modestas, modestas pero prestigiosas; revistas que pagarían menos, poco o nada, pero que atraerían la atención hacia el autor de mi jefa. Entre ellas, *The Paris Review* y *Story*, que fue la primera en publicar cuentos de Salinger, y otras. Pero había una en particular que encajaba con la elegante precisión de aquel escritor. Sin pensármelo dos veces, mecanografié una carta de presentación, la uní al cuento y la introduje en un sobre. «Hecho», pensé, y sonreí para mis adentros. Mientras cerraba el grueso directorio *Literary Market Place*, mi mirada se posó en el nombre de otra revista, una que publicaba poesía con rigor y entusiasmo, y también relatos de ficción que eran diferentes a los que uno podía encontrar habitualmente. En el directorio figuraba el nombre del director de la sección de poesía. Antes de que pudiera cambiar de idea, volví a sentarme en la silla, saqué papel de carta de mi cajón y escribí una breve carta de presentación. Después saqué del cajón tres poemas que había escrito a primera hora, antes de que llegara mi jefa y mientras el resto de la oficina estaba reconfortantemente a oscuras. Los uní a la carta y los introduje en un sobre manila, como hacía con los textos de los autores de la agencia.

La primera helada llegó enseguida, más pronto de lo que recordaba que sucedía en mi juventud, cuando el verano parecía prolongarse hasta finales de octubre. Y aunque ya estábamos en noviembre, parecía que fuera febrero: el viento era helado y la lluvia también.

—Tenemos que pedirle a Kristina que arregle la calefacción —le comenté una noche a Don.

Estaba arrebujada con una manta en el sofá. Todavía iba vestida con el jersey y la falda de lana que me había puesto para ir al trabajo, y estaba considerando volver a ponerme el abrigo.

—Podemos pedírselo —contestó él—, pero no creo que lo haga. Verás —señaló la diminuta cocina y rio—, si no ha querido instalar un fregadero, ¿de verdad crees que arreglará la calefacción?

—¿Pero la calefacción no es obligatoria? ¿No constituye uno de nuestros derechos como inquilinos? —A saber de dónde había obtenido esta información, pero estaba convencida de que era correcta—. No puedo pasar aquí otro invierno sin calefacción. Es inaceptable.

La mera idea de pasar otro invierno en aquel apartamento, con o sin calefacción, de pasar otro invierno con Don, hacía que mi corazón latiera de una forma extraña y errática.

¿Cuántas veces me habían dicho que no conocería a Salinger en persona, que él nunca iría a la agencia, que había roto con Nueva York? La ciudad de Nueva York, el entorno de su niñez, el escenario de la mayoría de sus historias, lo agotaba. La ciudad le había impedido trabajar después de la publicación de *El guardián*, cuando vivía en un apartamento en Sutton Place que tenía las paredes pintadas de negro, como las de la desastrada pareja comunista de *El grupo*, de Mary McCarthy. Nueva York había permitido que Claire, su segunda mujer, lo abandonara llevándose con ella a su hijo, durante un viaje de tres días que él hizo a la ciudad. En aquella época vivían en Cornish, donde ella pasaba entre doce y catorce horas sola con el bebé, en una casa aislada por la nieve, mientras Salinger escribía en un cobertizo situado detrás de la casa. Él seguía escribiendo allí, bueno, en otra casa situada enfrente de la original. Y, por lo visto, se pasaba allí todas las horas del día. Me pregunté si seguiría escribiendo acerca de Nueva York; si su imaginación seguía atrapada en el enorme apartamento del East Side donde vivía la familia Glass, atestado de mesitas auxiliares, libros y reliquias de los años de vodevil de Bessie y Les. ¿O quizá su mente estaba ahora centrada en las historias de las familias que lo rodeaban en New Hampshire? Una triste vocecita en mi interior se preguntó si, a la larga, su alejamiento de Nueva York no lo habría silenciado, no lo habría dejado sin temas para sus novelas. «Tengo una pregunta para ti», solía decirme cuando telefoneaba a la agencia. Pero yo también tenía preguntas para él, preguntas que, poco a poco, se habían ido acumulando durante aquel año en que había intentado consolar, aliviar y calmar a sus lectores; aquel año en que había procurado, de todo corazón, ser fiel a sus intenciones, sus ideas, sus deseos.

Una tempestuosa tarde de noviembre, un hombre alto y esbelto atravesó lentamente el departamento de contabilidad. Miraba confuso a izquierda y derecha. Vestía una camisa de franela bien planchada y unos tejanos también planchados. Y llevaba el plateado cabello peinado con una marcada raya a un lado y engominado al estilo de los años cincuenta o sesenta. «¡No puede ser!», pensé, aunque, incluso en la distancia, distinguí sus grandes ojos negros y enormes orejas, el tipo de orejas que ahora sabía que él había legado al pobre y malogrado Seymour Glass. Avanzaba con paso lento y constante hacia mí, con una leve expresión de pánico. Me levanté con la intención de acudir al encuentro de Salinger —porque tenía que ser él, aunque nadie me había mencionado su visita— y guiarlo hasta el despacho de mi jefa, pero de repente me quedé paralizada, inclinada sobre la máquina de escribir. Si corría a ayudarlo, ¿estaría actuando como una de aquellas asistentes que, según me habían advertido, no debía imitar? ¿Aquellas que intentaban entregarle a Salinger sus propios escritos y que filtraban alegremente su número de teléfono? Antes de resolver este dilema, mi jefa salió presurosa de su despacho.

—¡Jerry! —chilló con una voz inusualmente embargada por la emoción.

Yo sabía que Salinger no visitaba la agencia desde hacía años y me pregunté si se veía visiblemente mayor, envejecido, más frágil que la última vez. Mi jefa sujetó uno de sus largos brazos como si quisiera estabilizarlo, y a continuación lo abrazó.

—¡Por fin has venido, Jerry! ¡Cuánto me alegro de verte!

—Yo también me alegro de verte —contestó él, y la miró sonriendo.

Cogidos del brazo, llegaron a mi escritorio, detrás del cual yo seguía de pie y paralizada. Creía que mi jefa estaría tensa y nerviosa, pero la verdad es que se veía radiante, relajada y emocionada. La explicación lógica acudió a mi mente: Salinger le gustaba de verdad. Lo adoraba. Su trabajo, a aquellas alturas yo ya lo sabía, era mucho más que un trabajo para ella. Pero buena parte de su trabajo implicaba ocuparse de los intereses de escritores muertos y yo no me había detenido a pensar cómo se manifestaría su dedicación en su relación con los vivos. Ella era el vínculo de Salinger con el mundo, su protectora, su informadora, su portavoz. Ella formaba parte de la vida de él y viceversa. Ella era su amiga.

—Joanna, ven que te presentaré a Jerry —me dijo con una sonrisa.

Por primera vez desde principios de junio, sus mejillas tenían color. Asentí con la cabeza y obedecí. Salí con dificultad de detrás de mi voluminoso escritorio. Y me moví con más cuidado del habitual, segura de que tropezaría con un cable, chocaría la espinilla contra un cajón o avergonzaría de algún modo a todos con mi torpeza de simple mortal deslumbrada por un famoso. Tenía la sensación de que mis piernas estaban hechas de una sustancia flexible y sumamente pesada, como el plomo líquido. No obstante, logré acabar delante de mi jefa y de Salinger sin contratiempos, resistiendo al impulso de alisarme la falda.

—Jerry, esta es mi asistente Joanna —me presentó ella señalándome con la mano.

—Hola, hola —me saludó él.

Tomó mi mano y, además de sacudirla, tuve la sensación de que también la sostenía. Sus manos eran extraordinariamente grandes, cálidas y secas.

—No necesitamos que nos presentes. Hemos hablado por teléfono muchas veces.

En persona, su voz era menos confusa y estridente. Me miró y sus negros ojos brillaron, como si pidiera mi confirmación.

—Así es —corroboré.

—Estoy encantado de conocerte por fin.

Todavía no me había soltado la mano.

—Yo también estoy encantada de conocerlo —dije como una idiota, conteniendo una intensa, extraña e inexplicable necesidad de abrazarlo.

Me resultó fácil imaginarme a mi jefa aleccionando a su nueva asistente: «Por muy cercana a sus novelas que te sientas, nunca debes abrazarlo.»

Entonces también me acordé de las cartas que guardaba en mi escritorio. En aquel momento, tenía tres respuestas medio esbozadas a otros tantos lectores de Salinger. Absurdamente, temí que él abriera el cajón y las descubriera, que me sorprendiera quebrantando las normas y sus instrucciones.

—¡Bueno! —exclamó mi jefa dando una palmada, como si quisiera despertarme de mi desafortunado estado de ansiedad—. Tenemos mucho de qué hablar. Pongámonos manos a la obra. ¿Por qué no nos sentamos un rato en mi despacho y después vamos a comer, Jerry?

—Me parece perfecto —declaró Salinger, y siguió a mi jefa al interior de su despacho mientras su esbelta figura sobresalía por encima del menudo cuerpo de ella.

El contrato para el libro *Hapworth* ya estaba redactado. Yo misma había mecanografiado y vuelto a mecanografiar múltiples borradores hasta que encontramos un modelo que se ajustara a Salinger. Esto, cómo no, también entraba en la categoría de lo sumamente irregular: normalmente, eran los editores y no los agentes quienes redactaban los contratos. Sin embargo, en este caso, la editorial era tan pequeña que ni siquiera estábamos seguros de que contara con un modelo de contrato, y si lo tenía no habría sido apropiado para un libro de J. D. Salinger. Mi jefa en persona había redactado los contratos y quizá Jerry había acudido a la agencia para firmarlos en los oscuros confines de su despacho, cuya puerta se cerró con un seco chasquido.

En el cajón de mi escritorio estaba la carta de Winston-Salem, dos páginas impresas con una impresora láser que terminaban así:

> Volveré a escribirle pronto. Ya tengo ganas de hacerlo. En cualquier caso, esto es lo que pienso: si yo fuera el tipo que se ha volcado a sí mismo en el papel y el resultado hubiera sido *El guardián entre el centeno*, me pondría loco de alegría si otro tipo tuviera el valor de escribirme una carta y pretendiera, o quisiera, ser capaz de hacer lo mismo.

Cuando la puerta se cerró, abrí el frío cajón metálico y toqué las ásperas hojas. Había leído aquella carta una docena de veces y todavía dudaba sobre qué responder. No estaba segura de qué decirle a aquel muchacho. ¿No sería mejor entregarle la carta a Salinger y dejar que él lo decidiera?

La puerta del despacho de mi jefa siguió cerrada durante largo rato; tanto que al final fui a comprarme la triste y habitual ensalada. Cuando regresé, la puerta estaba abierta y Salinger y mi jefa se habían ido. Una hora más tarde, ella regresó sola. La carta seguiría guardada en el cajón de mi escritorio.

Dos días después, el sábado, un hombre corpulento y rubicundo y con un corte de pelo de estilo militar, se presentó en nuestro apartamento con una caja.

—Hola —me saludó, y señaló con un gesto enigmático el interior del apartamento.

Horas después, un aparato extraño y de aspecto arcaico estaba instalado en la pared del salón.

—¿Cómo se pone en marcha? —le pregunté.

—¡No! —exclamó él con otro gesto enigmático.

Levanté las manos en señal de rendición.

Segundos más tarde, llegó Kristina. Como siempre, lucía su chaqueta deportiva de nailon rojo.

—¡Hola, mujer! —me saludó, y me estrechó la mano.

Acto seguido, ella y el hombre, que supuestamente era su marido, empezaron a discutir a voz en cuello en polaco. Me retiré al sofá.

—¡Mujer! —gritó ella después de unos buenos diez minutos.

Me incorporé.

—Mira, esto es la calefacción. Hay que conectarla a la tubería del gas, pero mi marido se ha olvidado la conexión. Volverá mañana y la conectará. ¿De acuerdo?

—Estupendo —dije mientras intentaba sentir algo de entusiasmo.

¿Cómo podía aquella pequeña caja calentar todo el apartamento? Nunca había visto un calefactor así.

—¡Pero aquí hace calor! —exclamó ella con una sonrisa—. ¡Uau! ¡Mucho calor! Estarás bien hasta mañana, ¿sí?

Don y yo hicimos turnos para que el domingo hubiera siempre alguien en el apartamento, pero el marido de Kristina no se presentó. El lunes, telefoneé a Kristina.

—Tuvo problemas para encontrar el tubo correcto, pero ya lo tiene —me tranquilizó ella—. Irá a colocarlo mañana.

—Mañana yo estaré todo el día en el trabajo —alegué—, no habrá nadie en casa.

—Tenemos una llave.

—De acuerdo —contesté con nerviosismo.

Mis padres tenían la norma estricta de no permitir que los desconocidos entraran solos en la casa de uno.

—¡Por Dios, Buba! —exclamó Don cuando le comenté mi preocupación—. ¿Qué pasa? ¿Acaso crees que nos robará algo?

Durante todo el martes intenté no preocuparme, pero cuando el minutero del reloj señaló las cinco y media, salí de la oficina como una exhalación. Media hora más tarde estaba delante de nuestro edificio. El aire tenía un olor extraño y desconocido que no logré identificar. Entré, recogí nuestro correo y crucé la puerta que comunicaba con el patio. Allí lo comprendí súbitamente: gas. El patio estaba lleno de gas. Un gas tan denso que los ojos me escocieron; tan denso que podía verlo elevarse en volutas. Mi peor miedo se había hecho realidad. Don había regresado antes a casa y había encendido el horno. El viento había apagado la llama piloto y el gas se había extendido por el apartamento. Probablemente Don estaría muerto. O casi muerto. Claro que se suponía que Don no llegaba hasta mucho más tarde. Estaba trabajando y después iría al gimnasio. Aunque podía haber cambiado de planes. Podían haberlo despedido... o lo que fuera.

Durante unos segundos permanecí en el patio, aturdida. Contemplé el cemento resquebrajado del suelo sin saber qué hacer. Al final, subí corriendo las escaleras intentando no respirar. Abrí la puerta del pasillo y después la de nuestro apartamento. Dentro, el gas me mareó enseguida. El horno estaba cerrado. Cerrado y apagado. Como si estuviera en una película de terror, miré alrededor lentamente. Allí estaba el nuevo calefactor, y una potente llama ardía en la ventanilla que había en el ángulo inferior izquierdo. Un grueso tubo azul claro surgía de la parte inferior y recorría la pared paralelo al suelo. Un charco crecía sin cesar debajo del tubo mientras algo parecido al agua pero más espeso goteaba del tubo. El charco estaba a apenas veinte centímetros de la llama.

La brigada de la compañía de gas de Brooklyn llegó enseguida.

—Si hubiera regresado del trabajo una hora más tarde, el edificio habría explotado —me explicó el jefe.

—¿El calefactor estaba mal instalado? —pregunté mientras me frotaba las manos para calentarlas.

Había esperado la llegada del camión azul en las escaleras del edificio delantero.

—En lugar de una tubería para gas, han utilizado una para la conducción de agua —me explicó—. Es increíble. El gas se ha comido la tubería. Y con esa llama encendida... —Sacudió la cabeza—. Nunca había visto un calefactor como este. No se me ocurre dónde pueden haberlo comprado. Desde luego, no en la ferretería del barrio. —Señaló con el pulgar hacia la esquina, donde había una ferretería—. Parece fabricado hace medio siglo. O en otro país.

«En Polonia», pensé.

—¿El calefactor es seguro? —le pregunté.

—¿Seguro?

Me miró como si acabara de formularle una pregunta absurda. Enarcó una ceja y esbozó una leve sonrisa. Tenía la mandíbula ancha y los ojos azules rodeados de arrugas.

—No, yo no diría que es precisamente seguro. Para empezar, la llama está expuesta. Usted podría pasar por delante y, ¡puf!, su abrigo ardería. Y este es solo el problema básico. Aunque instalaran el tubo correcto, si se produjera una fuga en otro lugar sería un desastre. Estaría usted mejor con un calentador eléctrico. O pasando frío.

—Me miró y ladeó la cabeza—. ¿Vive usted aquí sola? ¿En este... —inhaló un poco de aire impregnado con algo de gas— sitio?

Tuve la sensación de que se había contenido para no decir «estercolero».

—No, no —contesté con rapidez—. Vivo con mi novio.

Con la cabeza todavía ladeada y sin dejar de mirarme, asintió. Volvió a enderezarse e introdujo las manos en los bolsillos de tal modo que sus brazos sobresalieron como si fueran alas.

—Su novio debería cuidar mejor de usted —dijo mientras sacaba unas llaves de su bolsillo—. Muy bien, deje que el lugar se airee, por lo menos un par de horas. Hemos abierto todas las ventanas. ¿Tiene algún lugar donde quedarse durante ese tiempo?

Asentí. Podía ir al L o a la vuelta de la esquina, donde mi amiga Cate acababa de alquilar un piso enorme junto a las vías del ferrocarril.

—Buenas noches —me saludó—. Y recuerde dejar que la casa se airee bien. Aunque haga frío, el aire tiene que renovarse. Necesita aire fresco.

—Aire fresco —repetí mientras él subía a la furgoneta y se marchaba—. Exacto. Aire fresco.

A finales de mes, Max me invitó a otra lectura en el KGB. Nos sentamos con un ameno grupo de jóvenes editores y escritores que, inusitadamente, se quedaron hasta mucho después de terminada la lectura bebiendo whisky con soda.

—¿Qué demonios haces todo el día para tu jefa? —me preguntó Max—. Mejor dicho, ¿qué hace ella durante todo el día? Aparte de fumar y hablar por teléfono, claro.

Lo miré fijamente y parpadeé varias veces con una sonrisa helada en la cara, sin saber qué contestar. Mi silencio debió de intimidarlo, porque bebió un reconstituyente trago de whisky y agitó las manos en señal de disculpa.

—Olvídalo. Las cosas han estado un poco tensas últimamente.

Max había entrado y salido del despacho de mi jefa con frecuencia durante las últimas semanas; a menudo gritando. Le habían ofrecido ser socio de la agencia y, por lo visto, habían surgido discrepancias durante las negociaciones. Yo no estaba segura, pero sospechaba que tenía algo que ver con el anticuado sistema remunerativo de la agencia, según el cual, el sueldo de los agentes se calculaba a partir de la antigüedad en lugar de las ventas. En cualquier otra agencia, Max, con su extensa y fabulosa lista de autores y sus contratos millonarios, estaría entre los agentes mejor pagados, pero esto no era así en nuestra agencia, donde el volumen de negocio se dividía a partes iguales. Además, para convertirse en socio tendría que pagar unos derechos a la agencia que seguramente ascendían a más que mi salario de un año. Yo no tenía claro por qué no cambiaba de agencia.

—Me pregunto... —empezó, pero en lugar de mirarme, miró hacia la pared, donde colgaba un póster de la época soviética que representaba a un obrero que sostenía un mazo—. Me pregunto qué hace, porque lo que está claro es que no vende libros.

Un músculo de su mandíbula se tensó. De repente se volvió hacia mí. Una leve sonrisa dibujó arrugas a ambos lados de su boca. Parecía cansado.

—¿Qué hace en realidad? ¿Enviar cartas amenazadoras a todas las personas que mencionan a Salinger en su página web?

Solté una carcajada. Max no iba muy desencaminado.

—También está el asunto *Hapworth*.

—De acuerdo —contestó él agitando los restos de su bebida—. El asunto *Hapworth*. Sí, eso es un bombazo.

Yo sabía que Max, de joven, había sido actor, como mi padre, y conservaba la vocalización precisa de la profesión.

—¡Un momento! —exclamó—. ¿Estabas en la agencia cuando...? —Frunció los labios en gesto reflexivo—. ¿Estabas en la agencia cuando ocurrió el asunto de la carta? ¿O llegaste justo después?

Me encogí de hombros; no estaba segura. Se habían producido muchos asuntos relacionados con cartas. Max golpeó la mesa con las manos.

—¡Escucha esto! —Sus ojos negros brillaron—. Un día, creo que justo antes de que empezaras a trabajar en la agencia, yo estaba hojeando la carpeta de comunicación interna. Estaba llena de, ya sabes, «por favor, elimina las siguientes cláusulas del contrato» y cosas así.

Reí. Conocía bien esas expresiones.

—Entonces vi una carta dirigida a una tal señora Ryder. —Me miró—. Empecé a leerla y básicamente decía: «Querida señora Ryder: Muchas gracias por su reciente carta dirigida a J. D. Salinger. Como quizá sepa, el señor Salinger no desea recibir correo de sus lectores... —Se trataba de la carta modelo que me habían dado al llegar. Asentí con la cabeza—. Por consiguiente, no podemos remitirle su amable carta. Gracias, también, por enviarnos la carta del señor Salinger de... —agitó la mano en el aire— de 1958, pero, como le decía, el señor Salinger nos ha pedido expresamente que no le remitamos ninguna carta dirigida a él, de modo que se la devuelvo.»

—¿Así que alguien le envió a Salinger una de sus propias cartas? —pregunté, confusa.

Max levantó una mano.

—Espera. Entonces leí la dirección a la que tu jefa enviaba la carta y era de Beverly Hills, Laurel Canyon o algo parecido. Los Ángeles. Hollywood. —Me lanzó una mirada significativa con los ojos entornados—. Después leí la carta que tu jefa había contestado y decía: «Querido señor Salinger, soy una gran seguidora de sus obras. *Franny y Zooey* ha sido, desde siempre, una de mis novelas favoritas. La he leído muchas veces a lo largo de los años.» —Se encogió de hombros—. Decía algo así. Y seguía: «Sé que valora mucho su intimidad y también sé que no quiere que sus cartas personales sean del dominio público. El mes pasado, yo estaba en una subasta y una de sus cartas figuraba en uno de los lotes. Pujé por ella con la intención de reenviársela a usted y me hice con ella. Aquí se la adjunto.»

—¡Qué bonito! —No estaba borracha pero sí achispada.

Yo sabía que las cartas de Salinger eran sumamente valiosas. Antiguos amigos y conocidos suyos habían vendido su correspondencia por grandes sumas de dinero, lo que había despertado la ira del maestro. En determinado momento, le pidió a Dorothy Olding que quemara la correspondencia que había mantenido con la agencia. Ella lo hizo, cosa que me sorprendió, en parte por la obsesión de la agencia de guardar copia de todo, y en parte porque... bueno, en cierto sentido ¿no se sentía Dorothy obligada hacia los estudiosos, hacia la historia de la literatura? No, deduje, se sentía obligada hacia su autor.

—¡Un detalle encantador!

Max volvió a levantar la mano.

—Y la carta terminaba así: «Espero que esto le proporcione cierta tranquilidad. Sinceramente —se interrumpió y abrió mucho los ojos—, Winona Ryder.»

—¡Bromeas! —grité.

—Te aseguro que no. —Cruzó los brazos y sonrió—. Winona Ryder, genio y figura.

—Pero no lo comprendo... —Tomé un sorbo de mi bebida, que en ese momento ya era únicamente hielo—. Mi jefa sabe que Salinger querría recuperar esa carta. Si hasta ha demandado a gente por vender sus cartas.

—¡Desde luego que querría recuperarla! —exclamó Max. Sacudió la cabeza y me miró como si me viera un poco borrosa—. Por supuesto.

—¿Y por qué mi jefa no se la envió? —Yo conocía la respuesta, pero quería oírla en boca de Max.

—Porque es la manera de hacer que tiene la agencia.

Suspiró y se encogió un poco. Acababa de cerrar una subasta frenética que había dado como resultado la venta de dos manuscritos por dos millones de dólares. En aquel momento, Max tenía dos bebés gemelos, y la verdad es que su vida ya no consistía en continuas presentaciones de libros. De modo que aquella noche constituía una excepción para él. Pero yo sabía que algo más le inquietaba.

—Seguimos las normas al pie de la letra sin tener en cuenta las circunstancias. ¿Que Salinger no quiere recibir ningún correo?, pues no le enviamos ninguno, aunque sea uno que probablemente querría recibir. Yo creo que... —volvió a suspirar y se atusó su sedoso cabello— tu jefa no lo entiende.

—¿No entiende a Salinger?

—Sí, a Salinger.

Volvió a dirigir la vista hacia el póster del hombre que sostenía un mazo, un martillo o lo que fuera. Esbozó una sonrisa triste.

—Para Salinger, el mundo editorial, los libros, la vida...

«El mundo editorial, los libros, la vida...», pensé mientras, en la fría tarde, me dirigía al L, en la Tercera Avenida. A mí me parecía que era posible entender uno de esos mundos, pero no los tres a la vez.

Al día siguiente, mientras archivaba medio dormida unas fichas, tropecé con el apartado de la letra S y, como Hugh me había sugerido tiempo atrás, inspeccioné la extensa sección hasta que encontré la carpeta de la propuesta de *El guardián entre el centeno*. Allí estaba. Una ficha rosa como las que yo rellenaba todos los días para mi jefa. Llevaban impresos los nombres de todas las editoriales. Yo era consciente de que ahora el mundo editorial era diferente, mucho más competitivo y despiadado que en 1950, pero de todos modos esperaba... ¿qué? ¿Pruebas de una puja agresiva como las que Max dirigía y sobre las que leía artículos en *Publishers Weekly*? ¿Pujas en que los editores se peleaban para conseguir los derechos sobre relatos de asesinatos reales cometidos en la Ivy League o primeras novelas de licenciados en Iowa? ¿Una ficha llena de citas con los editores? Sin embargo, la ficha de *El guardián* estaba casi en blanco. Por lo visto, la novela había pasado por las manos de otro editor antes de Little, Brown —de hecho, meses antes de ser propuesta a Little, Brown—, y aquel editor la había rechazado. ¡Alguien había rehusado publicar *El guardián entre el centeno*!

Por otro lado, el anticipo por la novela tampoco fue desmesurado, ni siquiera considerable. Yo sabía que cuando Dorothy Olding vendió *El guardián*, Salinger ya era conocido. Los cuentos que *The New Yorker* había publicado ya le habían supuesto seguidores, aunque nada parecido a la popularidad que conseguiría después, cuando los lectores hacían cola en los quioscos los días que la revista publicaría un nuevo cuento de Salinger. De todos modos, en aquella época, cuarenta y cinco años antes, lo que en realidad no era tanto tiempo, los escritores no recibían anticipos generosos. Fuera como fuese, algo en aquel modesto anticipo y el rechazo inicial de la otra editorial me tranquilizaron. Salinger no había sido siempre Salinger. Al principio, Salinger, sentado a su mesa, intentaba averiguar cómo crear una historia, cómo estructurar una novela, cómo ser un escritor... cómo ser.

A la mañana siguiente, mi jefa me llamó a su despacho.

—La novela corta que me diste es muy buena —me dijo con una voz tan baja que apenas la oí.

Si le contestaba no podría evitar esbozar una sonrisa, así que solo asentí con la cabeza.

—Sin embargo, es discreta. Silenciosa. Tal como me comentaste. —Sacó un cigarrillo y le dio unos golpecitos en la mesa—. Pero no sé si podré venderla sola, por sí misma. Telefonea a la autora y pregúntale si tiene algo más. Lo ideal sería una novela extensa, pero unos cuentos o incluso otra novela corta también estarían bien.

Mi jefa se habría estremecido si hubiera oído la exclamación de alegría que soltó la escritora cuando le dije que llamaba de la agencia y que mi jefa quería leer más obras suyas.

—Tengo una novela —contestó—. Una novela corta.

—Envíenosla.

Una noche realmente fría, quedé con Allison para tomar algo en un bar oscuro y elegante que había cerca de su apartamento.

—¿Por qué lo haces? —me preguntó repentinamente cuando ya nos habíamos bebido un martini—. He querido preguntártelo prácticamente desde que nos conocimos. ¿Por qué estás con Don? En serio.

—¡Oh! —exclamé con una voz extraña y distante, como si no fuera yo, sino otra persona.

Reflexioné acerca de Franny y Lane. ¿Por qué estaba con Don? ¿Y por qué no me había formulado nunca esta pregunta?

La noche siguiente, cuando todavía notaba los efectos de los martinis, me obligué a quedarme en casa. Sentada en el sofá y con unas mantas encima, llamé a Jenny, que estaba inmersa en los preparativos de la boda. El restaurante del embarcadero quedaba descartado definitivamente. Al final, habían reservado una antigua sala de baile del centro que tenía las paredes pintadas de un rojo caramelo, pero no para este mes de julio, sino para el siguiente, que era la primera fecha disponible. Tres años y medio después de la declaración de cuento de hadas de Brett.

—Quizá deberías fugarte con él —le sugerí mientras el auricular se iba calentando debido al contacto con mi oreja.

El viento soplaba con furia y hojas sueltas golpeaban a rachas la ventana, como mariposas atraídas por la luz. Yo llevaba puesta una bata de lana y un chal confeccionado con una manta vieja. Aquella noche fría, Don había salido a correr, lo que me parecía sumamente desagradable. Seguía esforzándose en perder peso para participar en un combate. Tenía que presentarse en la categoría de peso mosca, o le darían una paliza. Su novela había acumulado media docena de rechazos que él había colgado en la nevera con imanes. Los familiares logos de las distintas editoriales y los párrafos escritos con tinta negra me hacían guiños que yo percibía con el rabillo del ojo.

—Si nos fugáramos, creo que los padres de Brett se morirían del disgusto —respondió Jenny.

—Ya —gruñí. Intenté dominar mi enfado, pero sin éxito—. Lo que pasa es que tú también quieres una gran boda, ¿no?

¿Por qué tenía que obligarla a pronunciarse sobre esta cuestión? ¿Por qué no podía simplemente fingir que el gran evento se organizaba para los conservadores padres de Brett?

—Así es —reconoció ella con cautela—. Para mí, pronunciar los votos delante de nuestras respectivas familias y amigos tiene un significado. Y también celebrarlo con ellos.

Bebió un sorbo de algo, probablemente algo dulce. Jenny y Brett bebían como si fueran colegiales: Malibú con Coca-Cola, licor de melocotón con zumo de naranja... Como si intentaran parecer, a propósito, poco sofisticados y quisieran burlarse de las pretensiones de los «artistas»: nuestras cervezas artesanales y vinos locales. En Staten Island tenían la botella de Malibú a la vista, en la encimera de la cocina.

—Una boda es una especie de excusa para celebrar una gran fiesta —me explicó.

—Y para comprarse un vestido maravilloso —añadí intentando transmitir entusiasmo.

Yo deseaba, de corazón, conectar con su ambiente, pero seguía sin comprender por qué todo aquello era tan importante para ella. ¿Por qué necesitaba arruinar a sus padres con un dispendio así? ¿Por qué dedicaba tanto tiempo y energía a lo que, según sus propias palabras, no era más que una gran fiesta? Entonces, repentinamente, como si se descorriera un velo, lo comprendí. Volví a oír sus palabras, pero esta vez no me parecieron simples tópicos: «Pronunciar los votos delante de la familia y los amigos.» Se me fundió el corazón. Jenny necesitaba aquella boda, aquella boda perfecta y minuciosamente orquestada para proclamar: «¡Esta soy yo!» Para explicarnos a todos que no era la joven que había intentado suicidarse durante el primer año de universidad; la joven que había desarrollado una obsesión insana hacia su profesor de poesía del tercer año de universidad; la joven que había desconcertado a los psiquiatras y dejado perplejos a sus padres porque, anteriormente, había sido buena, perfecta y obediente.

Como lo había sido Franny Glass antes de desmayarse en el restaurante de Princeton e instalarse en el sofá de sus padres.

Como lo había sido yo.

Mi castillo de naipes había tardado unos años más en derrumbarse. Bueno, en que yo lo derrumbara. Con Don. Don, mi instrumento de destrucción. Jenny había tenido su propia dosis de tíos parecidos a Don. De hecho, cuando conoció a Brett salía con uno de ellos, con quien mantenía una relación obsesiva y absorbente. Brett era su compañero de habitación en la universidad. Supuse que la boda también cubriría aquel desafortunado incidente. Pero no me extrañaba que Jenny odiara a Don; no me extrañaba que mi vida la asustara, la inquietara y repeliera.

¿Me casaría yo, al cabo de unos años, con un estudiante de Derecho que leyera exclusivamente historias de la Gran Guerra? Intenté imaginarme a mí misma dedicando el tiempo y la energía que Jenny dedicaba a su boda. O, aún más importante, eligiendo un compañero para toda la vida que no compartiera mis intereses y mi visión del mundo. Pero no conseguí imaginarme nada de todo eso.

Durante un instante, permití que mi mente se centrara en mi novio de la universidad, a quien no había tenido el valor de telefonear y quien, probablemente, estaba en su apartamento de Berkeley, escribiendo notas o leyendo a Lermontov, y la añoranza me cortó la respiración. ¿Estaría allí con él, al cabo de un año, paseando por la avenida Telegraph mientras él me rodeaba la cintura con el brazo? Y si no era allí, ¿dónde estaría? De repente tuve una certeza. No estaría donde estaba ahora mismo. No estaría en aquel apartamento sin fregadero. No estaría mecanografiando cartas para mi jefa. Y, desde luego, no estaría esperando a que Don regresara de correr.

—Será una boda fantástica —le dije a Jenny—. Perfecta.

Y, una vez más, lo dije de verdad.

Una mañana, mientras revisaba minuciosamente otro contrato, oí gritar a mi jefa: «¡Mierda!» Segundos después, se acercó a mi escritorio.

—¿Qué planes tienes para comer? —me preguntó.

—No estoy segura —respondí con nerviosismo. ¿Iba a invitarme a comer con ella? Me pareció muy poco probable.

—¿Podrías llevar algo a *The New Yorker* en mi nombre?

Me enderecé un poco en la silla.

—Izzy vuelve a estar de baja —añadió ella.

Izzy era el mensajero de la agencia. Tenía una cara llena de arrugas y era fumador de puros. Además, se comunicaba únicamente por medio de gruñidos y gestos de las manos, y su profunda tos de pecho lo mantenía en casa tres días de cada cinco.

—He llamado a un servicio de mensajería, pero no disponen de nadie hasta última hora. Pero el edificio Condé Nast está prácticamente al otro lado de la calle, así que, ¿por qué no llevarlo en mano?

—Por supuesto.

El corazón me palpitaba desbocado. *The New Yorker*. Iba a entrar en las oficinas de *The New Yorker*. ¿Debía telefonear a aquel redactor de pelo cobrizo e informarle de que pasaría por allí? ¿O a la asistente del director de narrativa de ficción? No, pensé, no sería un aviso con la suficiente antelación y los obligaría a decirme: «Lo siento, hoy estoy agobiado de trabajo.» Entonces me imaginé que le entregaría el original a un director amable y bien predispuesto que entablaría conmigo una conversación acerca del autor, Salinger o la agencia; seguro que conocería la agencia. O me tropezaría con el redactor de pelo cobrizo y él me diría: «¡Ven, te presentaré a mi jefe!» Y entonces uno de ellos diría: «Bueno, si algún día quieres dejar la agencia, llámame.»

Una hora más tarde, salí de la agencia como una exhalación, sin siquiera ponerme el abrigo y con un paquete bajo el brazo. En la avenida Madison, el sol brillaba intermitentemente y el aire contenía la promesa, la insinuación del calor, pero en aquel momento era frío y unas ráfagas heladas subieron por el interior de mis mangas. Aceleré el paso y crucé la avenida en dirección al edificio gris que albergaba todas las revistas del grupo editorial Condé Nast. En mi imaginación, *The New Yorker* tenía la sede en una casa de obra vista situada en algún barrio elegante con calles flanqueadas por árboles y los editores se reunían a las cuatro para tomar el té. De algún modo, suponía que funcionaba de forma similar a la agencia.

Pero el Condé Nast era simplemente un edificio de

oficinas insulso y anónimo, como todos los de las avenidas Madison, Park y Lex. Crucé rápidamente el pulcro vestíbulo gris y tomé el ascensor mientras intentaba no sonreír para mis adentros. *¡The New Yorker!* Las puertas del ascensor se cerraron con un sonoro timbrazo. Una vez en la planta, vi un mostrador con el logo de *The New Yorker* y le tendí el paquete a la recepcionista, una señora madura que llevaba la cara ligeramente empolvada. Miré alrededor con la esperanza de que alguno de los redactores que había conocido en aquella fiesta pasara por allí, en vano.

—Es de parte de mi jefa, de la agencia —le dije a la recepcionista.

—Muy bien —contestó ella sonriendo amablemente. Tenía la voz ronca de quien ha fumado durante décadas y llevaba el cabello recogido en un moño—. Lo entregaré inmediatamente.

Regresé al ascensor sin haber intercambiado ni una palabra ni una mirada con nadie más. Una vez en el vestíbulo, intenté calmar la abrumadora decepción que experimentaba. «¿Esto es todo? ¿De verdad?», pensé mientras avanzaba por la avenida Madison. El viento se colaba por el entramado de mi jersey y la febril excitación de la mañana se disolvió en una neblina de angustia y frustración.

Al otro lado de la avenida estaba el edificio de la agencia, pero no quería regresar aún a mi escritorio. Me había imaginado... ¿qué? ¿Que estaría una hora charlando con ingeniosos redactores? ¡Por Dios, qué estúpida! Me estremecí y tomé la calle Cuarenta y nueve en dirección oeste. El viento me azotó la cara. Solo eran las doce del mediodía, demasiado temprano para comer, y las calles estaban extrañamente vacías. En aquel momento, los empleados del centro de la ciudad estaban cómodamente instalados en sus caldeadas oficinas, respondiendo llamadas telefónicas, enviando mensajes por medio del cableado de fibra óptica, cerrando tratos, cuadrando números o editando imágenes mientras sus mentes estaban centradas en dónde comprarían el bocadillo o el *sushi* media hora más tarde.

En la esquina con la Quinta Avenida, me detuve frente a los escaparates de Saks, que ya estaban decorados para las fiestas. Los maniquís lucían vestidos confeccionados con bonitos drapeados de crespón y con los intensos colores de la temporada: rojo, granate, verde botella... Los turistas pasaban por mi lado en grupos de cuatro, cinco o seis camino de escaparates más elaborados, como los de Tiffany, Bergdorf o Bendel, o en dirección a Central Park. A pesar de lo cerca que estaba de la agencia, nunca había ido a pasear por el parque a mediodía. Durante el año que llevaba trabajando allí, prácticamente todos los días había comido mi acostumbrada ensalada en mi escritorio. ¿Por qué no se me había ocurrido tomarla sentada en un banco al sol, paseando por la periferia del estanque o camino del zoo?

Cinco minutos más tarde estaba en la entrada sureste, más allá del teatro Paris y el Plaza, donde, de niña, había tomado el té con mis padres. Dejé atrás las filas de coches de caballos y esquivé montones de estiércol. Y allí estaba: el parque. Extensos prados y serpenteantes senderos que se entrecruzaban se desplegaron delante de mí. De niña, yo también había jugado allí: había trepado por la estatua de Alicia en el País de las Maravillas, había montado en los distintos columpios y alimentado a los patos. Los patos de Holden. Los enormes y preciosos sauces que crecían bordeando el estanque habían perdido las hojas y el viento sacudía sus delgadas ramas. Yo estaba helada; tenía las manos rojas y los dedos entumecidos. Me abracé y bajé el sendero que conducía al estanque. Holden lo llamaba «lago», una palabra que, para mí, tenía connotaciones mágicas y me hacía pensar en las sirenas de *Peter Pan*, pero en mi familia siempre lo habíamos llamado «estanque». Allí estaba, con sus aguas mansas y negras, transmisoras de presagios; unos cuantos rayos de sol cortaban la superficie en el centro. Delante de mí, unos gorriones marrones daban saltitos por el sendero y un par de palomas bajaron aleteando del respaldo de un banco ante la perspectiva de conseguir comida. Pero no había ningún pato. Allí, en la pequeña hondonada del estanque, hacía más frío; el viento descendía veloz desde las zonas más elevadas. «El viento chasquea y vira hacia el norte», recordé. El poema más bonito, más comprimido y más perfecto de Merwin, quien lo compuso para Dido, su primera mujer. Con lágrimas en los ojos, subí al pequeño y curvado puente que cruza el estanque. Levanté la mirada hacia los elevados edificios de la Quinta Avenida, hacia los árboles que se extendían al otro lado del puente y hacia el sendero que conducía al zoo, adonde Holden lleva a su hermana Phoebe. Yo también había estado allí y contemplado a las focas mientras chillaban pidiendo pescado y mientras el agua de la piscina se desbordaba por el borde. Entonces me llegó, por supuesto del norte, el sonido inconfundible del agua en movimiento. Patos. Una bandada de patos se dirigía hacia donde yo estaba con movimientos precisos y calmados; hembras de ánades reales de color pardo y distintos tamaños. Quince o quizá veinte, con su plumaje ahuecado y exuberante. Pasaron nadando por debajo del puente y me volví para verlos entrar en el estanque propiamente dicho. Recorrieron el perímetro en busca de insectos, peces o restos de bocadillos abandonados por los cordiales excursionistas invernales. ¡Eran tan bonitos, los patos, tan bonitos y encantadores! Se deslizaban con elegancia sobre las oscuras profundidades del estanque y sus innumerables y diminutas plumas los protegían del frío.

Aquella tarde, cuando llegó el correo, había una carta para mí. El remitente era de Nebraska. Desplegué dos hojas pequeñas escritas con letras grandes y trazo tembloroso. Se trataba del veterano de guerra.

> Estimada señorita Rakoff:
>
> Ha sido un gran placer recibir su carta la semana pasada. Lógicamente, lamento que el señor Salinger no esté interesado en recibir el correo que le remiten, pero la verdad es que no me sorprende. En realidad, yo no esperaba, ni siquiera deseaba, recibir una respuesta. Solo quería que supiera cuánto habían significado sus libros para mí. Valoro enormemente el tiempo que ha dedicado usted a contestar mi carta y disfruté leyendo sus opiniones acerca de la obra del señor Salinger. Estoy seguro de que es usted demasiado joven para haber vivido la Segunda Guerra Mundial, que fue una época terrible para los que servimos en el ejército. Quizá su padre sí se alistó. O su abuelo. De hecho, mientras servía en las fuerzas aéreas, conocí a un hombre apellidado Rakoff. A ambos nos destinaron a Alemania justo después de la guerra. ¿Es posible que fuera su padre, su abuelo o su tío? La verdad es que se trata de un apellido muy inusual. No había conocido a ninguna otra persona que se llamara así hasta que recibí su carta.

Mi corazón se aceleró un poco. De hecho, mi padre había servido en las fuerzas aéreas y lo habían destinado a

Alemania. En concreto, a Stuttgart. Pero eso fue años más tarde, durante la guerra de Corea. Creo que se alistó en 1952, un año después del lanzamiento de *El guardián* y de que él y mi madre se casaran. Me pregunté si el veterano no se habría alistado otra vez durante la guerra de Corea y habría conocido a mi padre entonces. Quizás ahora, en la vejez, confundía ambas épocas.

Dejé la carta a un lado. Mi corazón seguía latiendo con fuerza. ¿Era posible que mi padre conociera a aquel hombre? Ojalá fuera así. Descolgué el pesado auricular y empecé a marcar el teléfono de la oficina de mi padre. Mi jefa tosió ruidosamente y revolvió unos papeles en su santuario. Volví a colgar. Antes de soltarlo, el teléfono sonó y me sobresalté ligeramente.

—Quisiera hablar con Joanna Rakoff —pidió una voz que no me resultaba familiar.

—Sí, soy yo.

—Yo soy... —Mi interlocutor pronunció un nombre que no me sonaba en absoluto, pero su tono indicaba que nos conocíamos.

Repasé mi mente intentando recordar de quién se trataba.

—Hace unas semanas nos envió una historia. Siento haber tardado tanto en contestarle.

Se trataba del editor de la revista de modesta tirada. Yo esperaba recibir una carta de él o su asistente, no una llamada.

—Bueno, finalmente, ayer por la noche leí la historia y no puedo apartarla de mi mente. Estaremos encantados de publicarla.

—¡Estupendo! —No se me ocurría qué más decirle—. Muchas gracias por leerla.

—Gracias a usted por pensar en nosotros. —Tenía el

tipo de voz ronca que yo asociaba con el Lejano Oeste—. Nos encantará recibir más historias de sus autores.

«Mis autores —pensé mientras una sonrisa se dibujaba en mi cara—. Mis autores.»

—¡Válgame Dios! —exclamó mi jefa cuando se lo conté—. Sabía que podías hacerlo. —Me miró con una expresión radiante—. Estás en vías de conseguirlo.

Se levantó con una pesadez que no tenía cuando la conocí y me indicó que la acompañara. Su forma de moverse me recordó a Leigh cuando caminaba por el apartamento con pasos largos y arrastrando los pies.

—¡Hugh, Joanna ha vendido una historia! —exclamó sonriendo.

—¡Fantástico! —se alegró él, y esbozó una sonrisa paternal.

—Sí, y no se trataba de una venta fácil. La historia era muy silenciosa. —Asintió en señal de énfasis—. Además, ha encontrado un nuevo autor para mí.

Abrí mucho los ojos.

—Voy a hacerme cargo de la escritora que sacaste de las propuestas editoriales. La segunda novela corta que nos envió es muy buena, aunque no estoy segura de cómo voy a colocarla. Tengo que pensármelo. Además, por lo visto también ha escrito una novela larga. —Se volvió hacia Hugh—. La que nos ha enviado consiste en una serie de historias comedidas y misteriosas. Son muy buenas. Muy elegantes.

Se volvieron hacia mí y me sonrieron, como si fueran mis padres.

—Desde el momento que cruzaste la puerta, supe que eras el tipo de persona que encajaría en nuestra agencia.

Aquella noche, corrí al L a reunirme con Don. La pequeña cafetería estaba llena hasta los topes. Incluso había gente que esperaba en la calle a que se liberara alguna mesa. De repente, nuestro vecindario se había llenado de jóvenes y subempleados, montones de jóvenes de unos veintidós años recién salidos de Brown, Wesleyan o Bard y que acababan de pasar el verano recorriendo Francia con sus mochilas a cuestas o practicando el surf en México. Cada vez había más conocidos nuestros que se mudaban más hacia el norte, a Greenpoint, el pequeño barrio adyacente a Williamsburg y que, en aquella época, estaba habitado sobre todo por polacos. En aquel barrio todavía podían conseguirse alquileres baratos por apartamentos con suelos de linóleo y próximos a las vías del tren. O al este, al barrio italiano que estaba a tan solo una parada de tren del nuestro. Para acceder a él había que bajarse en la parada de la calle Lorimer, la misma que utilizábamos para ir al antiguo apartamento de Leigh y Don. Justo un año antes, cuando yo vivía allí, aquel barrio se consideraba sucio y marginal.

Don me hizo una seña con la mano desde una mesa situada junto al ventanal delantero, nuestra zona favorita, aunque difícil de conseguir. Pero aquella noche, la multitud que aguardaba no paraba de empujarlo y tirar su bolsa al suelo. Cada pocos minutos, alguien abría la puerta y entraba una ráfaga de aire helado. Pedí un café, aunque lo que realmente quería era comida; comida y vino. No un bollo, sino comida de verdad. Quería cenar. Don balanceaba la pierna de arriba abajo y se arrancó un padrastro. Se comía tanto las uñas que las puntas de sus dedos se habían convertido en muñones ensangrentados. Su diario estaba abierto frente a él y las páginas tenían manchas de sus dedos.

—Tengo noticias —le dije mientras la camarera dejaba mi café sobre la mesa.

El café del L era horroroso, pero esto no disuadía a la gente de hacer cola para tomarlo. Miré alrededor y supuse que allí el café era lo de menos. ¡Todo el mundo era tan atractivo! ¿Los clientes del año anterior eran igual de atractivos? Me fijé en que Don era mayor que el resto de la clientela. No, lo importante del L no era el café, sino estar en el L.

—Tengo noticias —repetí. Esta frase no era habitual en mí, pero quería llamar su atención—. He vendido un relato.

Don miró con desagrado e irritabilidad hacia la barra, donde un grupo de jovencitas, bueno, chicas de mi edad, pedían café a la espera de conseguir una mesa. Pero Don parecía mirar más allá de ellas.

—Esto es una mierda —se quejó—. Vámonos de aquí. No puedo pensar con claridad.

Una vez en la calle, en Bedford, y en contacto con el aire frío, sonrió.

—Mucho mejor —declaró—. ¿Qué demonios pasaba ahí dentro?

Al otro lado de la calle, el Planet Thailand también estaba abarrotado, pero encontramos una pequeña mesa frente a la cocina. A pocos metros de nosotros, el cocinero agitaba un *wok* enorme y plateado y unas llamas descomunales subían por los lados.

—He vendido un relato —le conté de nuevo después de que pidiéramos una ensalada de papaya y fideos de arroz.

—¿Cómo? —preguntó con franca hostilidad—. ¿Un relato tuyo? Ni siquiera sabía que hubieras terminado uno. Al menos desde que dejaste la universidad.

—El relato de un autor —aclaré—. Uno de los autores de mi jefa.

—¡Ah! —exclamó él, y resopló. Entonces esbozó una sonrisa—. Eso es diferente. ¡Mientras no te conviertas en una amenaza para mí! Eso no podemos permitirlo, ¿verdad? —Soltó una de sus risas socarronas.

—No, por supuesto que no —confirmé mientras despegaba los palillos.

—Creía que todos los autores de tu jefa eran fiambres —comentó Don, y se limpió las gafas con el borde de la camiseta.

—Según tengo entendido, este no está muerto, pero casi —declaré.

Sentí una punzada de deslealtad hacia mi jefa y hacia su cliente.

—Como la agencia —comentó Don.

Algo había cambiado en su voz. En el L, yo era invisible para él. Esto ocurría con demasiada frecuencia, pero ahora me veía. Había reaparecido para sus ojos. El hecho de que pudiera desaparecer estando frente a él me asustaba y preocupaba.

—¡Es fantástico, Buba! Quizá llegues a ser una gran agente. Como Max. —Bebió un trago de agua con hielo—. Quizá podrías representarme, porque James no parece estar haciéndolo muy bien.

Levanté mi vaso y bebí un sorbo de agua. No podía hablar, los pensamientos que cruzaban mi mente eran demasiado horribles, demasiado desleales para reconocerlos. Yo nunca lo representaría porque sabía, de hecho estaba convencida, de que su libro no se vendería nunca. Por eso le había ofrecido la novela a James y no a Max, porque sabía que Max no aceptaría representarla. Yo leía originales para Max. Si la novela de Don hubiera llegado a mis manos para evaluarla sin saber que la firmaba mi novio, habría recomendado a Max que la rechazara con la carta estándar.

Pero esto no se lo dije a Don, por supuesto que no, sino que sonreí y me llevé unos trocitos de papaya a la boca. En ese momento sucedió algo extraño, algo que parecía salido de una historia de Salinger: el cocinero derramó un puñado de chile en polvo sobre las llamas y una nube espesa de humo se dirigió directamente a nuestra mesa. Los ojos se nos pusieron rojos y nos saltaron las lágrimas, y a mí se me cerró la garganta, lo que me produjo una sensación terrible y angustiosa. Pero lo que fue todavía más extraordinario es que, durante unos instantes, vi a Don como si se encontrara al otro lado de un abismo. El humo distorsionaba sus facciones. ¡Qué lejos estaba! ¡Qué lejos!

Cuando llegamos a casa, había un sobre dirigido a mí. Las señas estaban escritas a mano. Al darle la vuelta vi el logo de la revista de pequeña tirada a la que había enviado mis poemas.

—¿Qué es eso? —preguntó Don.

—Nada —contesté, e introduje el sobre en mi bolso.

Cuando Don se sentó a su escritorio —cuantos más rechazos recibía, más ratos pasaba contemplando la pantalla de su ordenador—, me metí en la cama y abrí el sobre. La carta la firmaba el director de la sección de poesía y me informaba de que aceptaban publicar uno de mis poemas.

Aquella noche me costó conciliar el sueño. Don, como siempre, se durmió como un niño, tumbado de costado, con tapones en los oídos y el antifaz en los ojos. Pero mi mente no dejaba de dar vueltas. Quizá llegaría a ser una agente, una gran agente. Quizá buscaría nuevos autores para mi jefa y, con el tiempo, ella me permitiría encargarme de uno. Quizá. Me acordé de la noche que hablé con Jenny, más o menos un mes antes. Desde entonces no habíamos vuelto a hablar. Aquel día, la idea de seguir trabajando en la agencia al cabo de un año me pareció absurda, disparatada. Sin embargo, ¿cómo podía irme ahora? Como había dicho mi jefa, estaba en vías de conseguirlo.

Silenciosamente para no despertar a Don, calenté un vaso de leche y me senté al escritorio, a pocos metros de la cama. Encendí el ordenador y, con cierta dificultad, nuestro pequeño módem, y tras un coro de pitidos, zumbidos y ruidos estáticos me conecté a la red. Consulté mi correo y encontré un mensaje de mi novio de la universidad. Solo con leer su nombre, mi corazón latió con más fuerza. «Hace tiempo que no tengo noticias tuyas —decía—. Solo quiero saber si estás bien. Me preocupa que tengas miedo de ponerte en contacto conmigo. En serio, Jo, no estoy enfadado, solo te echo de menos.» Estaba enfadado. Yo sabía que lo estaba. Tenía derecho a estarlo. «Me parece bien que estés enfadado conmigo —quise escribirle—. Puedes gritarme y chillarme. Si te enfadaras conmigo me resultaría más fácil. No merezco tu perdón.» Pero no pude escribirlo. Y no lo hice. Por el contrario, le conté que había vendido un relato. «Es una sensación muy emocionante. Ni siquiera puedo explicar cómo me siento. No lo comprendo. Racionalmente, sé que solo se trata de una transacción de negocios, pero no puedo evitar sentir que consiste en algo más, que yo he lanzado esa obra al mundo. La gente la leerá porque yo he apostado por ella. Antes de que lo hiciera, la historia solo pertenecía al autor, pero ahora pertenece al mundo. Por otro lado, una revista ha aceptado publicar uno de mis poemas. Casi tengo miedo de mencionarlo. Temo atraer la mala suerte si lo cuento.»

Por la mañana, vi que me había dejado el módem encendido. La línea telefónica había estado conectada toda la noche. Cuando empecé a cerrar todas las páginas abiertas, constaté que había recibido un nuevo mensaje. «Estás participando en la producción de arte —escribía mi novio de la universidad—. Ya sea personalmente o guiando a otros. Estás haciendo lo correcto. Sigue en el mundo. Si pudiera, me mudaría a Nueva York.»

«Ven —pensé mientras me cepillaba los dientes—. Por favor, ven.» Me acordé de cuando me había salvado en Londres. Me salvó de una ruinosa residencia de estudiantes situada junto a Cartwright Gardens y de una soledad terrible y dolorosa que, aparentemente, solo él podía curar. Encontró para nosotros un bonito piso en Belsize Park, con techos altos y molduras antiguas que no se parecía en nada al apartamento helado y sin fregadero que compartía con Don. Cuando se fue a visitar a sus padres antes de trasladarse a estudiar a Berkeley, yo lloré y lloré, pero fue durante aquellos meses de soledad cuando realmente pude escribir. Mientras corría por el parque Hampstead Heath, los poemas surgieron, uno detrás de otro, y también las historias. ¿Por qué? ¿Por qué? Lo echaba de menos terriblemente. Lloré todas las veces que hablamos por teléfono y conté los días hasta que regresé a Estados Unidos. Si decidí no cursar el doctorado, en parte fue porque lo echaba de menos, porque sin él Londres me parecía un simple escenario y las bonitas casas adosadas y sus jardines, meros accesorios de una vida que no existía para mí. Porque lo amaba, lo amaba de verdad. Lo amé nada más conocerlo, cuando tenía dieciocho años.

Entonces, inesperadamente, pensé en Salinger. Toda mi

vida parecía haberse reducido a Salinger, Salinger, Salinger. Y me acordé de una escena de *El período azul de Daumier-Smith*. El narrador de la historia, un profesor de una escuela de arte por correspondencia, escribe a su alumna más aventajada y la anima a invertir en pinceles y pinturas de calidad, a comprometerse con la vida del artista. «Si decides ser una artista, lo peor que te puede pasar es que te sientas constantemente un poco infeliz.»

¿Podía permitirme ser constantemente un poco infeliz? Pensé en cómo me miraba mi novio de la universidad. Él nunca, nunca, había dejado de verme mientras estaba con él. Y recordé el tacto de su piel por las mañanas, cálida y flexible, y las largas noches que, desde el primer momento, pasamos charlando, y la vibración de su voz ronca en mis oídos. Durante unos instantes me permití añorarlo, añorarlo de verdad, y el dolor que experimenté fue casi físico. Lo echaba mucho de menos. Lo amaba. Lo quería. Pero en aquel momento de mi vida había necesitado sentirme un poco infeliz constantemente.

Un poco infeliz constantemente sola.

Una tarde de noviembre, mi jefa salió de su despacho con un cigarrillo en la mano y llamó a Hugh. Me pregunté qué pasaba. Hacía mucho tiempo que no había ocurrido un incidente que requiriera llamar a Hugh a gritos. Desde el verano se había mostrado más contenida. Antes de que Hugh saliera de su despacho y mientras daba golpecitos en el suelo con su pequeño zapato, mi jefa se volvió hacia mí.

—¿Sabes quién me ha llamado?

Sacudí la cabeza. Se oyó un crujido de papeles y Hugh salió de su despacho presuroso y alisándose el cabello.

—¿Qué ha pasado? —preguntó.

—Acaba de telefonearme un reportero de un periódico de Washington.

—¿Del *Post*? —preguntó Hugh. Intentaba calibrar la situación antes de que se la contaran, lo que constituía el sello distintivo de los asistentes geniales.

Un hilo de humo subió desde el cigarrillo hasta la cara de mi jefa y ella dio un paso atrás, agitó la mano para dispersarlo y un poco de ceniza cayó sobre la moqueta.

—No, no era del *Post*. Quizá del *Journal*. Trabaja para un periódico del que no había oído hablar nunca. —Nos miró a los dos—. Por lo visto, Roger Lathbury ha hablado con ellos. De *Hapworth*.

—Bromeas —contestó Hugh.

La expresión de su cara era como si hubiera mordido algo podrido y no estuviera seguro de si escupirlo o tragárselo.

—No, no bromeo. —Mi jefa esbozó una sonrisa forzada, con la boca cerrada.

—¿Has hablado con ellos? —preguntó Hugh.

—¡Por supuesto que no he hablado con ellos! —exclamó ella. Se rio y sacudió la cabeza—. No entiendo cómo Pam ha podido pasarme esa llamada.

—¿Estás segura de que Roger ha hablado con ellos? —preguntó Hugh mientras se rascaba la barbilla.

—¿Cómo, si no, podían saber lo del libro? —Con un rápido movimiento, apagó el cigarrillo en el cenicero que había en la consola situada junto a la puerta del despacho de Hugh—. ¡Lo que está claro es que no ha sido Jerry quien les ha hablado del proyecto!

Hugh apretó los labios. Él sabía que aquello ocurriría. Desconfió de Roger desde el principio.

Pero yo no. Yo sí había confiado en Roger. Nunca creí

que pudiera hacer algo así. Sí temí que desbaratara el proyecto debido a su carácter nervioso, pero nunca pensé que haría lo que Salinger más aborrecía: hablar con la prensa.

—¿Se lo digo a Salinger? —se preguntó mi jefa en voz alta mientras tamborileaba con uno de sus largos dedos en el aparador.

Hugh arqueó las cejas.

—Supongo que no tienes más remedio —dijo—. Pero no le gustará.

No, yo también supuse que la noticia no le gustaría. Una parte de mí se preguntó por qué teníamos que contárselo a Jerry. Al fin y al cabo, él nunca leería el artículo de aquel periódico, ¿no? Era un periódico casi desconocido. Pero supuse que la decisión, por encima de todo, estaba relacionada con Roger: si había hablado del proyecto con los periodistas de aquel periódico modesto, nada le impediría hacerlo con los grandes. Además, había una cuestión todavía más importante, el núcleo de la situación: no se podía confiar en Roger. No era el hombre que Jerry había imaginado, de una naturaleza afín a la de él. Se trataba de un cretino, como todos los demás.

Mi jefa se retiró a su despacho y cerró la puerta. Tardó mucho en volver a salir.

—¿Qué ha dicho Jerry? —preguntó Hugh desde su despacho.

—Nada. Me ha dado las gracias por contárselo. Parecía un poco triste.

Ella también lo parecía.

—Bueno, él había considerado que ese tío era su amigo —comentó Hugh, y se asomó a la puerta de su despacho.

Yo sabía que Hugh no había creído en el proyecto desde el principio. Lo consideraba ridículo. Sin embargo, no daba la impresión de que se alegrara por tener razón. Él también parecía un poco triste.

Pocos días después, mientras oscurecía y mi jefa ya se había ido a su casa —el humo de sus cigarrillos todavía flotaba en el aire—, llamó Salinger.

—Lo lamento, Jerry —le dije. No había conseguido llamarlo Jerry hasta hacía poco y todavía me resultaba extraño—, pero mi jefa ya se ha ido.

—Está bien —declaró con su habitual amabilidad—. Hablaré con ella mañana. ¿Puedes decirle que me llame por la mañana?

—Le diré que lo haga nada más llegar.

—Me gustaría formularte una pregunta, Joanne. —Por primera vez, su frase no me produjo ansiedad—. ¿Qué opinas de Roger Lathbury?

Yo no le pregunté por qué volvía a hacerme esa pregunta.

—Me gusta —le contesté—. Creo que es una buena persona.

—Yo también —confirmó Jerry con una voz más grave de lo habitual—. Yo también.

Supuse que se sentía un poco triste. Se había acabado. En aquel momento lo supe. El trato quedaba cancelado. Los contratos estaban firmados, pero otorgaban a Jerry el poder y el control absoluto sobre el proyecto. Él podía cancelarlo en cualquier momento.

—Cuídate, Joanne —me dijo.

—Gracias, Jerry. Adiós.

Por primera vez, me sentí cómoda pronunciando su nombre de pila. ¡Quería contarle tantas cosas!

OTRA VEZ INVIERNO

Nunca contesté la carta del joven de Winston-Salem.

Y tampoco volví a escribir al veterano de Nebraska, pues no soportaba decirle que su amigo no era un familiar mío. Mi padre me lo había confirmado con cierta desilusión. Nadie de su reducida familia había luchado en Alemania durante la Segunda Guerra Mundial. Quizás el hecho de que yo creyera en el destino, la magia, la felicidad, la sirena del lago, procedía de él. De mi padre.

Y no escribí nunca más a la chica del instituto. Su rabia era demasiado intensa para soportarla. Además, ¿qué podía decirle salvo: «Espera, espera y verás. Resulta más fácil cuando ya no te califican, cuando tienes que evaluar tus acciones tú misma»?

Supongo que debería haberle escrito exactamente eso, aunque solo habría conseguido avivar su ira. Pero ella ha rondado por mi cabeza durante todos estos años, igual que el veterano y el joven de Winston-Salem, cuya carta todavía conservo. Sus pliegues se han suavizado con el tacto. La guardo colgada del corcho que tengo encima de mi escritorio, como un talismán, un recordatorio. En cierto sentido, desearía habérmelas quedado todas. La idea de que aquellas cartas, aquellos documentos de la vida de tantas personas acaben en la papelera me resulta más y más insoportable con el paso de los años. Podría haberlos salvado y no lo hice.

Cuando presenté mi renuncia, mi jefa me miró fijamente y con incredulidad.

—Pero ¡si lo estabas haciendo muy bien! —exclamó—. Vendiste aquella novela corta y... —No terminó la frase—. Creía que eras el tipo de persona para nuestra agencia.

La tristeza que reflejaron sus claros ojos fue demasiado para mí, aunque sabía que, en el fondo, su tristeza no tenía que ver conmigo. ¡Ella había perdido tanto y a tantas personas durante el último año! Max también acababa de abandonar la agencia arrebatado por el rencor. Se fue prácticamente de un día para otro. Y sin duda, para mi jefa, perder a su asistente no era nada comparado con perder a Max. Yo era absolutamente reemplazable. La ciudad estaba llena de jóvenes como yo que llamaban a las puertas de la literatura pidiendo una oportunidad. De todos modos... flaqueé cuando ella intentó disuadirme.

—¿Por qué? —me preguntó.

—Yo solo... —¿Podía contarle que quería ser escritora? No estaba segura—. Hay cosas que quiero hacer. Esto me encanta. —Señalé los libros y los despachos—. Me encanta trabajar aquí, pero hay cosas que si no las hago ahora, no las haré nunca.

—Lo comprendo.

Y estoy convencida de que lo comprendía.

Con Don también flaqueé. Desde luego que sí. James no había encontrado ningún editor que se enamorara de su novela. Como habíamos planeado, pasamos juntos las Navidades en casa de mis padres y regresamos a Brooklyn a tiempo de celebrar la Nochevieja. Otra fiesta en la que no tuve nada que decir. A la mañana siguiente, me levanté y lo primero que pensé fue: «Hoy es el cumpleaños de Jerry.» Cumplía setenta y ocho años. También era la fecha fijada para el frustrado lanzamiento de *Hapworth*, el libro que nunca existiría, el libro que no sería nada salvo unas cubiertas de muestra que, según supuse, debían de estar almacenadas en el garaje de Roger; no parecía el tipo de hombre que se deshacía de recuerdos como ese. Cuando me fui de la agencia, apareció una columna acerca del libro en un periódico del que sí habíamos oído hablar, el *Post*. Salinger nunca le comunicó oficialmente a mi jefa que el contrato quedaba rescindido. Su silencio nos indicó todo lo que necesitábamos saber. Supongo que yo había utilizado el mismo truco con mi novio de la universidad. Él se había recuperado, al menos eso decía, pero yo no estaba segura de haberlo hecho. Me pregunté si les habría ocurrido lo mismo a Jerry y Roger.

En cualquier caso, a Don le dije la verdad.

—Siento que soy una persona diferente a la chica que conociste —le expliqué.

—No eres tú, sino yo —respondió. Y se rio, pero no con una de sus risas socarronas. Simplemente, se rio.

—Es posible.

Esto era verdad y no lo era. Quizá Don tenía razón. Quizá no existía una única verdad. La verdad era cosa de colegialas.

Cuando me fui, preparé una caja de ropa para dejarla en un centro de beneficencia: mis faldas de tela escocesa, mis mocasines... Ya no era una colegiala.

Trece años más tarde, salí de puntillas del dormitorio de mis hijos y me dejé caer en mi cama con un libro. A través de la ventana me llegó el ruido sordo del tráfico, de los coches que cruzaban el puente Williamsburg y se dirigían a Brooklyn, mi antiguo barrio. Antes de que transcurriera un año desde mi salida de la agencia, mi abuela murió y me dejó en herencia su apartamento en el Lower East Side. Como ella, yo estaba criando allí a dos hijos, quienes jugaban en los mismos parques donde habían jugado mi padre y su hermano y, antes que ellos, mi abuela y sus hermanas. Como mi padre, mis hijos cruzaban el puente Williamsburg para visitar a sus amigos, que eran los hijos de mis amigos. Y como le ocurrió a Holden, y también a mí, su infancia tenía como fondo e incluso estaba marcada por las grandiosas instituciones de la ciudad. Algunos sábados, ellos también jugaban a pasar por debajo de la enorme ballena del Museo de Historia Natural o contemplaban las armaduras del Met. Ellos también montaban en el tiovivo de Central Park y echaban migas de pan a los patos en el estanque.

Oí las pisadas de mi marido, que se acercaban por el pasillo.

—¡Vaya, estás despierta! —exclamó.

A menudo me quedaba dormida con los niños. Aunque también me despertaba varias horas antes que ellos para escribir en mi diminuto despacho, algo que había aprendido mucho tiempo atrás de Salinger, durante el año que trabajé en la agencia.

—Así es —declaré bostezando—. No sé por qué no me he dormido.

Él entró y se sentó junto a mí.

—Me temo que traigo malas noticias.

Me incorporé, ya totalmente despierta. A cinco mil kilómetros de distancia, en las estribaciones de San José, mi padre estaba agonizando. Al cabo de unos meses de que mis padres se retiraran a California y poco después de que yo dejara la agencia, los médicos le diagnosticaron un síndrome parecido al de Parkinson cuyos efectos, por lo visto, él había experimentado durante años. «Algunos pacientes son expertos en ocultar los síntomas —nos explicó el médico—. Su padre era actor, ¿no?»

—¿Se trata de papá? —le pregunté a mi marido. No había oído que sonara el teléfono, pero esto no significaba nada.

—No, no. Es J. D. Salinger. Ha muerto.

—¡Oh! —Exhalé un profundo suspiro—. ¡Oh, no!

—Sé que él era... —Parpadeó repetidas veces detrás de sus gafas mientras intentaba encontrar la forma de expresar lo que pensaba.

¿Qué lugar ocupaba Salinger en la historia de mi vida? Durante los doce años que hacía que mi marido y yo nos conocíamos, yo había releído *Franny y Zooey* y *Levantad, carpinteros, la viga maestra* todos los años, y *El guardián entre el centeno* cada dos o tres años. Mis ejemplares de las obras de Salinger se estaban deteriorando: las páginas amarilleaban y se habían desgastado y las tapas estaban pegadas con cinta adhesiva. Podía haber comprado unos ejemplares nuevos, pero no lo hice.

—Sé que él era importante para ti —declaró finalmente mi marido.

—Sí que lo era —respondí, y dejé que me abrazara—. Lo era.

—Deberías dormir —me aconsejó—. Es tarde.

A nuestro hijo de dos años le había costado mucho dormirse, lo que era habitual.

—Sí —corroboré.

Pero pocos minutos después estaba en el salón, donde cogí *Franny y Zooey* de la estantería. Se trataba de una edición en tapa dura que, junto con las ediciones en rústica de *El guardián* y *Seymour*, mis padres me habían regalado cuando se mudaron a California; el mismo tipo de edición que había contemplado, día tras día, durante el año que trabajé en la agencia.

La cuestión es la siguiente: la gente dice que uno crece y deja atrás a Salinger; que se trata de un escritor cuyas obras hablan de los temas y frustraciones específicos de la adolescencia. Y puede que sea verdad. Yo, desde luego, puedo atestiguar que muchas de las personas que le escribían tenían entre doce y veintidós años. No sé cómo habría percibido a Salinger si lo hubiera leído siendo una adolescente, pero lo leí de adulta o, mejor dicho, cuando, como Franny, estaba dejando atrás mi primera juventud, mis ideas adquiridas acerca de cómo vivir en el mundo. Por otro lado, con el transcurso de los años y con cada nueva lectura, sus historias y personajes fueron cambiando y volviéndose más profundos para mí.

A los veinticuatro años, me identificaba tanto con Franny, con su exasperación hacia el mundo y los hombres que, como Lane, lo dominaban, que la perfección estructural de la historia, su increíble precisión, su acertado simbolismo, su equilibrio entre la sátira social y el realismo psicológico, la adecuación de sus diálogos... escaparon a mi percepción. A los veinticuatro años pensaba: «Yo quiero escribir así.» A los treinta y siete, seguía queriendo escribir así, pero comprendía mejor el porqué y tenía la esperanza de que, algún día, ese porqué se convertiría en un cómo.

Después de todos esos años, todavía me sentía como Franny, abrumada por el sufrimiento que me rodeaba y por tantos y tantos egos. Quizá, como Holden Caulfield, «actúo como si fuera más joven de lo que soy». Quizá seré siempre una persona «calladamente emocional», como el muchacho de Winston-Salem, que sabe que uno no puede ir por ahí sangrando, aunque yo no consiga contener mi hemorragia. Quizá me había casado con alguien que se parecía demasiado a Lane Coutell. Tres años más tarde, cogería a mis hijos y lo abandonaría por mi novio de la universidad.

En esta etapa de mi vida, también me encanta y me enternece enormemente Bessie Glass, quien perdió a dos de sus siete hijos; uno de ellos porque se suicidó. Bessie, que deambula por su apartamento como si fuera un fantasma y tiene miedo —tanto que no puede pensar con claridad— de que los demonios que atormentaron a Seymour, fueran cuales fueren, atormenten también a Franny. Hay un episodio en *Franny y Zooey* que resulta casi insoportable, un episodio en el que siempre tengo que dejar el libro a un lado y respirar hondo: Zooey riñe a Bessie porque esta no reconoce que *El peregrino ruso* pertenece a Seymour. Verás, Franny le había contado a su madre que había encontrado el libro en la biblioteca de la universidad. «¡Eres tan tonta, Bessie! —le grita Zooey enfurecido—. Franny lo sacó del antiguo dormitorio de Seymour y Buddy, y ha estado en el escritorio de Seymour desde que me alcanza la memoria.» Entonces Bessie dice: «Nunca entro en esa habitación si puedo evitarlo, y tú lo sabes... No miro las viejas cosas... las cosas de Seymour.»

Y en este punto los ojos se me volvieron a llenar de lágrimas. Algunas páginas después, Zooey le pregunta a Franny si quiere hablar con Buddy. «Lo que quiero es hablar con Seymour», contesta ella.

Fue entonces cuando mi marido me encontró sollozando desconsoladamente mientras intentaba, sin éxito, no humedecer las páginas del libro que había pasado de las manos de mi padre a las de mi madre y, después, a las mías.

Las historias de Salinger son, sin excepción, anatomías de la pérdida; todas y cada una de las frases, desde el principio hasta el fin. Incluso *Levantad, carpinteros, la viga maestra*, una de las historias más divertidas de la lengua inglesa, está marcada por la muerte de Seymour, por su suicidio. Siete años después, Buddy todavía está de luto. También *El guardián entre el centeno* es, en última instancia, el retrato de un personaje que siente un gran dolor: la rabia de Holden se debe a la muerte de su hermano Allie. Y Franny no está embarazada, sino de duelo. Igual que el resto de la familia Glass. Una familia en duelo que nunca se repondrá. Un mundo en duelo que nunca se repondrá.

Mi marido me miró fijamente desde la puerta.

—Estás así por tu padre, ¿no? —preguntó—. La muerte de Salinger te ha hecho pensar en tu padre y en lo que le ocurrirá.

Los dos sabíamos que nunca se recuperaría. Empeoraría cada vez más hasta el día que no pudiera moverse ni hablar, y después el final.

—Todo esto te recuerda a tu padre.

Me enjugué las lágrimas con el dorso de la mano y sorbí por la nariz.

—No —le contesté—. Es por Salinger.

Agradecimientos

Mi más profundo agradecimiento a Jordan Pavlin, Tina Bennett, Stephanie Koven, Kathy Zuckerman, Caroline Bleeke, Svetlana Katz, Nicholas Latimer, Brittany Morrongiello y Sally Willcox. Gracias a todos los empleados de Knopf, WME y Janklow & Nesbit.

Gracias a Allison Powell y Carolyn Murnick; a Joanna Hershon, Stacey Gottlieb y Abby Rasminsky por leer el libro en las etapas iniciales y por sus inspirados comentarios. Y a Lauren Sandler, por todo. Y a Kate Bolick, Evan Hughes, Adelle Waldman, Matthew Thomas, Dylan Landis y, especialmente, a Charles Bock.

Gracias, también, a los maravillosos redactores y editores con quienes trabajé en los apuntes que evolucionaron hasta convertirse en este libro: Jeffrey Frank, John Swansberg, James Crawford y David Krasnow. Y a Slate, BBC Radio 4 y Studio 360.

Mi profunda gratitud a PEN por facilitarme la financiación que me permitió terminar el libro. Gracias a Ledig House por ofrecerme un lugar donde trabajar y a Ofri Cnaani y Claire Hughes por lo mismo. Y a Paragraph, donde escribí la mayor parte del libro, así como a Joy, Lila, Sara y Amy.

Gracias a Kanneth Slawneski y Ian Hamilton, cuyas investigaciones me ayudaron a ampliar mis conocimientos sobre la vida de Salinger.

Gracias a Claire Dederer, Cheryl Strayed y Carlene Bauer por los ejemplos de diversas clases de memorias y por su clara orientación sobre cómo podía escribir las mías.

Por supuesto, me siento sumamente agradecida a la Agencia por ofrecerme el mejor primer trabajo que una chica como yo podía obtener. Y gracias a mi jefa y a la persona que en estas páginas se conoce como Hugh: por enseñarme más de lo que podría haber esperado aprender acerca de los libros, el mundo de los negocios, la literatura y, desde luego, la vida. Gracias, también, a la persona conocida en estas páginas como Lucy.

Gracias a Henry Dunow, Anne Edelstein, Corinna Snyder y Chris Byrne.

Gracias a Coleman y Pearl.

Este libro no existiría si no fuera por la generosidad, apoyo y perspicacia editorial de Amy Rosenberg. Gracias.

Keeril: No tengo palabras.